菊水清潭

一个中国农民的人生轨迹

李一平 著

光明日报出版社

图书在版编目（CIP）数据

夷水清清：一个中国农民的人生轨迹 / 李一平著 .
北京：光明日报出版社，2025. 1. --ISBN 978-7-5194-
8473-6

Ⅰ . I25

中国国家版本馆 CIP 数据核字第 2025WB8517 号

夷水清清：一个中国农民的人生轨迹

YISHUI QINGQING：YIGE ZHONGGUO NONGMIN DE RENSHENG GUIJI

著　　者：李一平

责任编辑：许　怡　　　　　　　　责任校对：张　丽　杨　雪
封面设计：悟阅文化　　　　　　　责任印制：曹　净

出版发行：光明日报出版社

地　　址：北京市西城区永安路 106 号，100050

电　　话：010-63139890（咨询），010-63131930（邮购）

传　　真：010-63131930

网　　址：http://book.gmw.cn

E - mail：gmrbcbs@ gmw. cn

法律顾问：北京市兰台律师事务所龚柳方律师

印　　刷：三河市华东印刷有限公司

装　　订：三河市华东印刷有限公司

本书如有破损、缺页、装订错误，请与本社联系调换，电话：010-63131930

开　　本：170mm×240mm

字　　数：256 千字　　　　　　　印　　张：14.75

版　　次：2025 年 1 月第 1 版　　　印　　次：2025 年 1 月第 1 次印刷

书　　号：ISBN 978-7-5194-8473-6

定　　价：68. 00 元

《社区党建》封面刘正国

书法家彭望明先生与刘正国的合影

正氣恢弘興偉業

國家昌盛建奇功

李心勝撰聯

甲辰

彭望明

彭望明为刘正国题词

书法家汪国新先生与刘正国的合影

汪国新为刘正国题词

2012 年 6 月，时任中央档案馆馆长杨冬权与刘正国的合影

杨冬权为正国民俗博物馆题词

　　2010年5月，时任中央书记处书记、中央纪委副书记何勇（右四）视察红春民俗文化村

何勇视察

2009 年 11 月，时任湖北省委书记罗清泉（右一）视察红春民俗文化村

2012 年 2 月，时任湖北省省长王国生（中）视察红春民俗文化村

2010 年 6 月 18 日，时任湖北省委常委张昌尔（右二）视察民俗村

2010 年 3 月，时任湖北省纪委书记黄先耀（前左二）视察红春民俗村

2010 年 4 月，时任湖北省副省长李宪生（右三）参观正国博物馆

2012 年 4 月，原湖北省委宣传部副部长文成国（中）视察红春民俗村

2017 年 3 月，宜昌市委常委、宣传部部长王国斌（中）调研正国博物馆

2021 年 6 月，宜都市人大常委会主任王世斌（右二）、市委常委、统战部部长杨超（右三）到博物馆指导"红色藏品展览馆"布展工作

宜都市陆城街道党工委书记李先宁（中）检查红春民俗村工作

姑祖母刘永芳与姑爷汪文卿一家合影（1960年）

刘氏、汪氏家族合影（1992年正月）

刘氏、曹氏及汪氏家族合影（2024年正月）

刘正国家庭合影（2017年）

刘正国第一次到北京（1987年）

前　言

　　通过一个人的社会经历，可以了解与其经历相对应的社会发展变化。我们无法对一个仍然在世的人下"定论"。如果，这个人的社会经历对当今社会的发展能够提供某些启迪，具有一定的社会现实意义，那么，未必一定要等到这个人有了"定论"再去探究他所走过的人生轨迹。

　　金无足赤，人无完人。如果，要求找到一个绝对完美的人物形象，再通过这个人的社会经历去了解相应的社会发展变化，有必要吗？有可能吗？我们更关注的是这个人对社会发展能够产生积极作用的一面，而把这个人的功过、是非交给读者去评价，交给历史去"定论"。

　　可以用实事求是的科学态度，对已发生的人和事，力争做到公平、公正地记述，不虚构渲染，不拔高溢美，不贬责降低。据实直书，那就不需要完人形象和"定论"环节。

　　本书不仅仅把眼光定格在一个人的身上，而是着眼于社会的发展变化，着眼于历史的大背景，用了相当多的笔墨去记述、歌颂，在湖北省委、宜昌市委和宜都（枝城）市委领导下，勤劳、英勇的宜都人民，在改革开放中所做出的卓越贡献！

　　如果本书所记述的人和事对我国正在进行的新农村建设、城市化进程和实施乡村振兴战略有所启迪的话，那就不枉费本书的良苦用心了。

　　本书是根据刘正国先生的自述材料、湖北省宜都市《红春社区志》、红春社区居民口述、部分实地采访录、座谈会和一些刊文等真实材料汇总、编撰而成，算是对宜都市红春社区的变迁、宜都市西南一隅城市面貌的发展变化和刘正国先生前半生做的素描、速记和速写吧。

　　笔者虽然到书中记述的一些重要历史现场去考察、采访过，然而，由于时空跨度过大、坐标维度过多，无法一一考证。切望各位，观足迹、识轨迹、品人生、重发展。恕不繁证，敬请谅解。

　　在本书撰写的过程中，笔者得到了湖北省、宜昌市和宜都市相关领导，湖北省宜昌市西陵区文联主席阎刚先生、宜都市原文化局副局长徐荣耀先生、宜都市红春社区党委书记刘雨佳先生、红春社区居委会委员刘艳女士以及参与调查座谈的各位朋友给予的关心、帮助，一并表示诚挚的谢意！

　　由于作者水平所限，有时会用自己熟悉的语言来记述、表达，不刻意去推敲诗词格律，偏重于个人理念的表述，权当是为各位推开一扇窗户吧。考虑到书中所述内容的社会现实意义，因仓促而就，难免有疏漏之处，敬请斧正。

李一平

2023 年 6 月 21 日于扬州

序

不了解中国农村，就不了解中国社会；不了解中国农业，就不了解中国经济；不了解中国农民，就不了解中国人。

刘正国先生是生在新中国、长在红旗下的新一代中国农民。他的成长过程伴随着新中国农村土地改革、农业生产合作社、人民公社、家庭联产承包责任制、社会主义新农村建设和农村城市化进程这几个中国农村重大社会变革的过程。他个人也随着中国农村的发展变化，从一个农民一次次地破桎梏而蝉蜕之，成了党和国家基层组织的一位领导者。

他的身上刻蚀了新中国农民的烙印，是一个再普通不过的中国农民；然而，他又是一位极不平常的中国农民，有着一般农民所没有的文化素养。在改革开放后，中国农村城市化的进程中，这个硬汉子、实干家不失时机地提出来，要在千百年来祖祖辈辈耕耘的土地上"种文化"，执着地走上了通往文化圣殿的艰难之路。他是一个非常典型、带有浓厚改革开放色彩的中国农民。

刘正国先生的人生并非一帆风顺。在探索漫漫人生的征途上，他历经苦难，深一脚、浅一脚，左一脚、右一脚，酸甜苦辣咸，经历过常人未曾有过的艰辛。这些人生足迹连接起来便是他的人生轨迹。我们不但要看他的人生足迹，还要看到他的人生轨迹——那是一条并不笔直的线条，弯弯曲曲的，被人评头品足；我们更应去品味他的人生经历，寻找出其人生曲线的规律性；看到改革开放后，湖北省宜都市社会经济、城市建设的发展，看到勤劳的宜都人民身上发生的翻天覆地的变化。

人不可重生，光阴不会再来。能够与中国改革开放后的新农村建设、城市化进程以及实施乡村振兴战略，同时代、同步伐、同命运，同频共振，刘正国不辱使命、不负韶华。作为中国特色的社会主义市场经济的弄潮儿，他以实干精神成了湖北省宜都市西南一隅的"城市美容师"。

拆得掉村舍、农庄，却拆不掉民风民俗；搬得走田园、堰塘，却搬不走黄色的面庞；挪得动水泥、森林，却挪不走千古夷水（清江）和长江。湖北宜都红春人民把清江流域部分历史文化集成后，再现于夷水之畔，让古老鄂西南的"人文乳汁"不断地滋润着荆楚大地的儿女。

李一平

2022 年 5 月 23 日于扬州

目 录
CONTENTS

一、桑梓之地

1953年阴历二月初二,在中国湖北省西南的宜都县全家店村(今宜都市红春社区)[①]一户刘氏农民家,一声响亮的婴儿啼哭声宣示了一个男孩儿的问世,按照刘氏族谱排序,这个新生命为"正"字辈,取名为"正国"。这天是民间"龙抬头"的日子,在中国,这是传统的"春耕节",是阳气生发、万物复苏、春回大地的吉祥日子。

宜都市位于宜昌市东南方向约50公里处,乃古楚国郢之辖地。长江夺西陵峡而出,向东南奔去,在这里与静谧的、湛蓝的800里夷水汇合后,再甩向东北,然后,缓入云梦大泽之地,流向下江。天公之笔在这两支天水交汇之处画出了一个大大的"√",这个交汇之地便是宜都市。

发源于湖北省恩施州利川市的千古夷水,在崇山峻岭、青山翠谷之中,流经湖北省西南的利川、恩施、宣恩、建始、巴东、长阳几个县市,在宜都与长江汇流。除了每年六七月间,山洪暴发,河水携带泥沙,犹如黄龙腾跃奔放之外,其余时间,夷水总是逶迤腰柔、雅静温绵、湛蓝蕴青,故又名清江。清江之水犹如一支巨大曲回的瓜藤藤蔓,在长江出西陵大峡之后,为长江注入了鄂西南的山水、"人文乳汁"。两江汇聚,天赐玉泉,地造沃野,群山翠绿,草茂鱼肥,此乃人间之仙境。难怪三国名将陆逊费尽心机,要在西陵荆楚宝地——宜都,巧施火烧连营之计(猇亭之战),大胜刘备,铸成了三国时期几大战役中最后一场、最悲壮之一役。得天独厚的自然环境也孕育了长江中游的巴楚文明,屈原便是其中不朽的代表人物。据考古发掘,宜都市境内红花套镇[②]城背溪是湖北境内已发现的年代最早的新石器时代的文化遗存地,证明在置县前5000多年,人类就在这片土地上繁衍生息了。巴楚文明与黄河的中原文明一同结成中华文明的并蒂莲。

西汉高祖十一年(前196年)在宜都置夷道城。东汉建安十四年(209年),

---

① 详见P159。
② 1958年为公社,1984年为红花套镇。本书中,凡未特指,同一个地方不再刻意对公社与镇、大队与村的称呼加以区分。

刘备设宜都郡，意为"宜于建都"之地。蜀汉章武二年（222年），东吴名将陆逊在此筑"陆逊城"抗击蜀军，后称"陆城"。1949年陆城为城关镇；1981年将城关镇更名为陆城镇；1988年1月，改为陆城街道；2003年9月，全家店村改称为"陆城街道红春社区"。

由于历史上朝代更迭，连年兵燹，西汉、三国、东汉以及元末、明初的主战场不少都在中原与荆楚腹地。此外，长江、古夷水一旦发生洪灾，便淹没大量农田，尸横荆楚，哀鸿遍野。及至元末、明初，湖北一带人口稀少，田园荒置，经济、社会凋敝。

据史料记载，明朝初期，江西人口密度居全国第二，《明太祖实录》记，"江西州县多有无田失业之人"，赋役苛重迫使农民背井离乡时有发生。而湖广地区（包括湖南、湖北）人口加起来不足400万，然而，湖广圹土广哉，"荆襄迤西多长川大谷，土壤肥沃，物产富饶，寒者易以为衣，饥者易以为食，此天地自然之利，民必趋之"（清《竹溪县志》）。

出于政治、军事、经济、地理与发展农耕生产等综合因素的考量，明太祖朱元璋采纳了户部郎中刘九皋"宽乡迁狭乡、江西填湖广"的建议，实行屯军、屯民、屯商。明洪武二十一年（1388年），开始了历史上规模宏大而悲壮的江西移民湖、广的大迁徙，明史记载"太祖时徙民最多"。据考证，明初的鄱阳湖平原乃鱼米富足之乡，人口众多，所以这里是大量移民的来源地之一。当时湖北人口有八成是从江西南昌诸县迁移过来的。所以，湖北、湖南人至今还习惯把亲朋好友尊称为"老表"。

明代移民采取的是朝廷强制实施人口迁徙、百姓自愿报名以及军屯3种类型，各户按人抽丁。到达新居地后，迁徙移民采取"挽草为记、插草立界、插标占地、划地为庐"这样一些"圈地"方式来获得土地。官方提供耕牛、种子并免除3年赋税。当然，军籍人士的待遇要优厚一些。被强制迁徙的农民需要将双手捆绑于背后，以防中途逃脱，这便是常说的方便时须"解手"。我国历史上曾发生过5次大规模移民事件，但明朝初年的迁徙规模最大。据考，从江西往湖北迁徙、转移的路线是：江西鄱阳湖地区—鄂东—江汉平原—鄂西北（豫，见下文）—鄂西南。这个迁徙有可能是一次性的过程，也可能是渐次递进的过程。

现存的刘氏（正国）家谱是刘氏这一脉的先祖仁禄公于清光绪二十六年（1900年）撰写的，再早就无从考证了。刘氏族谱中的"姓氏考"一节，对刘姓氏族自古以来的迁移路线有一个大致的记述："刘氏肇于唐，显见于夏，历秦汉……始于山西，渐及陕川，及次于江西以蔓于天下……及光武东迁而刘氏始分布东南，风流辈出……文章尔雅，足以光龙门楣者……其处江西者最盛……"上文所说的"光武东迁"之始发地是河南省南阳郡枣阳地区（现湖北省枣阳市）。公元前221年，秦统一中国，枣阳地区始设蔡阳县，及至隋文帝又改称枣阳县，属河南（豫）南阳郡管辖。

刘氏族谱中，对本族的迁徙有两处记述：

仁禄公由江西迁宜都汉洋里之刘家坪，何时何年俱已失考；仁禄公当自明中叶由豫迁宜……历三百余年……

但刘氏先祖从江西迁至"豫"之何地，族谱无记载。

那么，刘氏先祖到底是从江西直接迁徙到湖北宜都汉洋里之刘家坪的还是从河南省（豫）迁至宜都的呢？我在湖北宜都地区以及毗邻的五峰县，甚至更大一点的地域内采访一些刘姓老农，当问及他们的祖先从何地迁来时，他们都会毫不犹豫地说是从江西迁徙过来的。因此，可以说，刘氏的先祖从江西迁至宜都是大概率事件。然而，无法忽略"豫迁宜"之说。在没有更多史料可考之前，我们只能说，刘氏（正国）一族的祖先是先从江西出发，经"豫"之后，再迁至宜都汉洋里之刘家坪的。这与上文所说的迁徙、转移路线基本相符。也就是说，刘氏先祖有可能是从江西经鄂西北（豫）再到鄂西南宜都的。

刘氏族谱中对迁徙时间有个大致的记述，即"仁禄公由豫迁宜历三百余年"。从该族谱的编纂时间（1900年）再往前推300年是1600年。如果，刘氏先祖离开江西后，在豫驻留了几代人再到宜都来，算起来，他们从江西迁出的时间正如族谱中所说的是明朝中叶，这与史书、文献的记载基本相符。

2011—2016年，江西南昌发掘了汉废帝海昏侯刘贺的墓地，出土了大量西汉文物。周边的刘姓农民拿着家谱，都说自己是刘贺的后代。后经相关部门考证，不能说他们都是刘贺的后人，也可能是上面刘氏族谱"姓氏考"中所说的"光武东迁……其处江西者最盛"时的后裔。所以有理由认为，宜都江西移民中，刘氏家族的先祖有可能是汉光武帝刘秀的后代。

令人欣慰的是，自2011年起，历时5年时间，有关考古部门基本上完成了对位于江西省南昌市新建区大塘坪乡观西村西汉海昏侯墓地的发掘工作。在出土的1万余件文物中，发现了汉废帝刘贺的牙齿，这就使宜都刘氏的后人可以通过

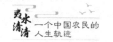

DNA 检测结果来鉴定自己的血缘关系了。

　　江西是刘贺向南、刘秀向东南迁徙的地方，"及次于江西以蔓于天下"。不论湖北宜都刘氏（正国）一脉百姓是西汉刘贺的后代，还是东汉刘秀的后代，他们都有可能是刘邦的后代，因为刘贺和刘秀都是刘邦的后代。这有待宜都刘氏族人到江西南昌去做一个遗传基因的测试来证实。

二、刘正国的家族

刘正国的先辈是明代中后期自江西迁至宜都县（今宜都市，下同）姚店汉洋里，而后迁至宜都县陆城西南莲花铺村的。家谱原派二十字序是：

> 绍复天心昌，
> 永传正大光，
> 崇文登华国，
> 一本尚贞良。

续派二十字序是：

> 克家承祖德，
> 孝友自钟祥，
> 为学先诗礼，
> 绵延世泽长。

自有记载的"绍"祖开始，刘正国已是第八代孙了。自高祖刘心光以来，刘氏家族代代相传，后续支派繁茂，人丁兴旺，家业日上，现家族共计有 60 余人。

刘正国族人秉承"为人心术正，不坑人，不害人，堂堂正正做人，规规矩矩做事"之家训，一代传一代，家风正、人品端、口碑佳。

祖父刘永秀

1900 年 9 月，刘正国的祖父刘永秀出生在一个贫寒的农民家庭里，住在宜都陆城钱家店鸡公桥附近（紧挨着莲花堰村，今红春社区四组）。

那时，家中有兄妹 4 人，刘正国的曾祖父刘昌新靠租种曹府的田养家糊口，

仅靠农业收入，生活过得十分拮据。按照"非耕即读"的老观念，刘昌新希望能培养出一个读书人以光宗耀祖，继世长久。刘昌新的长子刘永和自小聪明伶俐，但体弱多病，下田耕作实难承受。因此，曾祖父决定，让刘永和一人去读私塾，次子刘永秀在家务农。全家辛苦耕耘，节衣缩食，一年的收入也只能勉强凑够刘永和的学费。一家人虽过得清贫，却也自得其乐。

祖父刘永秀

可世事难料，刘正国的曾祖父刘昌新突然仙逝，家里的顶梁柱轰然倒塌，使得一家人立马就陷入了一个十分窘迫的困境。没有了经济来源，家中五口人如何果腹？更谈不上长兄刘永和上私塾的费用了。如何延续生命成了摆在全家人面前难以跨越的鸿壑。此时，刘永秀毅然地接下了这个重担。

刘永秀自幼勤奋好学，秉性坚强，有着一股吃苦耐劳的精神，颇有经商意识。刘昌新的早逝，使得本该背着书包去上学的刘永秀12岁就不得不挑起家里生活的沉重负担，成了家里的主要劳力。一个孩子能干什么呢？他冥思苦想，记起常见一位老人去河塘捞小鱼小虾拿到市场上去卖。那时，生态环境好，河湖水塘小鱼小虾很多，只要肯出气力，总会有收获的。然而，要购买一个便宜的捕虾工具"虾耙子"，对他而言，是一个非常奢侈的想法。刘永秀有一股子倔强劲儿——"要生铁打破锅"。他绞尽脑汁，搜刮全家每一个角落，把仅有的一些零钱集中起来去买了一个"虾耙子"。从此，池塘河边就多了一个捞鱼虾的瘦小身影。

"虾耙子"是由两个开合的半圆形网组成，形似河马开合的大嘴。在两个网面旋轴的垂直方向绑着一根四五米长的竹竿，竹竿的尾部系着一根绳索，一个湿的虾耙子有七八斤重。捕捞时，抓牢绳索末端，举起竹竿，用力把网向前方水中投掷出去，然后，用绳索拉回来，抓住竹竿往水下边压边

虾耙子

拽，收拢过来。一个 12 岁的孩子能有多大的力气呢？一天下来，又能投掷多少次呢？我们无从知晓。沉重的家庭负担让他不敢有一丝懈怠，从董家冲到老女桥，河、沟、水塘都留下了他的足迹。不捞够数量他不回家，常常是到了伸手不见五指的时候，他才拖着一身疲惫回到家中，真是"鸡叫出门，鬼叫进门"。辛勤的劳作加上勤俭度日，刘永秀积累了些微薄的原始资本。他那稚嫩而不平静的内心、跃跃欲试的心境，时不时地在躁动，激励着他再向前一步。

这种求变、求进的欲望，碰到一个偶然的导火索，突然而持续地爆发了。

那时，刘永秀的幺爹（小叔父）在县城街上开办了一个"至公牛行"，从事活牛交易，他的家境比农村人要好很多。那一年，幺爹家杀了"年猪"，请刘永秀的母亲和他去吃"血晃子"（年猪饭）。刘永秀是个懂礼貌的孩子，进门时见到幺妈（小婶婶），便有礼貌地喊了一声"幺妈"。可这位幺妈只用鼻子"嗯"了一声，摆出一副不屑一顾、盛气凌人的傲慢样子，这让刘永秀的自尊心受到了极大的伤害。俗话说：人穷志不短。幺妈的表情让他感到了穷苦人的卑微，激起了他奋发图强的精神。一气之下，他二话不说，毅然回家去了，只留下他母亲刘汤氏一个人在幺爹家吃"血晃子"。刘永秀回到家中，便发誓说："我刘永秀若 3 年不杀年猪，便 3 年不去'至公牛行'。"

决心易，践行难。那时，他看到织土布的人较少，于是动起了购买一台织布机的念想，这比捕鱼捞虾有更大的利润空间，他要抓住这个商机来改变自己的命运。有了想法就行动，他用积攒的 5 块钱到"八个门"的杨素清那儿买来一台窄幅织布机织白布。有了生产工具后，再凭着他那股子不服输的倔强劲儿，仅用了1 年的时间便杀了年猪，实现了自己的誓言。

祖父刘永秀并不满足于现状，他盘算着将事业做强、做大，实现鸿鹄之志。他跃跃欲试，想着大干一番。然而，缺少资金、缺少人力物力的问题一下子将他拉回现实。他本能地意识到，要想实现飞跃，完全靠自有资金的积累是很慢的。他冥思苦想，觉得首先要解决资金的问题。那时，哪有什么银行啊，钱铺子的高利贷又是难以承受的。他想到了借助社会的力量。于是，他请了当时有钱有势的刘昌寿、刘昌华、杨素清、徐南介、宋耀庭等人吃了一顿饭。饭局中，他对这些大佬说："我想再向前走一步，但是缺钱。你们无论如何要帮我一把，事成后，我一定重谢！"那个年代，宜都的刘昌寿是个说话有分量的人，他对到场的人说："我们每个人借点钱给他，帮他渡过这个难关！"就这样，刘永秀便用借来的钱置办了几台宽幅织布机，招了几名学徒干起来了。

刘永秀思绪清晰，布局缜密。他想到，多了几台织布机，干活的人就会多起来了，吃饭的人也会多起来，需要的粮食也就多了。他压缩一切开支，硬是挤出钱来买了几亩地，还租了10亩地，吃饭的问题也解决了。他们夜以继日，拼了命地干，日子也一天天地红火了起来。

这一干，就改变了刘家人的命运，也影响着尚未出生的刘正国和所有刘家后人的前途和命运。那时，他们只感受到这个改变带来的好处，没有人会预料到这个改变对未来会有什么影响，对刘家的后代又会有什么影响。

新中国成立后，在划定刘永秀阶级成分时，根据他家有8台织布机、8亩水田等综合因素，他被定为"老上中农"①。新中国成立后，直到改革开放前，刘永秀的后代们，特别是他的孙子辈们，正值年轻、追求上进的年代。由于当地少数干部、群众不能准确地理解和把握相关政策，家里人也不能正确理解当时的政策，心理上总感到有一顶"阶级成分较高"的帽子在压着他们，一个"老"字，让他们感到离上面的富农很近了，唯恐沾上边，被当成"管制和打击"的对象，因而常常抬不起头来。为此，刘永秀常常提醒孩子们：谨言慎行，老实干活，少出头露面。

1953年6月，中共中央统战部在调查研究的基础上，起草了《关于利用、限制、改造资本主义工商业的意见》。同年9月，毛主席同各民主党派和工商界部分代表座谈时指出，国家资本主义是改造资本主义工商业的必经之路。从巩固新生政权的客观需要及国家经济体制改革的需要出发，我国开展了对资本主义工商业的社会主义改造运动，目的是把旧中国原有落后、混乱和畸形发展的资本主义工商业，从产权制度入手，逐步引导到社会主义道路上来。1956年1月10日，北京市首先宣布实现全行业公私合营改造，接着，全国各地相继实现了全行业公私合营。截至1956年一季度末，全国全行业实行公私合营的私营工业已达到99%，私营商业达到85%，基本上完成了对资本主义工商业的社会主义改造。同一时期，中国共产党还顺利地开展并完成了对农业和手工业的社会主义改造工作。

上面所说的这一深刻的社会主义改造运动在宜都也顺利地完成了。在对刘永秀等人经营的织布厂进行社会主义改造的过程中，刘永秀和杨素清、徐南介、杨

---

① 中共中央对当时农村中农民阶级成分划分的政策规定，分为地主、富农、上中农、中农、下中农、贫农和雇农。政策中没有"老"这么一个限定词，即便是"上中农"，在农村仍然属于团结、争取的对象，而不是打击对象。

先洪、饶友成、刘昌寿、刘昌华等人响应党和政府的号召，一起参加了合营公司，这就是后来的宜都县棉织厂。

到了 20 世纪 50 年代后期，宜都县成立了县工业局，宣布合营公司解体。工业局的负责同志问刘永秀是搞工业还是搞农业。刘永秀想，如果留下来搞工业，虽然有工资，但是靠微薄的工资收入难以养活一大家子人，他从小就和土地打交道，俗话说，大风吹不倒犁尾巴。最后，他决定回家种田。他给几个徒弟每人分了一台织布机，剩下的财产全部交公，自己只留了一台窄幅织机。就这样，刘永秀顺利地走过了中国共产党对资本主义工商业实行公私合营改造和对手工业改造的历史阶段。

现在，我们在这里说一说这件事是很容易的，当时看上去，整个过程也很平顺。但是，后来的人是说不清刘永秀的内心有多么复杂的矛盾斗争和沉重的心理活动。刘永秀是产权的所有者，那是他多年省吃俭用、辛辛苦苦挣的血汗钱得来的。他开始没有认识到剥削的问题。他真的是难以割舍，几天几夜都吃不下饭、睡不着觉。鉴于当时的形势，经过了激烈、反复的思想斗争，在家人和朋友的劝说之下，他把这些资产都拿出去成立了合营公司。

刘永秀是个识时务者，他没有逆历史潮流而动，而是顺应了滚滚向前的历史洪流。刘正国与爷爷刘永秀一起生活了 30 年，从幼年一直到成年，刘永秀顺应历史潮流而动的政治选择，对他的孙子刘正国在政策环境变化的历史时期，如何选择正确的人生道路也产生了某种影响。这是后话了。

从记事开始，刘正国就记得爷爷刘永秀十分善于教育他们几个孩子。那时，刘正国的父母在外面劳动挣工分，十分辛苦，家里种菜、养猪的事情，包括孩子们的教育，都是爷爷刘永秀在操心。爷爷常常把到县城里卖菜赚的钱省下来一部分积攒起来，每到年三十晚上，家里人聚在一起烤火的时候再分给孙子们。但是，孩子们必须熬过 12 点，在新年到来之际，要上完一节"课"，听完他的说教才能得到压岁钱。爷爷和孙子们笃信，这样来年就会发财。虽然，每个人只能分到几分钱，但是，孩子们都会聚精会神地听爷爷的说教。刘正国印象最深的是，他爷爷常说"穷人要会做人，富人要会饶人"。在刘正国成长的过程中，不管是艰难的成长时期还是事业成功之后，这些教诲一直在影响着他。

刘永秀于 1983 年腊月二十七病故，享年 83 岁。

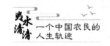

父亲刘传福

1921 年 11 月，刘永秀的长子刘传福出生。等到
该上学的时候，家里的事业慢慢兴旺起来，稍微富裕
了一些，刘永秀便让刘传福去上了几年私塾。就是这
几年的私塾教育，竟然使刘传福成为三代人中文化程
度最高的人。

1944 年 5 月，刘传福 23 岁时，被国民党政府抓
了壮丁，改名叫刘星。1945 年日本投降，他在山东青
岛当宪兵。1946 年，他向部队请假，要求回乡探亲。
回到宜都后，他就没有再回国民党的部队，当年与童
养媳曹辉珍完婚。

父亲刘传福

新中国成立初期，百废待兴，国内各处开始了大
规模的基础设施建设。刘传福毕竟是有一定文化的人，而且是在外面见过大世面
的人，他对新中国成立后的各项建设和政治运动都能适应。1953 年，他参加了
包括荆江分洪工程、宜都县望城岗水库在内的多个水利建设工程施工。他也积极
参加了农业生产合作社，从初级社到高级社，直到后来的人民公社的历次变革。
在农业生产中，不管干什么样的农活，他都是一把好手。那时，刘传福一家人住
在面积约 100 平方米的老宅，共有两个正间一个偏屋，直到子女们长大成人之后
才分开居住。

刘传福于 1996 年 4 月离世，享年 75 岁。

母亲曹辉珍

母亲曹辉珍生于 1920 年冬月十八，故于 1981 年阴历四月二十一，享年
61 岁。

在刘正国的成长过程中，除了祖父刘永秀对他的教育和影响比较大之外，他
的母亲给予他的爱抚和言传身教的影响也是非常大的。与爷爷的教诲相比，母亲
的教育和影响看似不同，但从某种程度上来说是一脉相承的。为什么这么说呢？

20 世纪 20 年代末，刘正国的嘎公（外公）曹启梓因病去世，嘎嘎（外婆）
黎先秀带着 9 岁的儿子曹辉运和 7 岁的女儿曹辉珍，生存就成了大问题。外婆的

家庭贫困交加，濒临家破人亡。这个难题如何破解？在后来的几十年里，外婆黎先秀演绎了一首真实、悲怆、传奇而感人肺腑的母爱史诗。她是一个十分平凡而伟大的母亲。这里，先说说曹辉珍的命运。

母亲曹辉珍

曹启梓 7 岁的女儿曹辉珍被送到刘永秀家做了童养媳。自童年到刘家，她在这里一共度过了 54 个年头。从家庭教育、生活习惯到处世为人，她完全就是刘家的人了。祖父刘永秀一直把她当自己的女儿看待，在教育刘家后代的同时也影响着曹辉珍。然而，作为一个平凡而伟大的女性，她在教育子女方面又有其特殊的爱的温度和情感付出。刘正国在母亲身边的 28 年里，无时无刻不感到母亲对他的爱抚是细腻、深沉而绵长的。说起母亲来，刘正国总是用"伟大的母亲"来赞颂她。

在刘正国童年的时候，他的父母就让他给生产队放牛，为家里挣工分。那个年代，生产队的耕牛是村集体的重要生产力，不能有一丝一毫的马虎，出了纰漏，影响生产，谁都负不起这个责任。这说明他父亲是一个令人信得过的种田老把式，刘家的孩子放牛，不管是责任心还是饲养技术，生产队的干部都是信得过的。

有一天，刘正国有急事，没有把牛喂饱，牛耕田没有力，使耕田的人没有完成任务，队长扣了耕田人的工分。刘正国回家后，父亲刘传福边打边骂他说："不给你吃饭，把你的饭给牛吃！"他没有顶嘴，但感到十分委屈。母亲在一旁看着也不敢前去拉劝，否则，父亲还要打得更厉害些。母亲只能在房屋旮旯里偷偷地落泪，她心疼幼小的儿子。刘正国看到躲在一旁瑟瑟发抖、用衣袖擦拭眼泪的母亲，暗暗发誓，以后一定要把生产队的耕牛喂饱、喂好，不再让母亲难过了。

母亲是个非常能干的人。除了每天出工干活之外，她还要操持家务、养猪。在生产队繁重的劳动和庞杂的家务活中，母亲不乏聪明智慧。别人家都是一头猪一直养到出栏，而刘正国的母亲就不是这样，当她看到小猪崽子长得慢一些就卖掉，再换一头小猪崽子养。所以，他们家的猪总是长得好，出栏快。

有一段时间，母亲每天来回要走四五公里路去修建董家冲水库。生产队供应一顿中饭，那是少许大米加瓜、菜混在一起煮的饭。尽管水库工地劳动十分辛苦，母亲都会把饭菜混煮中的菜吃掉，用以充饥，而把大米饭带回家来，再配上

"丁大菜"煮给孩子们吃。每当刘正国讲起这件事的时候，作为堂堂的男子汉都会控制不住自己的感情，潸然泪下。

母亲是出了名的贤妻良母，十分孝敬老人。她自己没有亲身感受到多少父爱和母爱，就把二位老人当作自己的亲父母一样来照顾。一年365天，母亲天不亮就起床，第一件事就是给爷爷泡一壶茶，然后再去做饭、忙家务，生产队开工了还要按时去出工，日复一日，年复一年。

有一年，爷爷后背上长了一个碗大的"背心花疮"（痈疮），因家境困难无钱治病，就找当地有名的草药医生杜和青医治。杜大夫对母亲说："刘曹大（童养媳名字），回去给你公爹每天用'一匹罐'的茶叶水洗3次，再用草药敷，要敷几个月才能好。"母亲按杜大夫交代的去做，每天洗3次，再敷药。她不嫌脏、不怕累，连续敷药100天，爷爷的疮口才痊愈。村民都说："多亏了刘曹大这个孝顺媳妇，否则，刘二爹的骨头早就能打鼓了！"

母亲是一个善良慈祥的、有大爱的人。1967年，母亲在生产队的副业组里织布，副业组隔壁邻居许心伯的姑娘智力低下，言行异常，脏兮兮的。母亲见她可怜，隔三岔五给她洗头擦身。乡里乡亲都夸她说，自己的事都忙不过来，还帮助一个病人。母亲尊敬公婆、友爱邻里，善良精神不同一般，在村里口碑很好。

1981年年初，刘正国的母亲得了一场大病，卧床不起，吃、喝就吐，家里无钱治疗，全家人如雷轰顶，急得不知所措。关键时刻，刘正国硬着头皮找到他最好的朋友，在电影院工作的老王，打算向他借200元治病。老王自己手头也没有那么多钱，便去帮刘正国借钱，最后凑齐了200元。刘正国感动得给他下跪致谢！真是患难知真情啊！

拿到这笔钱后，他立马把母亲送进医院治疗，7天后病情有所好转，母亲就坚持出院。她说钱是借来的，住院久了花费大，拖累家庭。

出院后，母亲在家也闲不住。有一天，她看到猪没有吃的了，就背着家人去打猪草。由于身体仍然十分虚弱，无法弯下腰来割猪草，她就跪在地上割草。后来，跪着都无法割草了，她就干脆爬着干活。由于劳累过度，出院一个月后旧病

母亲跪地割猪草

复发，吃什么就吐什么，再送进医院时，医生说："无法治疗了，回家准备后事吧！"

临终前，母亲把刘正国和二哥刘正华叫到病床前说："爷爷老了，爹也老了，大哥在外（见下文）顾不了家。你和小哥大些，要挑起家里的担子，把弟妹们照顾好，把家里搞好，不要让外人说闲话。"刘正国和二哥站在母亲床边，顿时觉得天昏地暗、站立不稳，失声痛哭！他决心要把母亲的教诲铭记在心。时至今日，母亲这些话还时常在他耳边回荡。母亲用实际行动教导他如何做人、如何做事。他说："妈是最伟大的母亲！妈呀妈，我来世还要做您的儿子！"这是多么感人的肺腑之言啊！

很多人都学过或者读过著名文学家朱自清先生 1925 年写的一篇散文《背影》，朱自清父亲背影的形象感动了无数人。但是，当你看到刘正国母亲重病出院之后，"跪作""爬行"割猪草的形象，立刻就会泪如泉涌。这个形象更刺痛人们的灵魂深处，这是一个更加令人难忘的伟大形象！

伟大的母亲与命运做不屈不挠的斗争，她舍不得离开这个家庭，更舍不得离开自己的孩子。当她知道自己不得不离开这个人世的时候，她拼出一切要为这个家庭、为自己的孩子流完最后一滴血，为他们操劳到最后一口气为止。这是何等伟大的母爱啊！

在母亲病危那段时间，几个子女深深感到母亲为了这个家，辛苦操劳了一辈子才把六兄妹抚养成人。眼看着家庭经济条件开始好转起来，特别是刘正国的事业已经有了起色，该到母亲享清福的时候了，她老人家却早早地离开了人世，几兄妹不免感到有些凄凉。他们决心要让母亲体面地离开人世。于是，他们决定给母亲做一口上好的杉木棺材。由于那个年代的木材供应紧缺，别说杉木了，一些老人去世只能用普通的木料来做棺木，还有的只能用木板钉一个简易的木箱下葬。决议之后，几弟兄分工，带着指标，分头去筹措杉木木料。他们克服了很多困难，最终给母亲做了一口杉木棺材。这在当时是一件很体面的事情，也了却了几个子女心中的夙愿。

母亲走的时候，按照当地的风俗习惯，请人安葬要办酒席。刘家人不愿违反当地的有关规定，便找到时任生产队驻点的领导（姚店区红星公社书记）请示。考虑到那时的刘正国已是生产队副业队的骨干，他父亲刘传福以及二哥刘正华都是种田能手，对生产队种田有贡献，公社书记便答应帮助他们解决困难。虽然正值农忙季节，但仍然放假一天，没有耽误农时。同时，书记开具条子，刘正国凭

着条子找公社农科所借了 200 斤谷子，找本大队九小队借了 100 块钱，又在自己队里的堰塘里打了 30 斤鱼，在公社食品所买了 20 斤肉，在队里找了一班人帮忙，这才把母亲安葬了。虽然当时条件简陋、缺吃少喝，但悼念仪式上仍然是人山人海，大家都是来送别这位善良、勤劳和慈祥的老人的。

母亲一生没有什么惊天动地的壮举，只是一个伟大的母亲发自内心对孩子们的关爱。她知道孩子们在长身体，尽一切可能去关爱他们的成长。虽然是一点一滴的情感付出，却是爱的伟大源泉，源源不断；尽管不是那么恢宏、雄伟，却总是深沉、博大。爱如涓涓细流，连绵不绝。

外婆和舅舅

刘正国的嘎公去世后，嘎嘎黎先秀为了生存不得不改嫁。她带着年幼的儿子曹辉运和女儿曹辉珍改嫁到了宜都聂家河乡，给家境较为宽裕的付宜民做了填房。付宜民的老婆病逝 5 年了，育有二子二女。那时，长子付天德已成家立业，搬出去住了，女儿付天英也已出嫁。除了付家二老和自己的两个子女之外，黎先秀还要照看付宜民年仅 9 岁的女儿付天星和 11 岁的儿子付天海。那时，黎先秀才 30 多岁，为了照顾好双方尚未成年的两儿两女，她和付宜民没有再生养他们自己的孩子。付家上下 10 人相处得倒也融洽，特别是付家老少，与黎先秀虽无血缘关系，但从未把

外婆黎先秀

黎先秀娘儿仨当外人看待，一家人从不生分，日子还算过得去。

天有不测风云，人有旦夕祸福。这好日子没过多久，一场意外夺去了一家人的顶梁柱付宜民的生命。黎先秀第二次遭遇人生的残酷打击，又一次站到了人生选择的生死关口，上有老、下有小，怎么过？原来是一个人带着一儿一女，现在除了二老之外，还要照看两儿两女，负担是原来的两三倍。

经过反复的思考，黎先秀做出了常人意想不到又十分果断的决定：一是把自己 9 岁的亲生儿子送到 20 公里外，宜都松木坪乡云台观大山里一户姓向的人家；二是把自己 7 岁的女儿送到宜都钱家店村刘永秀家做童养媳，而把与自己没有任何血缘关系的付天海和付天星留在家里，由她照顾。

为什么要把曹辉运送到松木坪乡云台观的大山里面去呢？刘正国的嘎公在去世前，最担心的莫过于这个独苗儿子了。他预料到自己死后这个家庭有可能会破碎。经过慎重考虑，他叮嘱家人，在迫不得已的情况下只能走这一步。首先，云台观村有一房远亲，可以照看一下年纪尚小的儿子；其次，云台观村山大人稀，土地相对较多，容易生存以延续后代，力求保住这棵独苗苗，留下曹家这一脉。如果是送到地少人多的城镇，小小年纪存活下来的概率就会很小。现在，身处人生悬崖边缘的黎先秀，不得不把儿子送到云台观去了。这是一个艰难的选择。没有一个母亲愿意割舍自己的亲生儿女，这是何等无私的决定！这是何等坚强的女性！这是何等伟大的母亲啊！

云台观是宜都县境内少有的几座海拔在 1000 米左右的高山之一，它位于现宜都市松木坪镇，海拔 899 米，雄伟挺拔于众山峦之上。700 多年前，这里修建有清徽派祖庭。云台观村位于半山腰，是最接近山顶的一个村庄，再往上走便是悬崖峭壁，那里已不适宜耕种庄稼了。

然而，幼小的曹辉运还是命运多舛。收养曹辉运的那户姓向人家除了老少四口之外，还有一个女儿。曹辉运去了之后，除了每天上山种地、砍柴之外，回家后还要伺候一家老少，像做长工一样，十分劳累。他在向家从来没有吃饱过肚子。沉重的农活和家务劳动压在他的身上，没有多久，他便开始吐血。向家人怕曹辉运死在家里不吉利也不好交代，便狠心将他赶出了家门。之后，他又被辗转送过几户人家，都没能待很久。最后，村里有一位懂得医术的好心人吴开荣收留了曹辉运。

在吴开荣的精心调理下，曹辉运慢慢地恢复了元气，身体渐渐地好了起来。待到曹辉运成人之后，吴开荣觉得这个孩子各方面都不错，便将自己的独生女儿许配给了曹辉运。曹辉运成了一个上门女婿。

在艰难人生中长大的曹辉运不但懂事明理，也是一个干农活的好把式。新中国成立后，他在生产大队当队长，一直到 77 岁离世。特

舅舅曹辉运

别是在三年困难时期，他想尽各种办法，没让社员们饿肚子，生产队里没有一个人饿死。他的工作颇受社员们的好评。

曹辉运和吴开荣的女儿一共生育了五子三女，大儿子吴治勤、二儿子吴治恒、三儿子曹光福、四儿子曹光元、小儿子吴治桐，大女儿吴治梅、二女儿曹光英、小女儿吴治友。现在，他的孙子辈们都不错，还有几个很成功，成了事业上的佼佼者。

刘正国的嘎嘎黎先秀并不是将自己亲生的儿女送走之后就不管不问了，毕竟是自己身上掉下来的一块肉，岂能割舍得掉呢？每当农忙季节过去之后，她总是先把家务安排好，然后走几十里的山路，从聂家河到云台观村或到钱家店村去看望自己的一双骨肉。

付宜民的二儿子付天海稍大之后，就到宜都县一个资本家汪继白的家里做学徒，新中国成立后又到镇办企业陶器社工作。后来，陶器社被镇办砖瓦厂[①]并购，他就被调到镇砖瓦厂去工作了，20世纪六七十年代还当了镇砖瓦厂的管理干部。他总会抽空回家看看后妈黎先秀。黎先秀把付宜民的小女儿付天星养大，送她出嫁，又把付家二老送走，一切都安排得利落、体面、周到。村里人都夸奖这个好儿媳。

现在，刘正国的亲戚包括刘、曹、吴、付四姓的后代，常来常往，不分血缘关系，都是一家亲。用刘正国的话来说："即使没有血缘关系，走都走成亲戚了！"

兄弟和妹妹

刘传福与曹辉珍婚后共生育五子一女。几个兄弟和胞妹的成长时期恰逢国家的困难时期，也是他家经济最困难的年代。

刘正国的长兄刘正忠是1948年出生的。新中国成立后，读了几年书，因家庭人口多，生活困难，便辍学去宜都县相邻的枝江县百里洲拜师学裁缝了。这一去便留在了那里。后来，他与百里洲冯口公社合心大队的程先春结婚，做了上门女婿。婚后生下一女二子。那时，程家的条件也不宽裕，不过，凭着刘正忠的勤

---

① 指城关镇砖瓦厂。本书中先后提到4个砖瓦厂：城关镇砖瓦厂、县砖瓦厂、全家店砖瓦厂和陆城砖瓦厂（砖瓦二厂）。其中，城关镇砖瓦厂是陆城镇办的，县砖瓦厂是宜都县办的，全家店砖瓦厂和陆城砖瓦厂（砖瓦二厂）均是全家店的村办企业。

奋和手艺，日子过得还算说得过去。

1991年，时年43岁的刘正忠在工作中不幸触电身亡。父亲和家里人知道后都十分伤心。因家境贫寒才把大儿子送到外地去学艺，本想让他学好一门手艺，日子过得宽裕一些，未承想，非但没有过上一天好日子，还遭遇如此之不幸。他们十分后悔让刘正忠到外地学艺。

刘正华是刘正国的二哥，1950年出生。他文化程度不高，只读完小学，十二三岁便开始到生产队里种田挣工分了。刘正华从小就认真学习农田的犁耙镐耖、堆罗扬掀等农活，精通各项农业技术，他是几兄妹中最会做农活的。由于家中兄弟姐妹较多，他自幼就会帮助父母料理家务、烧火打杂，河里发洪水时就去捡"浪柴"（洪水冲下来的木柴）。有时，天不亮就同他人结伴到十几公里外的石羊山上去薅松毛、捡树枝来当柴火烧。

刘正华在农闲时还参加了生产队组织的"三线建设"、水利建设等工程施工。1970年参加修建鸦（鹊岭）—官（庄）铁路，1972年参加宜都县九道河水库工程建设。他是推"鸡公车"的一把好手。

平时，他还利用空闲和晚上的时间编制竹篾制品，卖出后可贴补家用。人民公社时，有技术的手艺人也不能私下接活干，要是被生产队知道了，在收取的报酬中还得和生产队以二八开或三七开的方式交钱记工分，自己留得少，多数要交公。这叫"割资本主义的尾巴"，防止拉大贫富差距，警惕资本主义复辟的苗头出现。实际上是平均主义。在"农业学大寨"时期，手艺人做工还得自带口粮，打晚工加班得来的报酬也得按比例上交。刘正华不但是干农活的好把式，还是一个肯钻研的多面手。20世纪80年代初期，他开始在村里推广节能环保沼气池和节能灶。1988年，开始个体经营火补轮胎、换电瓶等汽修服务。他干一行，精一行。改革开放前，尽管刘正华多才多艺、能力超强、善于钻研，他也无法挣到更多的工分。

在参加宜都幸福渠的建设中，刘正华认识了黄昌梅，他俩在劳动中建立了感情。1975年年底，刘正华与黄昌梅在大队部参加了集体婚庆仪式，结为夫妻。3天后，他们又去参加火热的"大改方块田"的生产运动，破除了女方住"对月"的婚俗习惯。1993年，黄昌梅病逝。1994年，刘正华与黄红梅结婚。

刘正国的大弟刘正义出生于1957年12月28日。1964—1973年在宜都县莲花堰中、小学读书。初中毕业后，他先后参加枝（城）—宜（都）公路的改建工作、宜都香客岩水电站工程建设工作、宜昌三三〇水电工程施工以及1978年腊

月的宜都幸福渠维修抢险工程的施工工作。

1979年以后，刘正义在生产队学习手扶拖拉机驾驶技术，担任生产队的机耕工作和拖拉机运输工作。1984—1985年，他从事机械加工及维修行业工作。之后，到红春汽配厂工作。1987—1991年从事拖拉机行业工作。1981年11月，刘正义与江宏会结婚，1984年儿子刘雨佳出生。1991年，他创办了人造大理石厂和油膏厂。自1994年开始经营砂石场。后来，砂石场与其他十几个砂石场合并后，成立了天鹅砂石场公司，刘正义任董事长。

刘正国、段书林、刘正义在宜昌三三〇工程合影

2007年6月，刘正义加入了中国共产党。2008年被评为红春社区优秀共产党员，2009年被评为陆城街道党工委优秀共产党员，2011年，刘正义连续3年被评为红春社区优秀共产党员；2014年被评为红春社区道德模范；2015—2016年，被陆城街道党工委评为优秀共产党员。2013—2021年，刘正义任红春社区四组组长；2015年任红春社区乡贤理事会副会长。

刘正国的小弟刘正全生于1961年12月，初中毕业后，他在家务农。1987年开始，刘正全在原全家店村办企业红春汽配厂工作。1989年退出红春汽配厂，自筹部分资金到五峰县渔洋关镇开了一家小型汽配厂，由于经营不善，亏得血本无归。回家后，为了生计也为了挣回面子，刘正全憋足了一股劲儿，硬着头皮靠捉"克马"（青蛙）为生，日子一度过得十分艰苦。

1990年他跟着二哥刘正华学习火补轮胎。一年后，自己在原师院附近开了一家火补轮胎店面。6年后，刘正全带着几年积攒下的资金，同本村的胡正良合伙开办了一家建筑公司，组建了建筑工程队，挂靠在宜都五龙建筑公司。2004年，他参与了实验幼儿园土建工程的建设。

刘正荣是刘传福的独生女儿，1963年11月14日出生。7岁时在原红春小学读书，1977年毕业于莲花堰中学。1978年便跟着哥哥刘正忠学裁缝手艺。学艺出师后，1981年在自己家里开办裁缝培训班，学员一度达到上百人。1984年，她嫁给陆城南门的孙永平。1985年与孙永平一起，在城乡路老民政局旁开了一家私人小餐馆，小日子过得也不错。1997年，因夫妻双方感情破裂，她与孙永平离婚。离婚后，她没有地方住，就回到娘家，住到了三哥刘正国家里。在这段艰难的日子里，她很想干点事情，但是没有启动资金。于是，她找亲戚朋友借了点钱，开了个发廊，还开了个小规模的早餐店，虽然早晚两头忙，但能勉强维持生计。2000年，稍有积蓄后，她又找朋友借了点钱，在长江大道北侧建了自己的第一栋房子，并在这里开了一个大一点的发廊，生意也有了很大的进展。

2001年，刘正荣转行开了一家宾馆，即现在的宜都"望玥宾馆"。2003年，她将长江大道北侧的房屋卖了，在长江大道南侧买了一块地基，再建了一栋砖混结构的房屋，继续经营"望玥宾馆"。刘正荣还租了一个沿街的店面从事餐饮，历经十多年打拼，"望玥餐馆"在宜都也小有名气了。

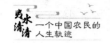

三、刘正国的成长过程

童　年

刘正国的童年时代，正值我国 20 世纪 60 年代初的困难时期。

刘正国从出生到懂事，那是一个无忧无虑的混沌年代。忽有一日开始记事，他看到的和亲身感受到的是艰难和贫穷的生存环境。虽然他不懂那是怎么一回事，但他的认知就是从那个现实的环境开始起步的，他别无选择，必须习惯那一切。直到他 9 岁那年，我国的经济形势才逐步好转。因而，在艰难困苦的环境下的成长经历便成为他人生最宝贵的财富，终身受用。

启蒙之后的刘正国逐渐感到有一块石头压在心里，就像孙悟空头上的紧箍咒一样，时不时地让他抬不起头来。随着年龄的增长，这种心理压力越来越明显、越来越具体、越来越沉重。现在的年轻人根本无法感受到那种心理压力。他的爷爷在新中国成立前办过一个棉纺织作坊，他的父亲曾在 1944 年被国民党抓壮丁，在山东青岛当过宪兵。"老上中农"的成分让刘正国在社会上一直抬不起头来。由于存在着某种误区和误解，他常常感到很压抑。这件事看似是压力，客观上变成了一种动力，在他走向成熟的道路上，让他对社会、社会矛盾、阶级以及人类社会的发展逐渐有了更深入的了解。这些知识和认识也是随着社会不断向前发展而发生变化的。

从记事时，他们家住在宜都县城郊原姚店区红星人民公社红春大队七队。家中有四老（爷爷、婆婆、父亲、母亲），六小（大哥刘正忠、老二刘正华、老三刘正国、老四刘正义、老五刘正全、小妹刘正荣），这是一个拥有十口人的大家庭。

这个大家庭的居住房屋和当地大多数农民居住的一样，都是普通土砖墙加盖瓦片屋顶或茅草屋顶的土房屋。所谓土砖，就是泥巴里夹杂着稻草做筋骨而未经烧制的土块，比现今的砖块要大一些。他们家住的是"二正、一拖、一偏"土砖墙上加瓦片盖顶的房子。

家中的五弟兄都睡在硬板床上，一翻身，床板就会咯吱作响。冬天被子单薄，只能将白天穿的破棉袄和衣而睡。褥子也很薄，不得不在下面铺上一层厚厚的稻草才能御寒。孩子们最怕过冬天的夜晚。睡觉前，爷爷总是要叮嘱小心火烛。那时没有电灯，就点个梓油灯或灯草捻子灯来照明，很少点煤油灯，因为煤油是凭票按计划供应的。除了一盏小油灯短暂点亮之外，整个屋子里都是黑乎乎的一片。屋内的黑暗与深邃无穷的夜空之间，只隔着一层单薄的屋顶。在黑洞洞的梦幻中，孩子们向往着温暖的世界，憧憬着光明与美好的未来。

几个孩子的童年和青少年时期适逢大办人民公社的年代，他们和长辈都过着大集体生活。家大人口多，加上爷爷和婆婆年事已高，几兄妹还小，全靠父母养活这一大家子人，度日艰辛。

当时，全队社员生活来源都是靠"抢"工分来获得分配收入的。农民习惯用"抢工分"来代替"挣工分"，后者是一种不疼不痒的说法，不能提振人们的精神，他们更喜欢用"抢"字。社员们深谙其中的道理，因为一项具体任务总的社会必要劳动时间是个常数，蛋糕就那么大，"抢"（干）得多，就分得多，多劳多得。尤其是农忙季节，更是"抢"工分的重要时机，机不可失，时不再来。"抢"能充分调动社员们的劳动生产积极性和创造性。

那时，人民公社实行的工分制分为两大类：一类是劳动工分，一类是肥料工分。生产队里记劳动工分是按完成的劳动定额来计算的：全劳力一天按 10 分计算，半劳力一天按 5～7 分计算，付出的劳力多，挣的工分就多；肥料工分就是每户向生产队上交的农家肥和粪便所折算的工分。生产队按每户总的工分来分配粮油，分配生产生活物资和少量现金。

在计划经济年代，农民的肉食供应是生产队按劳力来分配的。只有在"双抢"农忙时节，有条件的生产队才能杀上一头猪。困难时期，人人都吃不饱肚子，哪有多余的粮食去喂猪，猪怎么长得大呢？所以，1 年的时间一般猪都只喂得到六七十斤大就宰杀了。把这些肉按劳动力计数，分成上百份，每一份不到一斤重，再按劳动力人数分配。可想而知，每个人分不到多少肉。

其实，家庭喂猪也不是想养多少就养多少，家庭条件好的，一年喂上两头猪，年末时，杀一头交一头；条件差点的就只能杀一头交半头了，而且得交带猪头的那一大半。这就相当于缴税。在那个物资匮乏的年代，逢年过节时，还能按计划供应 1 斤左右的酒、糖之类的物资。因此，大人小孩还是很盼着过年。

截至改革开放前，刘正国家 10 人中，有劳力 7 人。正常年景时，他们全家

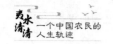

1年可挣两万工分，平均每个工分按0.32元计算，扣除柴米油盐等开支，年年还能节余粮食600多斤，这在当时就是特大余粮户了。那时，在农村养个孩子的成本很低，而且十二三岁就可以挣工分了。所以，在那个年代里，家里劳动力越多，分配得也越多。正常情况下，家庭就越宽裕。所以，刘家当时劳力多就占有优势，家中的境况相对就好一些。

懂事后的刘正国给生产队放牛，可以当作半劳力来挣工分。为了把牛放养好，刘正国每天都是早起晚睡、早出晚归。开饭时，大人们先吃，刘正国要把牛安顿好，喂饱了，才能去吃饭。那时，家庭困难，吃的都是菜糊和菜饭，过年才能吃上一顿"光米饭"（不掺菜的米饭）。每天轮到他吃饭的时候，只有剩菜剩饭了，母亲哄他说吃剩菜剩饭是有营养的，是长身体的。现在的人听了这些话，心里总会有一种同情的酸楚感。

自从那次没有喂饱牛，父亲打他以后，刘正国割草放牛就不敢有丝毫的大意，他更加卖力了，把牛喂得粗壮结实、精神有力。生产队队长高兴地表扬了他的父母，夸他们家教严厉，教子有方。母亲也奖励他，做了"光米饭"和好吃的菜给他吃。要想吃一顿"光米饭"是很难的，这在刘正国幼小的心灵中留下了难忘的、深刻的印象。这样的伙食在一定程度上影响了他的生长发育，成年的刘正国身材不是很高大，但身子骨硬朗，双手有力，身体壮实、精干。

刘正国和哥哥刘正华除了帮助家里做些零散杂事之外，还要帮家里尽量多抢一点工分，虽然抢不到多少劳力工分，但可以抢到一些肥料工分。爷爷隔三岔五会到县城里卖小菜，这就认识了陆城镇街上的一些朋友。那时，县城的街道上没有几个公厕，大部分是私家厕所，爷爷就拜托这些朋友将自家的人粪尿留着，刘正国和哥哥天黑时到这些人家里去淘粪，抬回来倒在自家粪坑里，再集中起来交到生产队换工分。这样，两个孩子也为家里多赚了一些工分。

父亲刘传福到生产队种田挣工分，母亲曹辉珍在本队副业加工厂织布挣工分。父亲是种田的好把式，样样农活都拿得起来，母亲更是一位好强的农村妇女。她在集体织布厂里织土布的速度比男织布工织得都快，质量又好，生产队分配给她的工分与同等男劳力一样。他们的父母每个月得出勤28个工作日。

刘正国开始记事的时候，恰逢他母亲出工参加修建宜都董家冲水库，父亲参加望城岗水库的修建工程。刘正国的爷爷留在家里，分担喂猪、管理小菜园子、到县城里卖菜等家务活，有时也给集体打草挣点工分。爷爷经常给孩子们讲述刘家家训，特别是家训中的"勤俭二字乃处家之根本，勤则无废弛之事，俭则无空乏之虞，早起迟眠各务正业勤也"，这些教诲影响了孩子们一辈子。

有一段时间，父母"抢"来的工分满足不了全家人日常生活的需要，再加上几兄妹个个是"菜狼饭虎"，正是"吃长饭"的时候，家里的粮食不够吃。1959—1961年三年困难时期，他们每日仅能吃到二两主食的计划口粮。爷爷婆婆为了全家人一日三餐吃好，就不得不用棉籽饼、椰树皮、黄荆条叶子、红花草等和主食混合煮饭以充饥。他们这些活蹦乱跳、正长身体的孩子，吃了不大一会儿，肚子里就饿得咕咕乱叫。每次出门挖野菜，婆婆都要带上幼小的刘正国，教他如何识别野草和野菜。婆婆把挖来的野菜混合少量麦麸子打成糊糊给他们弟兄充饥。他清楚地记得5岁的时候，父亲、母亲去修水库，爷爷常常叫他到人民公社的食堂去端一钵子饭回来，这是生产队按计划供应他们兄弟3人的主食。这一钵子的菜米粥大约有1斤重，爷爷和婆婆常常把菜粥里的大米给孩子们吃，自己喝菜汤，后来爷爷、婆婆都患上了浮肿病。

发　小

该到上学的年龄时，刘正国也和大家一样，赤着脚、背着个破书包去学校上学了。但是学习似乎不是他的主要任务，放学回家后，总有干不完的家务活等着他去做。

尹德海也成了他的同学，他们是光着屁股一起长大的发小，常常一同上学、一同玩耍。有一天，在上学的路上，不知道是为了什么事情两个人争执了起来，尹德海在理屈词穷的时候，搬出了"撒手锏"——刘正国爷爷和父亲的阶级成分，盛气凌人地说："刘国伢子是国民党宪兵的儿子，是老上中农的儿子！"他把那个"老"字拖得特别长、说得特别重，想以此来占据口角中的制高点，从心理上压制住刘正国。尹德海能这么说，是因为他家的成分是"下中农"，成分好。这一下可刺痛了刘正国幼小的自尊心，

尹德海

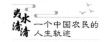

愤怒的他立马就挥起小拳头打过去。其实，他也不懂这里面的政治意义，他不顾忌这一拳打下去的后果，只是为了尊严，为了出这口气，一心要战胜对方。他要用武力去扳正颠倒了的政治优势，使自己在心理上占据上风。结果，他把尹德海打到水田里去了，他以胜利者的姿态独自去学校上学了。浑身湿透的尹德海只好跑回家去，换了一身衣服再去学校上学。与尹德海打架只不过是刘正国一时愤怒失控才出手的。事过之后，两个人就跟没有发生过矛盾一样，真是不打不相识。直到十三四岁的时候，两人还常常约在一起到西湖河边给生产队放牛，挣工分贴补家用。如今，谈起这件往事，两位当事人都情不自禁地大笑起来，根本不记得当时是为什么拳打脚踢。经历过那个年代的人一定会为当时刘正国的行为捏上一把汗，要是把他的行为说成是阶级报复也不是不可能，那问题就大了！

看得出来，刘正国从小就有一种博弈的心理，他觉得，不服气的事情可以用"武力"去解决。从人性的角度来看，敢于博弈的人，不但有自己的真理标准，也敢于为这个真理标准去挑战、去付出，而不太会顾忌后果。特别是年幼无知时，他们更不会去顾忌博弈的成本会有多高。当他决定要博弈的时候，想不了那么多，他不在乎！常言道，从小看到大。在他成人之后，还真闹出了一场"武力威慑"的事情，惊动了整个宜都政坛。

刘正国的威风很快就使他成为生产队里出了名的小孩王，在他周围聚集了一帮小伙伴，他们在一起放牛、割草、捡煤渣、捞浪柴。刘正国还常常把这些小朋友约到家里去玩，他母亲喜欢这些孩子，也为儿子有那么多的小伙伴而高兴，那毕竟是成人后社会关系的基础。

当时，生产队大约有十几头牛，一起放牛的还有刘正贵、胡正国、魏成华、刘德新、李友法、张明松等小伙伴，每人放牧一头。开始的时候，牛与这些孩子不熟悉，比较倔强。经过两年多时间的放牧和喂养，牛的性格也变得非常温驯，孩子们可以骑在上面了。放完牛后，他们经常去位于清江边的恩施木材厂刮树皮、捡木柴，到清江河边捞浪柴或者一起到城关镇砖瓦厂捡煤渣。

刘正国和小伙伴们团结友爱、互相帮助，建立起了真挚的友情。1972年，刘正国和刘德新、刘正贵等人在"争光水库"一起搞建设时，有一天刘正国的肚子疼得厉害，在地上打滚。刘德新和刘正贵见此情形便立刻将刘正国背到宿舍。他俩搞不清楚他得了什么病，十分担心，便请了一位老人用一个土方子，把土烟枪杆子里的烟油捅出来，再用开水给他冲服，结果还是不管用。刘正国疼得几乎失去了知觉。第二天，刘德新和刘正贵几个人又把他送到宜都中医院，经医生诊断是急性阑尾炎，十分危险，必须马上手术治疗，否则就会化脓穿孔。幸亏是这些朋友的帮忙才使刘正国得到及时治疗。

年龄再大一点，到了十七八岁的时候，尹德海高中毕业，在生产队当了技术员，负责给作物打农药。他还和刘正国一起点灯扑蛾，将稻田的蛾子诱捕、收拢。白天他们几乎在一起。1974年，尹德海高中毕业后，因家庭成分较高，再加上他家生活十分困难，便被指定去生产队当了保管员。那时生产队的保管员可不是一般人想干就干得了的，政治上可靠是第一位的，有文化、责任心强自不必说了。这样，他就不用每天下田干活了，还有一点实权，那真是一个不错的工作。这样的好事，刘正国想都别想，他仍然在生产队里干农活。没过两年，宜都县水泥厂招工，尹德海又被选中去当了一名工人。那时的口号是"工人阶级领导一切"。刘正国做梦都想当一名工人，可是命运之神怎么会眷顾他呢？他有自知之明，知道自己文化水平低，认命了。但是，那种失落感就如同掉进了万丈深渊一般，他的情绪时常十分低落。从此，他俩的命运与前途开始向着不同的方向发展。两个人在不同时期各有各的收获，其中的人生经历、苦乐酸甜，有待细细品味。

辍　学

由于当时的生活条件十分艰难，刘正华和刘正国两兄弟没能上完初小就相继辍学了，为的是帮助解决家中劳力不足的问题。辍学后，每天看到自己的同学和同村的孩子们背着书包去上学，两兄弟心里实在难受。刘正国不是不想学习，他只能把对知识的渴望，对客观世界的好奇心，暂时埋在心里，有待一日能发芽成长。可是，10岁左右的孩子又能干些什么农活呢？

哥俩除了可以帮助家里做一些杂事之外，已经可以作为"半劳力"到生产队里去"抢工分"，"抢"到一分算一分，诸如割草、放牛、挣积肥工分，等等。那时，家中有分下的两三分菜园地，他们几个孩子帮助爷爷打理，种的小菜除了自己吃之外，爷爷还拿到街上卖给城里人吃。村里的饮用水就是堰塘里的"自来水"。哥俩每天担水，负责全家吃、喝及洗衣服等生活用水。两兄弟个子都比较矮，人小力不足，只好抬水，每次装满一缸水就得抬上十趟，有时还得跟爷爷"摸园子"，抬水浇灌菜园子。比刘正国年长3岁的哥哥十分懂得照顾弟弟，总是把水桶拉到靠近自己的这一侧，减轻弟弟的负担。每当爷爷看到这些情景时都十

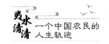

分心疼。为了奖励孙子们，也是为了慰藉一下自己难受的心理，爷爷会把自己进城卖小菜的钱偷偷给兄弟二人。虽然爷爷掌管全家的经济大权，也只能偶尔给每人两三分零花钱。那时的钱值钱，这两三分积攒起来还是能买一点自己念想的小东西的。

兄弟俩最怕天旱无雨，到那时最苦的就是他俩了。七月骄阳的暴晒使得家附近几个堰塘里的水都干涸了，堰塘底部显出龟裂纹。他俩只有到离家几里路的逃官桥井边去抬水，要是那里的井里也没水了，就只有到清江河边去抬水，来回就要走个把小时，无论是骄阳似火还是瓢泼大雨都要跑上几个来回。这样日复一日、年复一年，两兄弟抬出了体力、抬出了顽强性格、抬出了吃苦精神，也抬出了胞弟情谊。他们相依为命，共同战胜艰难困苦。这一家老小虽然度日艰辛，却也能和睦相处。他们披星戴月，齐心协力，共渡难关。两兄弟也把全部童心和血汗都灌注到这个贫困的家庭里去了。

从1959年开始的三年困难期间，他们那里跟全国其他一些地方的农村一样，种下去的庄稼不是减产就是几乎绝收。刘正国兄弟也主动想方设法去承担一些力所能及的家务事，减轻父母的压力。刘正国从小就是一个爱劳动的好孩子。夏天，他要顶着烈日跟大人们一起在旱田、水田里间苗、薅杂草，还要干一些诸如手扛钉耙身背粪筐捡牛粪（晒干后当柴火烧）、打猪草、挖野菜、捞浪柴等杂活；收割时，他又要去捡麦穗、谷穗；秋天，他就去捡红苕、割黄荆条、捡杂树叶子、打松果子。

那时，全家店村每家每户烧火的燃料很少用到煤，大部分都是用柴、草和牛粪，村里田埂上的干草被割得一干二净。刘正国八九岁时就常常和哥哥刘正华，再约上同村邻居的几个弟兄一起去山上打松果子，薅松毛和松树叶子。全家店村的附近没有山林，他们要走10多公里的山路才能到山上去打松果子。家里大人对那么小的孩子走那么远的山路去干这件事，既很担心也很无奈，好在是兄弟俩和几个小伙伴一起去，也就稍许放心了些。不过，大人们还是当成一件大事来做准备的。每次上山去打松果子的头一天晚上，婆婆和母亲会等孩子们睡了之后，连夜给他们做粗糠面粑粑，准备好第二天带的干粮。

第二天早上4点多钟，六七个孩子集合在一起，从全家店村出发，经朱家岗、扬旗坳，再到过路滩的渔洋河边。渔洋河水宽流急，过河时，每人交1分钱就可以乘船过去。所以，出门时，每个人的身上要带够3分钱。回来时，除了人头费之外，还要再交山柴费1分钱才能乘船过河。如果身上没有带够钱的话，就只能游水过去或者走很远的路，绕到浅水滩蹚水过河。怕大人们担心，他们回来的时候都不会说是游水过河的。渡过渔洋河之后，还要经袁家榜、桥儿湾、狮子岩、背驼老、响水洞、鹰子石等地方，最后到达目的地石羊山。他们会选择松树多的山上打松果子。到了中午，他们就将带来的糠面粑粑凑合吃了，口渴了就找附近溪沟弄点冷水喝。小伙伴们各自寻打松果子。到了下午 4 点多钟，打、捡的松果子还不是太多的话，他们就得一刻不停地忙碌。直到 5 点多钟，看着天快黑的时候，各自把松果子装好，把松毛和松树叶子用栎树枝或黄荆条捆绑好挑着回去。一路上，不管多累，他们都是高高兴兴地你说我唱，疯闹地往回赶路。那是一种收获的快乐，一种满足的喜悦，一种天真无邪的童趣，一种成长的宣示。孩子们回到家已是晚上 10 点多钟了。

除了打松果子、捡牛粪和捞浪柴来帮助家里解决燃料问题之外，到废煤堆里捡煤渣也是刘正国的事情。他还在那里结识了几个新朋友，后来成了他的终身益友。

1962 年冬月的一天，天上下着细雨，寒冷刺骨。下午，刘正国第一次到宜都县城关镇砖瓦厂捡煤渣。那时，城关镇砖瓦厂的主产品是烧制秦砖汉瓦。厂里有 3 个土窑，手工制砖、瓦。艾道新是这里年少的"老客户"了，他看到来了一个跟他年龄相差不大的小孩，腰中缠一稻草绳子，穿一棕叶蓑衣，背上一蓼叶壳斗笠，脚穿一双草鞋，一手拿一竹子扁担和镰刀，另一手拿着一挟担，想必是要来窑洞烤下火的小同胞。当时，烧窑师傅姚远启喊了声："刘国伢子，来烤下火哟！"刘正国就慢慢地走进窑洞子里去了。姚师傅问："刘国伢子，你今天打牛草（田边地头一年四季生长的狗牙根）卖了几角钱呀？"刘正国没气力地说："只割了 25 斤，还除了 1 斤水，卖了 1 角 2 分线。"姚师傅是个吃苦力的好心肠人，他觉得 9 岁的孩子割了 25 斤草，还要背着去卖掉，挣这点钱是很不容易了！这么冷的天又要出来捡煤渣，所以赶紧拉他进砖窑里取暖。进到砖窑后，姚师傅介绍这两位"新、老朋友"相互认识。他俩个子高矮差不多，刘正国穿得比较差。艾道新想，这刘国伢子的家庭环境跟自己一样，可能也不是很好的，要不然也不会这么小就去割牛草卖。想到这里，艾道新觉得他们二人就是同病相怜的兄弟，所以就主动报了自己的家门和姓名，说他姓艾，小名叫艾牛伢子，也是天天在这里捡煤渣，天晴割些牛草卖。这真是天地造化的一对兄弟。刘正国也讲了自己家中的情况："我家在全家店村，田少、娃儿多，又缺劳动力，没钱读书了。我二兄带着我帮家里分担一些困难，我就割牛草卖钱。"当时姚师傅插话讲："你莫看刘

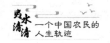

国伢子小，他可是我们这里有名气的小孩王，人蛮聪明，又能吃苦，他还能号召些弟兄一起干。"就这样他们二人慢慢地谈了起来，而且越谈越近，两人的情感产生了共鸣。后来两人经常见面，一起捡煤渣，有时一起割牛草卖。这样，两个不懂事的顽童就建立了感情。刘正国常常对艾道新讲述爷爷给他定的家规家训："置产者，吃亏一分，受用一世；征租者，少收几合，多收几年。"意思是告诉人们"吃亏一时，幸福满屋"，人活着就是要处处想到吃亏，也就是"吃亏是福"。现在的人，不一定能理解这些人生训条。但是，他们就是用这些祖训、家规和人生哲理来抚平、慰藉自己的苦难人生。从艾道新结识刘正国的第一天开始，就觉得刘正国是一位憨厚待人、助人为乐、乐于奉献、勤劳勇敢、敢做敢当的好兄弟。刘正国也觉得艾道新是一位可尊敬的兄长，处处关心体贴他这个小老弟，自己有困难就找艾道新商量并请他帮助。在两人相处的日子里，都遵循着"规规矩矩做事，清清白白做人"的人生哲理。随着时间飞逝，一晃就是60多年，他们都是已过古稀之年的人了。

初涉险情

随着年龄的增长，刘正国的视野和胆识也在不断地扩大和增加，仅仅靠打松果子、拾煤渣和捡牛粪来解决燃料问题，不能完全满足家庭的需要。20世纪60年代初，柴米油盐酱醋茶都是紧缺物资，需要凭购物券计划供应。一般来说，平原地区与河流冲击的河谷地带的农村，如果没有煤炭供应，生火做饭的燃料问题就显得特别突出，全家店就是这样的一个村子。各家各户即使粮油不缺，少了燃料也会饿肚子。

全家店村正好在清江、长江交汇处的清江南岸，在清江上捞浪柴可以补充家庭燃料不足的窘境。每到盛夏暴雨季节，清江上游发洪水时，上游深山老林里的一些树枝、木材被洪水带到下游，遇到旋涡回水之处便在原地打转，暂时停止往下游漂流，这正是打捞木柴上岸的最佳时机，稍纵即逝。此时，在清江上捞浪柴的人真像是浪里白条，拼死一搏，那个场面是最具挑战性、最具刺激性、最动人心魄的！岸边观看的人们无不揪紧内心，大声呼喊，加油鼓劲！

1969年7月初，清江发大水，一夜之间便把位于清江和长江之间，宜都县红花套的几个村庄席卷荡平。暴涨的洪水从上游冲下来了很多木柴，胆大的人们纷纷游到恩施木材厂设置在宜都清江上的拦截木排上抢拾浪柴。大约在早上7点

钟，拦截木排的钢索断了，木排上近
百人无处逃生，随着激流而下的木排
在清江上横冲直撞，十分危险！那
时，年仅16岁的刘正国就站在那个
被大浪推来涌去的木排上。尽管他是
在清江边和长江边长大的，水性很
好，横渡过清江和长江。但是，面临
那样危险的境地，他的心里还是很紧
张的。各种各样危险的情景在他脑海
里一晃而过，他想到过死亡，但时间
不允许他多想。他临危不惧、镇定勇
敢，很快就表现出了常人少有的智慧
和机敏。刘正国想，要想让急速漂流
的木排停下来，除非是撞到桥墩、坡
岸或者是其他的趸船，否则，木排就
会直接冲向长江下游；如果木排因猛
烈撞击而停下来的话，由于惯性作

清江拦截木排钢索

清江捞浪柴险情

用，木排前面和两个侧边的人就会被抛到激流之中或被物体撞击而发生意外。在
激烈冲撞的木排上，最安全的地方就是木排的后面。因此，他试图尽量往木排后
面的中间位置移动。然而，在颠簸而拥挤的木排上，要想换个位置是很困难的。
水火不饶人啊！说时迟，那时快，他灵巧的身体在木排上跌跌撞撞的，一下子就
挤到后面中间的位置上去了。

在这危急的时刻，时任宜都县委书记在木材厂用高音喇叭指挥大家，他要木
排上的人不要慌，县委和县政府正在积极组织营救。由于水高浪急，一般船只
无法靠近载有近百人的木排，宜都县委、县政府迅速协调附近船舶工业公司404
厂，从白洋调炮艇前来救援。这才将木排连人一起拖到孙家河起坡，木排上这
百十来人终于得救了。

刘正国濒临死亡深渊，他收获了面对惊涛骇浪的心灵体验，锻炼了在危险环
境下的意志品质，积累了在紧急情况下冷静思考的智慧经验，品尝了一般人难以
品味的人生滋味，这个经历使他永生难忘。只有经历过生死搏斗的人，才能站到
人生的一个新高度去重新审视人生，面对未来。还有比死亡更具有震撼意义的事

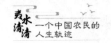

情吗？到鬼门关走过一遭的人就会感悟到，其他的困难不过是"一览众山小"。

"新衣服"

刘正国小时候穿的衣服，即使是春节的新装，最好的也不过是用他母亲织的土布缝制的衣服。通常是，"新三年，旧三年，缝缝补补又三年"。老大的旧衣服改给老二穿，老二的给老三穿，总是穿着改了又改的"新衣服"。夏天还比较好过，充其量不过是赤膊上阵。他常常是打赤脚，从小就练就了一双铁脚板。然而，冬天就很难过了。一到冬天，他贴身穿一件旧的褂子，外面是露着棉絮的破棉袄，最外面再套一件外衣。宜都冬天的温度最冷时可达 -5℃~ 3℃，而且，那里的气候潮湿，体感温度更低，冰冷刺骨的。众所周知，寒从脚起，在冰冷的冬天，要是站在那里不动的话，手脚发麻，要不了多久，整个身体就会被冻僵。

在刘正国记忆中，母亲每年只给他做一双布鞋，夏天就赤脚，冬天仍然穿那双破旧的布鞋，从来就没有穿过棉鞋。他清晰地记得，刚上学的那年冬天遇到下大雪，一不小心摔倒了，布鞋和袜子都被打湿了。为了不耽误学习，他只能坐在教室里听老师讲课，两脚冰冷发麻，浑身颤抖。看到有钱人家的孩子穿着防滑雨鞋，他十分羡慕。他家没钱，只能想穷办法。那时，宜都冬天的农村如果天气不是太冷时，有人就穿一双自家打制的边耳子草鞋，下雨天就会穿一种"木脚子钉鞋"。于是，幼小的刘正国就模仿"木脚子钉鞋"做了一块与鞋底大小一样的木板，再在木板底下钉两个小木块，然后把这块木底板用绳子绑在布鞋上，或在单鞋里面再裹一层棕榈毛来御寒。这便是刘正国的"防滑雨鞋"，有点像欧洲荷兰国"四宝"之一的"木鞋"，只是没有木制的鞋帮，功能差不多。

那时，除了对饥饿和寒冷有直接的感觉之外，他对服饰的美观没有更多的要求，也不曾有任何奢望。这样的"审美观"是穷孩子们习惯了的。有时候，习惯会带来安逸和舒适，习惯了贫穷的环境，总比刹那间从天堂掉落到人间更能适应身处的环境。他习惯了自然环境给予大脑的印象和主观感觉，他习惯了物质世界给予他的恩惠，哪怕是最低的恩惠，尽管不是那么富足。他没有比较的体验，现实就是理所当然的。因为，他不知道什么是雍容华贵，更不懂得什么是奢靡和挥霍。但习惯往往是可怕的，它会让人们安于现状、无所事事。有时，反差强烈的对比会产生巨大的内在推动力，社会上的对比反差是追求平衡的内心动力，对比度越大，打破平衡的动力就越大。对比和反差会带来改变现实的欲望火种，再加上从小就敢于博弈求胜的拼搏性格，这也许是刘正国人生道路上的双轮驱动力吧。从他天生的秉性来看，他的人生道路中，某一步也许是偶然的，但所有步履的集合，即他的人生轨迹绝不是偶然的，那是一个必然的过程。对他而言，那是一个成功的过程。

直到一年盛夏，爷爷带着他进城卖菜，让他看到了一个不一样的社会环境，这对他幼小的心灵产生了莫大的冲击。县城里有钱人家的孩子穿着整洁、衣服漂亮，嘴里吃着冰棍或糖果，而他却站在太阳底下，毫无遮挡，汗流浃背，口渴难耐。见此情景，一般的孩子总会不自觉地垂涎欲滴，羡慕得不得了。这种对比和反差，使他有生以来第一次燃起了欲望的火光，一种向往和改变命运的冲动埋在他幼小的心底。就像爷爷刘永秀年幼的时候，在"至公牛行"幺妈那里受到的刺激之后那样，在刘正国幼小的心灵里埋下了一颗求变的种子。成年后，也是在他面对另一种强烈对比的时候，那种自主选择的突破力是任何茧壳都不可能束缚得住的。

他13岁那年的夏天正值农忙，生产队安排他放牛，每天上午他都要到江边割牛草。有一天，他到县城的桥河坎上割牛草，到了中午就割了一大担挑回家，他光着脚走在回去的石板路上。那时，桥河的街面都是用石板铺设的，光滑的石板被太阳晒得滚烫滚烫的，汗水滴落在石板上，不一会儿就消失得无影无踪。他光脚踩在上面，脚被烫起了泡，泡被磨破之后露出鲜红的血肉，每走一步都疼痛钻心，很难行走。实在没办法，他只得找了两根草绳缠在脚上，咬牙把担子挑回家。

沿途他看到城里人在午休，那些人躺在竹板凉床上，有的吃冰棍，有的吃西瓜。城里人不用光脚走路，他们穿着各式各样的凉鞋、拖鞋，有的人还骑着自行车，以车代步。那时，他觉得，自己小小年纪走路脚烫起了泡，还有一担牛草压在肩上，命好苦哟！大家都是人，怎么有这么大的差别呢？是投错胎了吗？他好羡慕城里人，做梦都想进城当个工人，工人是他幼小心灵中高大的偶像。

其实，孩子在成长过程中，心目中崇拜的偶像会随着年龄的增长和环境的变化而变化，城里的工人是少年刘正国崇拜的第一个偶像。后来，他崇拜的偶像又有了新的变化，特别是雷锋，正好是他成长的那个年代影响他的英雄人物。儿时的雷锋也很艰苦，后来参军了，通过学习毛主席的著作，在部队的教育培养下，变成为伟大的无产阶级革命战士。他觉得，自己有着和雷锋一样的苦难经历，他也可以成长为雷锋那样。除了崇拜工人之外，雷锋是他心目中十分高大而永恒的学习榜样。他很想参军，做一名雷锋式的战士。然而，每次招兵的好运都不会降临到他身上。有的时候，命运就是若干走不过去的坎儿连接而成的最终结果，只要奋力拼搏，不虚度年华，这样的人生不一定比那些一路顺风顺水的人差。

1968 年是刘正国一生中最难忘的一年，因为那是他第一次离开父母出远门，到与宜都毗邻的枝江县百里洲大哥刘正忠那里学做裁缝。也是在那一年，他有记忆以来第一次穿上了一件真正的"新衣服"。那年，他已经是 15 岁的小伙子了。那时的枝江县百里洲是产棉区，也是周围比较富裕的地方。棉花种植会用到日本进口的一种化肥——尿素。装尿素的包装袋材质很好，很像的确良（一种棉纱与涤纶的混纺布）。按规定，这种口袋是要回收的，所以规定要按数量登记入库数与出库数，同时也规定了一定比例的破损率。因此，有少数人能利用这百分之几破损率的规定搞几个尿素包装袋来做衣服，既不要钱又不要布票。

刘正国经常穿补丁衣服，自他记事以来都没有穿过新衣服。不过，他最喜欢过年，过年就可以穿得好一点、讲究一点，但还是粗蓝、吊灰家居布，也就是整齐干净一点罢了。常言道："叫花子也有 3 天年"，母亲就是这样教育他们要过平淡的生活。然而，15 岁的刘正国已经青春萌发，自尊心很强，他已经意识到了自己的外表形象会影响自己的面子，总怕被人看不起。他从来都不敢奢望用全毛、毛涤或全棉的布料来做衣服，他甚至连听都没听过那些用新奇的面料做的衣服。对他而言，最高的也是最低的、最现实的要求就是能有这样一条尿素包装袋做的裤子。因为，他看到有人穿尿素包装袋做的裤子。那种布料做的裤子，用一种植物染料染成深棕色，经熨烫后，色彩自然，裤线笔直、垂坠、飘逸。他喜欢那种潇洒、浪漫的感觉，毕竟已是 15 岁的小伙子了。

大哥刘正忠是当地小有名气的裁缝，做过这种尿素包装袋改制的衣服。刘正国的羡慕之心在他大哥面前无意识地流露了出来，但又不好意思直说，只是委婉地表达说："我好想要一条新裤子！"刘正忠听进了弟弟的话，并暗暗地记在了心里。

机会终于来了。有一天，百里洲的一位生产队干部请大哥

刘正忠（左一）

上门去做衣服，那个生产队干部是队里的一个保管员。当时的生产小队有 7 个干部：生产队队长、副队长、会计、保管员、贫协组组长、妇女主任和出纳。这保管员可是个掌管实权的人物。保管员拿了 4 个尿素包装袋要大哥做两条裤子。刘正忠见状便顺势对这位保管员说："我弟弟穿的衣服很破，您能给我两个尿素包装袋，让我给他做一条裤子吗？这个人情，我用做工还给您。"那个保管员说："我们的尿素包装袋是要回收的。你实在想要的话，我来想想办法，有机会给你弟弟搞两个包装袋。"这位保管员没把话说绝了，留了一个话头，主要的意思是想看看刘正忠这边有什么"回报"。刘正忠是个明白人，他懂得其中的"弯弯绕"，他为某些"特殊人物"做过尿素包装袋的衣服，他心里有数，但从来不对局外人说起这些事情。这种便宜事，村里一般的人是沾不上边的，但大家都心知肚明。当时有一句顺口溜："干部看干部，抖抖料子裤。前面是日本，后面是尿素。岔开裤裆看，含氮四十六（宜都方言'六'读'陆'）。"

这次是因为弟弟穿得太差了，所以刘正忠才惴惴不安地向这位保管员开口。要是平常的日子跟这位保管员提这个要求，那就是自找没趣，肯定会被一口回绝，一句"按规定办事"怼得你憋在心里，半天说不出话来！那时，有一句话是"天不怕，地不怕，就怕小队长一句话"！那是可以直接扣你工分的顶头上司，有时还会挥舞政治大帽子。老实巴交的农民都明白，还是少找那些麻烦！

生产队的保管员请他们做的衣服，说好是要两天才能做完的，兄弟俩加班加点到深夜，用了一天加一个晚上的时间就做好了。另外，还多做了大大小小很多衣服，但只收了保管员一天的工钱，晚上加班加点的工钱也没算在内。这就感动了那位保管员。刚开始的时候，他说的是："我来想想办法，有机会给你弟弟搞两个包装袋。"看到兄弟俩干了那么多的活，于是就改口说："我家刚好还剩下两个尿素包装袋，给你弟弟做裤子吧。"这下可把刘正国高兴坏了，他开心地大喊着："我有新裤子穿啦！我有新裤子穿啦！"大哥刘正忠见此情景，心里却感到十分酸楚，觉得这个弟弟真可怜呀！其实，刘正忠心里很明白，保管员家里何止这两个包装袋！刘正忠见好就收，连声道谢，不再多言。

这件小事也让年少的刘正国懂得，要办成一件事，利益的等价交换很重要，没有轻易得来的好处，天上从来都不会掉馅饼。他找到了一个灵巧而管用的社会与人性的密钥。他深信，有了这个密钥就没有做不成的事情。他后来的成功与此认识有着某种逻辑关系。

也许有些人会问，生长在新中国的刘正国那时的生活怎么会那么苦呢？本着

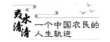
实事求是的精神来分析其中的原因，除了三年困难时期和苏联修正主义集团逼债的大背景之外，客观上也存在着地域环境的差异。他的出生地——宜都县的全家店虽然自然环境很好，但是由于人口密度过大，生产队里社员的生活水平，比起本地山区或是临近的山区农民来，还是有一点差距的。改革开放前，刘正国所在的全家店第七生产队，共有 55 户、320 人、176 亩耕地，其中坡地 96 亩，人均仅 0.55 亩耕地。那时，与宜都县相邻的五峰县仁和坪乡檀木岗村的农民人均耕地可达 5～10 亩。

其实，我国人民生活水平的地域差距长期存在，只是程度不同而已，不会绝对一样。那时，山里人少地多，受自然灾害的影响也不是太大，虽然没有多少钱，日子还是过得去，比全家店要强一些。

1966 年 9 月，中共宜都县委、县政府决定开展"西湖围堰"大会战（位于全家店七队旁边），围垦造田。在一年零一个月的时间内，共计动员了 4 个公社 40 多个生产队，共投入 2800 多个劳力，建成了"西湖围堰"，共造田 80 亩，人均增加了 0.25 亩土地。这仍然是杯水车薪。在如此狭小的空间里怎么能养活那么多人呢？这是摆在每一位当政者和他们的接班人面前的一道大难题！光靠小打小闹是解决不了根本问题的。人们期待着总的治国方略的调整与变革。

母亲给他第二次生命

1971 年 3 月的一天晚上，刘正国与同族兄弟刘正贵打着火把，到老合作社大屋场旁的一个堰塘去"叉夜火"（捉鳝鱼、泥鳅等）。走到堤边的时候，他的脚踝突然被毒蛇咬了一口。那是一种毒性很强的毒蛇（民间叫土浆蛇），如果不及时抢救就有生命危险。刘正贵立马用嘴帮忙吸毒血，吸了几口，再在大腿处用绳子绑紧之后，背起刘正国就往家里跑。刘正国的小腿肿得很高，第二天早上就走不动路了。母亲知道是被毒蛇咬了，非常担心！她去织布加工场上班时，遇到肖万福便着急地说："肖家大叔！快给我帮个忙吧！我的三伢子昨天晚上叉夜火被毒蛇咬了。"肖万福说："你快去找杜和清，他能治。"母亲就马上去找杜和清医生弄药，杜医生说："你织布去，我马上给你送药来。"然后，他嘴里叼着烟，背着个手，就往屋边山坡上走去。没用半小时他就回来了，手里拿着刚采摘的一束闷斗花（一种草药）对刘正国的母亲说："刘曹大，你快把药拿回去，用嘴把药嚼烂后，敷在伤口处。"母亲赶紧回家照做，把那种草药敷在了刘正国的伤口处。

没过多久，伤口处就往外流黄水，第二天就消了点肿。母亲再去找杜医生要了点那种草药，杜医生还特意交代，要用瓷针（碗摔破后的瓷片，上面有很多小尖刺）把伤口扎破，切开伤口把毒血挤出来，再敷上草药。母亲手软，对自己的儿子下不了手，就请肖万福来帮忙。肖万福跟刘正国说："扎伤口的时候会很痛的，你要把牙齿咬紧点儿！"说着，就用瓷针在伤口处扎了十几下，毒血水直流。母亲又用嘴把草药嚼烂敷在伤口上，没多久伤口就痊愈了。母亲给了刘正国第一次生命，这又给了他第二次生命。

也许是那种草药对牙齿有损坏作用，自那以后，才51岁的母亲，一口牙齿几乎坏掉了，门牙也都掉了，就剩下了几颗大牙。每当想起这件事情，刘正国的心里就十分酸痛，眼泪扑簌扑簌地往下掉。

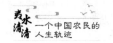

四、转 变

7013 工程

1968 年 7 月，到枝江县百里洲大哥刘正忠那里去学习缝纫技术的刘正国，不到 1 年的时间又回到了宜都父母身边。那时，在农村学艺是不太容易的一件事儿。首先，出门学艺是需要自带口粮的，因此，每年要给生产队上交 200 元钱才能分到口粮；其次是师父那里还要交一两百元的学费，这是固定费用；除此之外，逢年过节给师父拜年、送礼也是一笔不菲的开支。所以说，没有熟悉的关系，要想学一门手艺是很不容易的。因此，有的技艺是家传的，刘正国跟着哥哥学裁缝正是如此。他不必自带口粮，也不用逢年过节的时候送礼，这就省掉了一笔开支。

那么，为什么他会离开枝江县百里洲又回到宜都呢？这在当时是一个无奈的，也是一个必然的选择。刘正国天性灵活好动，如同林间的小鸟，是一只"活雀子"，而做缝纫工作就需要定得住心。刘正忠知道弟弟好动的性格，开始的时候就让他干一些剪扣眼、锁扣眼、钉扣子、做纽扣襻的事情。后来安排他在棉衣衬里铺棉花，要求均匀、厚薄一致，然后再手工绗缝，那一针一线的活计，真得有绣花女的功夫才行。这是大哥在有意磨炼他的性子。让刘正国在那里坐上几小时一动不动，实属不易。这是性格使然。

另外，他走了之后，家里就只剩下父母和二哥刘正华 3 个劳动力，弟弟刘正义、刘正全和妹妹刘正荣都还小，一家 8 口生活很艰难。父亲刘传福写信给百里洲的大儿子说，一家两个儿子都去了外地，家里忙不过来，除了少挣工分之外，家里很多杂事无人干；爷爷奶奶年纪都大了，老四刘正义、老五刘正全和小妹刘正荣都帮不上什么大忙，特别是烧火的柴草需要刘正国去搞。因此，刘传福要刘正国回宜都。返回宜都这件事，看似是一个不经意的、无奈的选择，没有人会料到，它从根本上改变了刘正国的人生轨迹。

心理学家说，性格决定命运。这是不完全的，这只是事物发展的内因，社会与时代发展的外在因素的叠加作用会使必然事件偶然地出现。人的命运总是与社会时代紧密相连，就如同一个人身处惊涛骇浪中行驶的巨轮上一样，一个人的人生轨迹是他在船上行走的轨迹与历史巨轮在波涛汹涌的大海上行驶轨迹的复合曲线。这是一条曲折复杂、多维度的空间曲线，没有两个人的人生轨迹是完全相同的，但航行中巨轮的轨迹对同一条船上所有的人来说都是相同的。因而，再伟大的人生奇迹都离不开历史舞台。

刘正国已走过的人生道路中有好几个社会历史背景：第一是新中国成立初期；第二是苏联逼债和三年困难时期；第三是"文化大革命"与国家实施"三线建设"的时期；第四就是改革开放时期。第一、第二个时期伴随着他的童年与少年时代，那是一个百废待兴、艰难困苦、磨炼意志的时期；而第三、第四个时期则是他的角色与身份转变的年代，那是他由无序走向有序的过渡时期。

关于上述的第二个时期有一种说法，常常是把三年困难时期和苏联逼债放在一起，说成是"天灾人祸"。其实，我国幅员辽阔、地域广大，局部地区遭受自然灾害的影响，使得农业减产或绝收是有可能的。但若是说在全国范围内，无论是春夏秋冬都在闹自然灾害，恐怕就不那么客观了。东方不亮西方亮嘛！在"概率论"里，上述的空间（全国地域）和时间（四季）是相关事件概率的乘积关系，乘积的结果小于每一个事件出现的本身的概率，事件越多，乘积结果就越小，最终事件出现的可能性也就越小。

因而，实事求是地说，那时的环境与其说是"天灾人祸"，倒不如说主要是"人祸"。1960 年 7 月 16 日，苏共中央总书记赫鲁晓夫下令撤回全部援华 156 项的专家，并要讨回援华的经费，实则是逼债。以毛主席为首的中共中央态度坚决，决心在两三年之内还清所有的债务。党中央、毛主席带领全国人民，齐心协力、加紧生产，勒紧裤腰带还债。因此，随着时间的推移，"自然灾害"与"苏联债务"同时同步地消失在历史洪流之中。这也从一个方面说明了二者之间的关系。

刘正国的童年和少年时期正处在那个十分艰难的时期。现在许多人如果不了解当时的政治、经济形势，就不会正确理解刘正国怎么会生活得那么艰难、那么困苦。

那时的"文革"在城里的机关、学校、事业单位和工厂搞得轰轰烈烈，相比较而言，农村跟城里就有一些不同。农民很清楚，农时一天都耽搁不起，误了农时老天爷就会给他们颜色看。

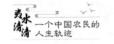

那么，什么是"三线建设"呢？

由于中苏关系破裂，使两国之间的政治、军事、国家关系严重恶化。与此同时，中美关系也十分紧张。退守台湾的国民党蒋介石集团蠢蠢欲动，要借机"反攻大陆"。这些情况，使我国处于十分严峻的政治、军事形势之中。

基于上述国内外形势，党中央、毛主席提出，要在我国西部 13 个省、区以备战姿态进行大规模的国防、经济建设，同时改变我国历史上形成的沿海与内地经济、建设布局不均及发展失衡的现状。中共中央从战略上把我国地域做了划分。

湖北西部被划进了大三线地区。国家在宜都县规划了不少"三线建设"项目，除了军工国防建设项目之外，连接河南焦作和广西柳州，在宜都县枝城镇跨长江而过的焦—枝、枝—柳铁路也是当时一个重要建设项目。位于宜都境内的枝城长江大桥是继武汉长江大桥、南京长江大桥之后，我国自主修建的一座跨长江的战备大桥。从枝城长江大桥而过的焦—枝、枝—柳铁路被称为我国第二条京广铁路，有着十分重要的国民经济和战略地位。这些建设项目对宜都县的经济建设、城乡发展和社会进步起到了十分重要的推动作用。其中的一个"三线规划"建设项目就是宜都 7013 国防工程，俗称"拐洞幺三"工程。

上述这段历史又是怎么影响刘正国人生的呢？可以说，如果宜都县没有国家的"三线建设"布局，就不会有今天的刘正国。然而，历史是不能假设的。参加这个工程建设是刘正国农民身份转变的第一步。

1970 年的一天早上，七队队长肖万春到刘正国家对他的父母说："刘国伢子已经是 17 岁的小伙子了，搞事还是蛮行的，就是有点儿调皮捣蛋。队里打算安排他出门去 7013 搞建设。"肖队长还特别强调说，"队里不会安排一般的人去搞'三线建设'的。刘国伢子去了要表现得好一点！"刘正国急切地问："到哪里去搞建设？"肖队长说："是在聂家河。"让他收拾好衣服、被子和日常生活用品，下周一早上 7 点钟，在陆城 7013 转运站集合，由红春大队的孙永文带领 15 个人集体乘车去"拐洞幺三"工地。聂家河是刘正国外婆的老家，距离全家店有 10 多公里远，他过去到聂家河外婆家要走上大半天的山路。一想到就要参加外婆家乡的工程建设，那一夜，刘正国浮想联翩，兴奋得难以入眠。

出发那天，他们十几个人在孙永文的带领下，乘上 7013 的大卡车，不到 40 分钟就来到聂家河的工地上。那时，7013 工地上的大喇叭播放着《东方红》和《大海航行靠舵手》。下车后，他看到在翠绿的山谷里，清澈的渔洋河边，已经拉开工程建设的序幕了。

在 7013 的工地上，他们是按照半军事化方式进行管理的。整个姚店区红星公社的人被编成一个营，称为"红星营"。红星公社抽调孙永文做营指导员，红岭大队的廖平当营长，由他们二人带领大家军训，组织大家参与建设。起床、睡觉都以吹号为准，每天定时、定点安排上下班和作息时间。按规定，红星营的农民工每月计发工资 37.5 元，其中一半交给生产队，这是年终分配时的依据；另一半交给红星营做生活费，营里一月一扎账。一般情况下，扣除生活费之后，一个人每月还能有 5 ～ 7 元的现金收入。这种半军事化的组织管理和每月几元现金收入的生活，与村里的农民相比那就很不一样了。

红星营的农民在 7013 主要是搞一些基本建设的土木工程，如开山炸石、修建道路、开挖土方、砂石运输、水泥搅拌、抬预制板、砌墙盖瓦、水电与管道设备安装，等等。每天早上集合分配任务，指导员明确要求并提出表扬和批评。他们每个月休息 3 天，7013 会用汽车把大家送到陆城转运站，各自回家休息。经过一段时间的军事管理与训练，这些农民原本松散的组织性和纪律性得到了增强。有一次，7013 转运站的所有汽车都去拖运石头了，无法准时调度汽车把大家送回 7013 上班。为了不影响工程进展，指导员和营长在前面带队，举着"红星营"的红旗，步行 10 多公里山路，准时到达 7013 工地，没有一个人掉队。在这个过程中，他们得到了遵守纪律的自我教育，也感受到了集体的力量，为红星营争得了荣誉。

那时的刘正国已经满 17 岁，营里可以把他当作一个"全劳力"来分派工作了。搅拌机不够，他就和另一个伙伴用铁锹把砂石、水泥和匀成水泥砂浆；由于人小力不足，他就和 8 个人一起把沉重的预制板抬到楼上安装到位；他还学会了用毛石块砌墙建房，等等。这不但练就了他强壮的体魄，也让他学会了建筑工程施工中的相关技术。更为重要的是，他学会了相互合作、前后道工序有机协调的组织管理方法。

在和大家用毛石砌墙盖第一幢楼房的时候，刘正国刻意找了一块非常漂亮的石头竖着砌在墙中间，和其他横着砌的石头形成了鲜明的对比。没有谁要他这样做，是他自己认为有必要这样做。在砌这块竖立的石头时，他想了很多。首先，他要为红星营这个集体留下一个永久性的纪念，也要为自己漫长的人生征途留下一个纪念。因此，他精心地挑选了一块质地和外观都非常满意的石块。他还十分仔细地分析了这块石头的受力情况，把它牢固地砌在墙里。这个标识不但是红星营辛勤劳动的标志，也是他自己人生征途上的一个里程碑。不管他后来做什么工作，也不管他走到哪里，那个标志总是跟他形影相随，成为他丈量人生征途的原点，迈向新征程的起点。

改革开放后，7013搬离聂家河去了外地。1995年，聂家河镇政府搬进这幢房子。1998年，在时隔28年后，事业有成的刘正国去聂家河镇办事的时候，还专程去看那幢3层楼房。他看着那块竖立的石头，心潮澎湃，感慨万千！那是一个事业有成的中年汉子饱经风霜的自豪感，也有一种历经沧桑、百折不挠的成就感，更有继往开来、壮志未酬的紧迫感。望着那块挺拔矗立的石头，他久久不愿离去。那哪里是一块普通的石头啊，简直就是刘正国人生的第一块界碑。

在7013的那一段时间里，刘正国除了学会一些土石方建筑工程技术之外，还在106车间跟着上海来的江师傅学会了管道安装技术。如何根据圆管的外径选择管螺纹板牙的大小、如何制丝扣、如何涂抹腻子缠绕麻线进行密封连接、如何涂抹氧化铁防锈漆，等等。他能熟记管螺纹的各项数据并在钳台上制出各种规格的内、外管螺纹。他眼里有活、手脚麻利，非常尊重江师傅；他虚心请教，不怕吃苦和劳累，任劳任怨。江师傅也非常喜欢这个宜都的小伙子。在精明的上海人眼里，"各个小宁夏几好"（上海话，这个年轻人非常好）。刘正国了解到上海人的生活习惯，知道江师傅喜欢吃白斩鸡，就利用休息时间到聂家河外婆那里搞了一只"走地鸡"给江师傅。江师傅觉得这个徒弟能知道自己的饮食习惯和爱好，感到特别贴心。他毫无保留地把自己的技术都传授给了刘正国。同时，他也注意到，刘正国常常用羡慕的眼光欣赏他穿的一双"人"字形泡沫拖鞋，那是他从上海带来穿的，在宜都还很少有人穿这种泡沫拖鞋。穿鞋的时候，"人"字

"人"字形泡沫拖鞋

7013工程纪念水杯

的顶部挂在脚的大拇指和第二拇指之间，这个设计非常巧妙，令刘正国赞叹不已！穿着这双泡沫拖鞋走路，柔软、轻巧，没有多大的声响。而刘正国穿的是一双木屐，俗称"趿拉板儿"，走起路来踢里趿拉的。有时，他还得赤脚干活。对比之下，他觉得自己太土气了。在回上海之前，江师傅把这双"人"字泡沫拖鞋送给了刘正国。虽然这是一双别人穿过的拖鞋，刘正国还是高兴得不得了！只要是他喜欢的，他不在乎新旧。后来，他就穿着这双"人"字泡沫拖鞋在村里干活，故意显摆。

红星营里的文化生活很丰富，每周一场电影，如《南征北战》《列宁在十月》，等等。每周还安排一次政治学习，学习党的方针政策，学习毛主席的著作。在7013的工作和学习是刘正国从未经历过的，他感到新鲜和充实，也体验到农耕生活时所没有的集体生活，但物质生活是比较艰苦的。

20世纪60年代末，宜都县几乎在同一个时期开工的还有六七个"三线建设"项目，分散在宜都的南部和西南部的大山里面。这些工程把小小的宜都县城搞得热气腾腾的。当时，"三线建设"单位和参与建设的工程营的后勤供应由各建设指挥部负责。一下子来了那么多人，这后勤供应就是个大问题了，光靠宜都县本身的蔬菜和副食品生产是很难保证供应的。"三线建设"初期，蔬菜和鸡鸭鱼肉等副食品供应基本上是靠各三线单位自己派车到湖北省内外去拖。三线单位的职工学习延安时期的"南泥湾精神"，利用闲散的荒地种菜、养鸡、养鸭，也能少许弥补一些供应不足的问题。7013工程指挥部总是尽力去保证参与建设的地方工程队每周都能打一次牙祭。尽管如此，刘正国和一起做事的年轻人还是希望能调剂一下口味，怎么办？他们把眼光投向了大自然。

7013所在的宜都县聂家河公社地处宜都的西南方向，背靠宜都县丘陵地带与五峰县崇山峻岭交界的边缘，渔洋河穿公社驻地而过，它是清江的一条支流，在宜都县境内与清江汇合后流入长江。聂家河的东南方向是丘陵地带以及渔洋河等上游水系冲积的小平原。这是一处山清水秀的好地方。当时，"三线工程"选址的原则是：靠山、隐蔽、分散、进洞，敌人一颗炸弹不能同时炸掉两个车间，简称"山、散、洞"。7013项目选址在这里，真是一个不错的国防备战选择。

那时，渔洋河河水滋润两岸，聂家河生态绝佳。刘正国一帮年轻人在工作之余，常常到渔洋河摸鱼捞虾用以改善伙食。到了六七月的黄梅天时，特别是暴雨将至时，宜都的天气就变得既潮湿又闷热，此时，渔洋河两岸的石壁上爬满了螃蟹，它们也在那里乘凉、交友。7013的工地上有很多废旧的竹筐，几个年轻人就把这些废竹筐拆散扎成竹篓子和竹火把做捕捞工具。天黑之后，他们来到渔洋河边，点燃竹火把，那些螃蟹见到火光就一动不动地趴在石壁上。这些年轻人忙不迭地把抓到的螃蟹装进竹篓子里，每人可以捉到5斤左右的螃蟹，带回来交给食堂。虽然那是山里的一种土螃蟹，味道不是很鲜美，但也能调剂一下口味。食堂的炊事员和司务长更是近水楼台先得月。他们用油一炸，再搞一点儿小酒，捉蟹的几个年轻人也跟着一起享受劳动成果。倒也不亦乐乎！

十七八岁的刘正国已经是一个漂亮英俊的小伙子了。爱美之心，人皆有之。除了在枝江县百里洲，他大哥刘正忠用尿素包装袋给他做过一条尿素新裤子之外，他还没怎么穿过新衣服呢！那件新裤子虽然潇洒，满足了他一时的爱美之心，但他还是感到有点儿窝囊，那毕竟是尿素包装袋子做的。他总觉得裤裆里有一股日本"尿素"的尿骚味道，还是差了一把劲儿！

到了7013后，每月的工资扣除了七七八八的款项之外，他还有5～7元的现金收入。现在，他的手头上有几个钱了，这就激发了他更高的追求欲望，他想买点儿布做几件真正的新衣服。只是因为钱还是不太多，需要月月积存，他就把那些追求和欲望暂时压在了心底。他是个会过日子的人，从不乱花一分钱。他决心积攒几个月先做两件新衣服。首先是想用咖啡色的灯芯绒布料做一件上衣。他去过几次聂家河供销社，看到那里有这种布料。但是等到他攒够钱再去聂家河供销社购买的时候，售货员告诉他，这种布料卖光了。他感到很遗憾！他打算利用每个月3天休假的时间，回宜都商店去买。后来，聂家河供销社的售货员告诉他，附近的熊渡供销社有这种布料。于是，他硬是沿着渔洋河边的石板路，从纸厂经谢家洞，过牛耳洞，到达熊渡供销社，选购了当时比较时兴的咖啡色的灯芯绒布料和一段毛华达呢料子带回来。这一趟，他来回走了15公里。

他把两块布料带回家去，让大哥帮他剪裁好，他自己缝合，做了一件咖啡色夹克上衣和一条毛华达呢裤子。他还穿着这套新衣服到聂家河照相馆拍了一张照片，为他第

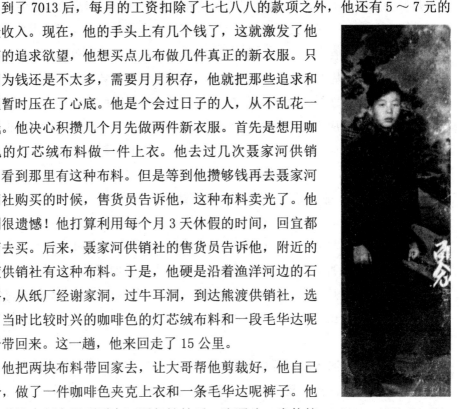

新衣服

一次挣钱留一个纪念，也给自己举办了一个成年人仪式。这在当时是比较罕见的了。在三线工厂里的工人和技术人员当中，这么"庄重的"成年人仪式虽可见到，如此执着的爱美之心却不多见。

他不但在身体、精神和心理层面发生了些微妙的变化，更在工程技术方面收获颇丰。那些工作与耕地插秧、除草施肥、开镰收割很不一样，有的是他熟悉的，有的是他不熟悉的，这就需要学习和熟悉。所有这些体力上、精神上、技术上的收获，在他后来从事建筑工程施工，以及改革开放后在宜都新农村建设和城市化进程中，都为他奠定了扎实的基础。经过一段时间的学习、劳动之后，刘正国与留在村子里的人开始变得不同，他知道自己的变化已经开始了。

他们就是现在被称为"农民工"的人。可见，"农民工"并不是改革开放后才出现的农村劳动力转移的现象。农民工现象起于何时？追溯历史，应该是在传说中的三皇五帝之后，公天下的制度被大禹的儿子夏启改变后，中华大地产生国家后就出现了。在夏、商、周时代就开始运用国家权力调动农村劳动生产力来兴建重大的国家项目了。秦始皇建长城、隋炀帝修建大运河等，这些永世传承的杰出工程建设，无一不是伟大的中国"农民工"干出来的。直到如今，他们还是被称为"农民工"。他们中的一些人回归了农村，继续从事农业工作，而有的人的身份则发生了永久性的转变，其中一些人还成了著名人物或军事、政治领袖。"农民工"有其悠久的、不可磨灭的、极其伟大的和十分准确的政治经济学含义，应该享有受到全社会尊敬的国家社会地位。

一双泡沫拖鞋

1971年上半年，刘正国结束了7013一年的工程施工锻炼，以全新的精神面貌回到红春七队，继续从事千百年来祖辈传承下来的农业劳动。到了收获季节，同样是他挑草头（草头是指收割下来尚未脱粒的麦子或稻子）干农活儿，挑担子的人却不一样了。那时，从西湖到暴屋①有3里路，一个壮劳力一天最多挑13担草头。刘正国穿着江师傅送给他的那双"人"字泡沫拖鞋也能挑13担草头。尽管干的事情一样多，他却吸引了乡亲们关注的目光。那倒不是因为他年轻做事不输别人，完全是他脚上穿的那双"人"字泡沫拖鞋。那时，挑草头的人穿的都是

① 暴屋：一个生产小队有一处仓库，用于堆放集体的粮食、各种器具、种子等。

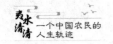

破旧的布鞋，也有的人穿草鞋或者干脆赤脚，只有刘正国一个人特殊，穿着一双乡亲们都叫不上名字的"洋玩意儿"干活，怪怪的！乡亲们窃窃私语，指手画脚，忍不住发笑。有的年轻人是眼红，还有的人是嫉妒。他们觉得，这刘正国出去搞建设 1 年多，像是变了一个人似的，他在搞什么"稀奇"呀？有的人背后说："这 18 岁的刘国伢子正值青春萌发，是不是犯了'春病'？搞成那个怪样子！"老人们从自己的经验出发来看这件事，会说"这哪里像个搞事的样子"。真是"好事不出门，坏事传万家"。

刘正国出"洋相"的事儿，很快就传到他父亲刘传福的耳边。晚上，刘传福气鼓鼓地批评儿子，不让他再穿那双"人"字泡沫拖鞋干活了。到了第二天，刘正国还是照常穿着那双"人"泡沫拖鞋做事。这下子，刘传福就咽不下这口气了，觉得自己的长辈尊严遇到了极大的挑战，这个儿子翅膀硬了，让刘姓族人丢人现眼，他管不了啦！于是，刘传福就找到时任红星公社红莲大队的主任，也是刘正国的姑父曹光中，想让身兼主任、姑父的曹光中来教训教训刘正国。刘传福这样做，既是恪守家训，做给族人看，也是洗刷清白，做给外姓人看。他的意思是：不是他刘传福没有按刘家的祖训教育儿子，而是他管不了这个儿子，他自己是清白的，不管外界怎么议论，责任不在他这里。

第三天，姑爹曹光中把刘正国叫到身边，大发雷霆地教训他："明天，你再穿那双拖鞋做事看看，我就天天在逃官桥教训你，一直把你搞到服帖为止！别人都穿草鞋、打赤脚，就你一个人怪样！你要老老实实做人，踏踏实实做事。再也不要给大人添麻烦啦！"曹光中的话确实有点重。为什么这么说呢？外人有所不知，那"逃官桥"是什么地方？它是位于西湖和暴屋之间的一处坡地，下面有一块较大的场地，周围长着几棵纳凉的大树，挑担子的人或是干活的人走到那里常常会休息一下，歇歇脚，谈天说笑换个神。所以，这里也是农村天然的露天"沙龙"会馆，特别是农忙的季节，那里的人比较多。先不说刘正国穿那双"人"字泡沫拖鞋是"玩味的"，单说是"上海拖鞋"就会让人联想到新中国成立前资产阶级生活方式："纸醉金迷、靡靡之音""紧身裤、摇摆舞，灯红酒绿扭屁股"……这些景象会一股脑儿地涌向人们的脑海。穿"人"字泡沫拖鞋，走资本主义道路，这会让人们联想到"吃二茬苦、受二茬罪"。

听到曹光中这么一说，刘正国只好收敛。他再也不敢穿着那双"人"字泡沫拖鞋在外面做事了。把那双"人"字泡沫拖鞋扔了吧，太可惜！那是江师傅送给他的纪念品；不扔吧，也不能穿出去显摆了。他只能晚上回家，洗完澡后穿一穿那双"人"字泡沫拖鞋。村里不明真相的人都说，曹光中这个姑父真有办法，老子管不了儿子的事儿，到了他那里，三下五除二就全都解决了。真厉害！

秋收秋种一过，天气渐渐冷下来了，没有人再穿草鞋或赤脚干活了，刘正国的那双"人"字泡沫拖鞋的风波也就渐渐平息了。况且，县里即将开始大规模的秋冬水利工程建设，繁重的体力劳动和严格的任务指标让人站着就能睡着，哪里还有人去关注那双"人"字泡沫拖鞋的事儿呀！人们渐渐地淡忘了。可是，刘正国的内心却留下了深刻的印象。他怎么也想不通，穿着这双"人"字泡沫拖鞋竟然可以走到资本主义社会那里去！那么，赤脚干活又会走到哪里去呢？

修建水库、水渠

宜都西南部是巫山山脉东南边缘、云贵高原大娄山脉东北边缘和湖南武陵源北部三大山脉的交汇处。这里山高林密、沟壑纵横，是我国地势第二阶梯末端的边缘地带。这里属于亚热带季风气候，印度洋的暖湿气流和青藏高原的降水云系为宜都带来了充沛的雨水，年均降雨量大约 1300 毫米。宜都境内，包括长江、清江和渔洋河在内的大小河流有 50 余条，较大的湖泊就有 10 多处。清江是湖北境内长江的第二大支流，仅次于汉江。在三大山脉交会地带与长江河谷之间是舒缓的、渐次降低的丘陵地带，再往北是清江与渔洋河的冲击谷地。具有如此多层次的山、水、河、湖自然环境的地方，在我国可谓佼佼者。但这里是雨热同季，降水多集中在春末、夏初之交的季节，从这三大高原山区注入清江、渔洋河的洪水汹涌奔腾而下，常常吞噬下游大量的农田。如果，在山区或丘陵地势较高的地方修建若干水库和引水渠，便能使地势低缓的丘陵地带和低洼的河谷平原得到自流灌溉。新中国成立后，宜都县的执政者们敏锐地注意到这个问题的利与弊。很显然，抓住了水利建设，兴利弊害，就抓住了宜都农业和经济社会发展的"麻筋"。因此，从 1958 年"大跃进"开始，宜都县历届县委、县政府按照毛主席"水利是农业的命脉"的指示，锲而不舍地大兴水利建设。其中，施工难度最大、建设时间最长、受益范围最广的幸福渠便是一个不朽的水利建设工程。

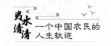

修建争光水库

1971 年下半年，宜都县姚店区红星公社成立工程指挥部，组织所属的 9 个大队①将近 2000 人，在红岭大队修建"争光水库"。这个水库建成之后，9 个大队都将受益。指挥部实行统一指挥、统一调度、统一作息时间。每天由指挥部下达每个大队的定额标工任务，完成任务才能回去休息，否则需要打夜工去做完。超额完成任务则由大队自行予以奖励（饭票）。

18 岁修争光水库

参与建设的人员完全按照半军事化的建制管理。姚店区红星公社为一个营的建制，刘正国所在的红春大队为一个连，各生产小队为一个排。红星公社武装部部长饶友煜任指挥长，杨进修任副指挥长，刘先政为政委。时任红春大队民兵连连长江诗贵兼任连长，红春大队书记龙祖铭任指导员，周吉青（女）任副连长。

这个水利工程施工非常艰苦，刘正国对此记忆深刻。每天的工作量完全是按照自上而下的计划进行定额管理的，由指挥部在水库大坝坝基上用石灰画出各连的标方数，当天必须完成，这是硬任务、死命令。指挥部下达的标方数再层层分解到各个排，再到每个人。

每天早上 5 点半，司号员吹起床号，队员们洗漱、吃饭半小时，然后列队出工。挖土的与推土的各司其职。推一车土就签发一张"非子"（票证），分为 4～7 担 4 种不同的"非子"。具体该发哪一种"非子"，全凭发放"非子"的人用肉眼估算那一辆车上推了多少担土，再发放那个标准的"非子"。每天每人要达到定额标准才能凭票吃饭。由于工作量大，饭菜的油荤比较少，每顿饭的定量是半斤，一般人都不够吃。只要能超额完成土方任务，就可以拿到奖励的"非子"，每超过 5 张"非子"就可以奖励一钵子饭（半斤）。像刘正国这样的劳力，每天要吃两三斤粮食。因此，大家都会拼命干，这样可以得到奖励，吃得饱一

---

① 红星公社下属：红岭大队、红阳大队、红春大队、红胜大队、红莲大队、红湖大队、红花大队、红星大队和红江大队。

点。能干的人总会多得到一些奖励，顾家的人还可以把吃不完的饭或者多余的饭票拿到食堂兑换成大米带回家去。要是完不成任务，各级领导就脱不了干系，首先就是拿连长、排长是问。因此，连里下了一道死命令：任务是个坨，完成靠协作。压力层层传递，大家加班加点也要完成任务。连里还有一个绝招，就是谁完不成任务就要开会教育。开起会来，好听的、不好听的话都有，没有人愿意为此去听难听的话，听了难受不说，还要丢面子。

掌管发放"非子"的周吉青是一个20岁出头、年轻漂亮的姑娘，梳着两支麻花辫子，160厘米的个子，身材丰满、匀称，做起事来非常有原则性。那么重要的一个工作，若不是她人品正派、做事公道，队里也不会让她做这个事儿。标方是丈量后划定的，有多少方土方就对应着多少方的"非子"，多发、少发都会出问题，她的工作就会受到置疑。要是哪个小伙子想跟她拉关系、套近乎，靠情感让她多发几张"非子"，那就两眼不识泰山，自讨苦吃了。因此，这既是一个需要铁面无私的工作，又是一个技术性很强的岗位。也许是她太过于严苛和执着，闹得一些人对她不满，包括七队刘川锦在内的几个人，先是在下面议论纷纷，等到这种情绪发展到一定程度的时候，就控制不住了。

有一天，刘川锦把周吉青手上的"非子"抢了过来，二人便争吵了起来。说来也巧，刚好碰到了下连检查工作的指挥长饶友煜，这就"被检查到了"。于是，饶友煜将刘川锦的双手缚在身后捆绑起来，站在大坝上，先用毛泽东思想教育他，再在连里开会批评。幸亏刘川锦是贫农出身，做了一番"不忘阶级苦、永远跟党走"的思想教育后，这个事情才算平息下来了。

修建争光水库时的居住环境和后勤供应远不能和刘正国在7013时相比。在7013时，他们住的是工程总指挥部借用3户农民家宽敞的稻场，在上面搭的工棚，有十几间房子。虽然都是通铺，但是还比较舒适，夏天还有电风扇吹着，那毕竟是国家出资的工程啊！而修建争光水库是红星公社的自筹项目，区县没有任何补贴，大家只能分散居住在附近农民家的猪栏屋和牛栏屋里，一间房子住十几个人，一个人只有1米宽的地方。在地上直接铺上树枝和树叶，再在上面铺上一些高粱秸秆和稻草，最后铺上自己带去的被絮，那就是床。晚上回来，拖着疲惫的身子，就像一摊稀泥一样瘫在床上，躺下去就睡着了，也顾不了高低不平的床硌得痛。夜里，要想翻个身子找到舒适的睡姿，那就得忍受高低不平的枝杈压痛。

根据总指挥部的安排，要求各生产队按计划轮流供应肉食，保证每个月能打

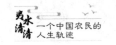

一两次牙祭，但实际上很难做到。有的时候，两三个月才能吃上一次肉。连里面只能勉强维持副食品供应，不像在7013时，每周打一次牙祭。

1971年的国庆节前夕，因红春大队的任务完成得快，受到了指挥部的表扬，总部号召全公社其他几个大队向红春大队学习。作为一连之长的江诗贵打算国庆节不放假，把工作进度再向前推动一下。同时，由于两三个月没有开荤了，他想给大家改善一下伙食。于是，便与连里的几个领导商量，能不能弄些猪肉给大家打个牙祭。决议之后，江诗贵就让施工员江德怀到附近的亲戚家里去买了一头重110斤的猪。卖家开始要价是7毛钱一斤，最后还价到6毛5分钱成交，合计71.5元。这事儿干得挺漂亮的，大家欢欢喜喜地过了一个国庆节。

未承想，吃肉的事儿被总部知道后，非但没有肯定他们这个做法积极性的一面，反而让他们受到一些非议。也许是其他连队放假没吃到肉，就有人嘀嘀咕咕地埋怨不公平。贫农出身的江诗贵至今也想不通，他的初衷是为了提高大家的工作积极性，早日建成争光水库，怎么还被批评了？

1972年12月底，在修建争光水库最紧张的时刻，在部队当兵的杨安国回乡探亲，他是刘正国的一个发小。杨安国头戴闪闪发光的红五星军帽，穿着一身棱角明晰的军装和一双崭新的军鞋到水库工地来看望大家。杨安国来到大坝上，看到大家干得热火朝天地，受到了感染，便与大家一起干起来了，推了半天的鸡公车。工地上那些姑娘伢儿多么羡慕这个小伙子呀，连里的宣传委员还专门写了一篇表扬稿，在广播里播放。红星公社人武部部长、工程总指挥饶友煜知道来了一位现役军人，作为一位退伍老军人，他也感到特别自豪，还高兴地接待了年轻的杨安国。

杨安国英姿飒爽的样子令刘正国羡慕极了！那不仅仅是他对杨安国的羡慕，更是对伟大的中国人民解放军的敬仰！但他是有自知之明的，他很清楚自己参军不易，只能好好工作，不折不扣地完成排长交代的任务。如果完不成任务，不但连累家中的父母，而且会减少家里的粮食收入。

无论是羡慕当兵的杨安国，还是把争光水库的工作、生活环境与7013时做对比，在年轻的刘正国心里慢慢地认识到城乡之间、工农之间有着明显的差距。这种认识不是从马克思主义政治经济学的教科书里学到的，而是从活生生的现实给他的感官认识和理性思考中得到的。人就怕对比，常言道："人比人，气死人。"但对聪明和要强的人来说，对比的结果就有可能是求变的动力。这种认识一直埋藏在他的心里，他在等待求变的机会。

　　1972 年年底，刘正国结束了争光水库 1 年多的建设工作，和连里十几个人一起转战姚店区五眼泉公社的箭楼子水库工地。他们吃、住都在工地附近的刘德好、陈顺英夫妇家里。每天的工作就是从 7 公里外的毛家沱运沙石到箭楼子水库的工地上。由于路途较远，连里派余庆发开着拖拉机和他们一起拖运砂石。在去水库工地的路上有几个大坡，最长的一个有 1 里长。如果负责装卸的人都坐在车上，满载砂石的车子就上不去这个大坡。为了能多拉快跑，刘正国就让每个人都带一担装满砂石的箩筐，拖拉机走平路时，大家就连筐带砂坐在车上，到了陡坡下面就把几筐砂石搬下来，大家齐心协力把拖拉机推上陡坡，过了陡坡再将砂石放回车上，人再坐上去把这车砂石运送到水库工地的泄洪闸处。他们每天上午要跑两趟，下午要跑两趟，就这样既省力又装得多，每天都能超额完成任务。刘正国的运筹决策才能在艰苦的劳动中已初显了出来。

修建九道河水库

　　1972 年，宜都县委、县政府响应党中央和毛主席的号召，决定举全县之力在枝城区纸坊冲村修建九道河水库。这是一座兼具防洪、发电、灌溉和饮水等综合功能的中型水库。

　　发源于宜都县黎家坪村和水井坪村的九道河，在大山深处流过 16.15 公里，在宜都县枝城区与长江汇合后，再往荆州方向流去。九道河水库工程设计在九道河大队建一座拦河大坝，抬高那里的水位，通过引水渠解决宜都地势较低处的人畜饮水并自流灌溉部分农田。水库的设计总库容量为 1338 万立方米，其中防洪库容 216 万立方米；设计自流灌溉面积 2.4 万亩；供水人口 12 万。水库的主体工程是一个坝顶高为 155.5 米，坝顶长 207 米、宽 6 米，坝高 40.5 米的土石结构坝。

　　刘正国和他的乡亲们结束了争光水库、箭楼子水库的修建任务之后，便转战到了工程施工量更大、更艰巨、生活更加困难的九道河水库工地。

　　九道河水库工程的总指挥长及

九道河水库

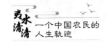

师长是时任宜都县副县长的卞兆武，姚店区的团长是张传万，政委是夏明礼。参加水库建设的有城关镇（镇内居民除外）、姚店区、枝城区、聂家河区、潘家湾区、王家畈区、松木坪区和红花套区。每个区大约有10个公社，每个公社约有10个大队参与建设。整个工程的人、财、物与施工质量实行全县统一指挥、统一调度、统一验收。

红春大队仍按军事编制组建了九道河水库领导班子，由时任红春大队民兵连连长江诗贵兼任连长，红春大队副书记高登玉任指导员，辛绪娣（女）任副连长，杨会先（女）任副指导员，这两位女同志分管后勤和发放"非子"，谢传新是事务长，熊文槐为施工员。一队排长是吴顺国，二队排长是杨鄂，三队排长是李国强，四队排长是邓明志，五队排长是邓绍忠，六队排长是周祥林，七队排长是蔡立全，八队排长是刘永玉，九队排长是江德英（女），十队排长是阳光荣。红春大队一共去了240人。

那时，从姚店区到枝城区没有公共汽车班车，红春大队的人都是步行去水库工地的。从姚店区红春大队到九道河水库工地，首先要穿过横亘其中的一大段丘陵山路，到达枝城之后，再向南到茶园寺驻地，总共有20公里的路程。

1972年下半年，九道河水库建设初期，生产队安排刘正国的二

茶园市九道河工程红春大队住地

哥刘正华参加九道河水库施工建设工作。到了1973年3月，春耕开始的时候，生产队的农活忙不过来。由于刘正华是干农活的好把式，生产队队长十分器重他，队长要把刘正华换回来种地。之前，刘正国听哥哥说过，九道河水库工程特别艰苦，一般人很难吃得消！有的人劳累一天之后，沿着崎岖的山路回住地的途中都会睡着，还有的小青年累得夜里遗尿在床上。他还听说，那年春节，水库工地不放假。大年三十晚上，四队有人天一黑就从水库工地出发，跑了20公里的夜路回家过年。为了不被人发现，途中必须急行快走，趁着天不亮赶回家。

刘正国只是将这些传闻当作笑话听一听。按规定每家每户必须去一个人，刘正国的弟弟妹妹都还小，只能由他去顶替。对此，他认为是理所当然的，尽管别人说得那么"恐怖"，他二话没说就准备去了。

一天，趁着队里的胡正国从水库工地回家休息，返回工地的时候，刘正国和他一起从家里出发，走了20公里的山路，才到枝城区茶园寺的住处王洪远家，红春七队的十几个人都住在那里。王洪远是当地的一位木匠，手艺出众，家境宽裕，所以七队的人都住在他家。

从红春大队步行走到茶园寺住处，这20公里的山路，对每一个初到那里参加九道河水库工程建设的人来说，都是一个下马威。先别提第二天的劳动有多么艰苦，一天走下来，休息一晚上，第二天一早能爬起来就算过了这第一道关。第二天清晨，刘正国和大家一起从茶园寺走了大约半小时，才到九道河拦河大坝工地的半山腰处。

从九道河水库大坝往上游六里冲村有10多公里长，由于地势的遮挡，只能看到眼前的一段工地。清晨，这里已是人山人海，一眼望不到边。从半山腰看下去，河谷底部推着鸡公车来来往往运送土石料的人如同婴儿手掌那么一点点大，密密麻麻的，看得到头、看不到尾；工地上红旗招展、人声鼎沸，广播喇叭上播放着各个大队送来的激励人心的稿件，间或播放一些革命歌曲；推着鸡公车的人们，在裸露的河床上碾压出一条条痕迹，纵横交错。除了一台"东方红"履带拖拉机之外，看不到任何施工机械，全是凭借挖锄、铁锹和鸡公车来修建如此巨大的水库工程。碾压大坝土层的"东方红"拖拉机发出"嘎啦嘎啦"的声音，加上整个水库工地上的劳动号子声和广播声，处处红旗飘扬的"哗啦啦"声，来来往往的鸡公车和热闹非凡的活动画面，所有这些都映衬在崇山峻岭翠绿的背景上，犹如以天地为大幕，放映着一部九道河水库施工建设的巨片。

一般大型水库的大坝都是由钢筋水泥浇筑而成的，那是一个内部有着很多"廊道"的空心坝。而九道河水库大坝则是一个土石结构的实体坝，它的工程关键是大坝坝体的基础，被称为"核心槽"的部分。大坝核心槽最底部岩石上面的土方要全部清理干净，裸露出新鲜的岩石层。然后，再在清理干净的岩石层上连续不断地填土，每填一层土就要用"东方红"履带拖拉机碾压紧实。每碾压40厘米的土，施工员就要在压实的土层上用钢钎插一个直径30毫米的洞，把水倒进洞内，没有任何渗漏才算验收合格，方可继续施工。民工们一天可以填压四层土（40厘米×4），这样一层一层垒高直至坝顶。因而，核心槽工程必须采取"三班倒"的连续施工方法。第一班是由早上7点到下午4点，第二班是下午4点到夜里12点，第三班是从夜里12点到早晨7点。核心槽的施工包括坝基清理和埋土填压，需要连续施工3个多月才能完成。

参与九道河水库建设的每个大队规定的取土地点远近不同，根据取土地点到大坝的距离来确定"标工"，距离近的大队需完成的担数就多一些，远的担数就少一些。九道河水库指挥部分给红春连的取土地方较远，取土地到大坝约有两公里。所以，每人每天只能运送五六车，不超过30担土。每推送一程都要在途中休息片刻。每个人必须完成规定的标方才能休息，完不成的话，要组内调剂、互助。由于一下子调集了很多人参与九道河水库工地建设，全都到工地上来就会很拥挤，鸡公车等工具不够用，形成窝工。所以，有一段时间是把人员分成两班倒，歇人不歇工具。

他们每天早上5点多钟起床，洗漱、吃饭之后，天还没亮就要在月光之下推着沉重的鸡公车往工地赶。路边茂密的茅草有一人高，人从狭窄、弯曲的山路走过时，冬春季节冰冷的晨露沾在头发上，再顺着脸颊流下来滴在身上，还没到工地，头发和外衣就都湿透了。

修九道河水库纪念水杯

那时的鸡公车是老式的木轮车，一个木头轮子就有七八斤重，车架与木轮之间的摩擦力很大，推起来非常吃力。推过独轮车的人都知道"小车不倒，腚来磨"，说的是要靠臀部左右摆动来调节小车的平衡。这不但是个力气活，还得有点儿技术才能干得好。他们每人一辆车、一个粪筐、一把锄头，自己挖土、自己装卸。每跑一趟都要装满5担土，走两公里的路到大坝上，一天一个班次要推上五六个来回，加上从住地到工地来回6公里的路程，他们每天要推着鸡公车走一二十公里的路。由于刚推到大坝上的土未及时夯实，路面都是软的，有时，车轮还会崴在泥巴里面。每天到工地没多久，队员们就干得全身冒汗，加上早上来时被露水打湿的外衣，全身内外都湿透了，就如同是在水里干活一样。

由于工作十分艰苦，不少人都盼着老天爷能过几天下一场雨，大家好休息几天。有的人一看阴云密布快变天时，就把鸡公车倒在一边，跪在大坝上给老天爷磕头，祈祷快点儿下雨。那些艰苦的日子真是不堪回首。刘正国不知道自己哪儿来那么大的毅力走过来的。

这正是：

建九道河水库

鸡叫出门月伴行，
晨露沾衣冷水浸。
鸡公车重山路弯，
汗水露水湿瘦身。

鬼叫进门银盘升，
夜归路遥步量程。
疲惫身行艰难路，
九道河水洗灵魂。

鸡公车是影响进度的大问题，推起来费力，走不快，车架和木轮子摩擦时发出来"吱吱呀呀"的高频噪声令人心烦。这种噪声刺激听觉，很易使人疲劳。而且，车子用不了几天就会坏，导致队里的任务完不成。谁的鸡公车坏了就要向队里管事的人打报告，上工的时间就要推迟一点，要是不打报告就会挨批评。

连里的领导不少都是部队复员转业的干部，他们在部队里学习毛主席著作，学过"实践论""矛盾论"。他们懂得，抓住了主要矛盾，问题就迎刃而解。鸡公车的问题关键在木轮子，沉重的木轮子使整个车身的自重加大，同时，木轮子轴心不方便安装滚珠轴承，因而摩擦力很大，推起来费力。为此，他们派人到"宜昌力车厂"购买带辐条的橡胶充气车轮，它的车轴部分用的是滚珠轴承，换上之后就省力了很多。

人性有阴阳两面。在一般情况下，阳光的一面会遮挡住阴暗的那一面，正如平原上的一江流水，平缓顺势地流淌时，基本上是整体一致的。但在极端情况下，事物就会显现出另一种形状，如飞流直下的瀑布，既有抱团直下的主流，也有飞溅四散的雾气。在九道河水库的建设中，在极度疲劳与困难的生活环境下，有时会流露出人性的极端表现，出现某种偏激现象。一个领导者如果能对这种隐形的态势有某种预判与思想准备，并善于引导和利用，那他就占据了引领事物发展的主动地位，成为一个成熟的组织者与领导者。在面对纷繁复杂的社会与自然环境时，领导者永远都要对人性的极端表现保持清醒的头脑和冷静的预判，即使是在当今，这也是领导者应该有的政治秉性。那么，在九道河水库工地到底发生了什么偏激的事情呢？

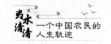

从河南焦作到宜都县枝城的焦—枝铁路是 1969 年动工，1970 年建成的。这是"三线建设"规划中我国第二条南北大动脉。这条铁路的建成方便将产于宜都县松木坪和湖北松滋县（今松滋市）刘家场的煤炭运送到枝城港码头，再通过水路运往湖北各地。这趟从枝城镇到松木坪的火车是松—宜矿务局的专用火车，经茶园寺而过。由于焦—枝铁路刚建成不久，尚在试运行期间，运送煤炭的列车在宜都县境内的速度不是太快。

有一次，松—宜煤矿一列火车途经茶园寺时，有几节车厢因轨道质量问题翻车，煤炭洒了一地，必须把铁轨上的煤炭清理干净，才能扶正歪倒的车厢。铁路方面请求地方支援。团里指示红春连每天派人轮流到出事地点帮忙转运煤炭，同时，水库工地的标工任务依然要保证完成。这样，轮换下来的人就去帮助转运煤炭，再扶正火车车厢。经过三天三夜的艰苦奋战，终于完成了任务。一些参与抢修任务的民工对这条铁路和机车的运行规律有了更多的了解，他们知道这趟火车的车速不是太快，也知道每天何时会有车辆通行，于是便产生了某些想法。

"文革"期间，我国的城市和农村经常放映电影《铁道游击队》，大人、小孩都很熟悉铁道游击队队员飞车杀日本鬼子的镜头。参加九道河水库建设的人当中，有些胆大的人学电影里的样子，在往返于枝城与茶园寺之间的火车上图方便玩飞车。

有一次，红春大队的蔡亮西从枝城飞车上了开往松木坪的火车，到了茶园寺就往下跳，摔到地上就不省人事了。幸亏被其他民工发现，把他送到枝城港口医院拍片检查、治疗，好在无大碍，保住了一条性命。为此，红春大队副书记高登玉召集连里所有人开会，他说："我们到这里来的 240 个人，回去的时候，一个都不能少！绝不能再像蔡亮西那样去扒火车。但也不要出其他事故，回去的时候，绝不能多一个人！"大家都懂得高书记的意思是什么。那时，在水库工地上也有不少女队员，有的时候，她们需要男队员来帮忙干一些重活儿。高书记担心，帮出感情了就会"越界"出乱子。

后来，宜都开通了从陆城到枝城的汽车班车，这段路可以乘车了，到了枝城再步行到茶园寺，就可以少走 10 多公里的山路。

那个年代，一个以农业收入为主要经济来源的地方政府，因统收统支的财政、税收体制，除了机关、事业单位的人头工资之外，要想做一些基本建设投资和社会事业发展投入是十分有限的。宜都县委、县政府连续多年锲而不舍地抓水利工程基本建设，只能靠农民们勒紧裤腰带，艰苦创业。虽然苦的是农民，但最终受益的还是这些农民和他们的后代。所以，凡是县里自筹规划建设的水利工程项目，虽然都会尽量向上争取建设经费，希望能够得到省、地市的拨款资助，但实际到位的资金和物资几乎没有。真正是富规划、穷开发，特别是一些中小型水利工程开发项目更是如此。因此，参与建设的民工们只能住在九道河水库工地附近的农民家里，而不像在7013时那么好。

工地上的伙食是各个公社、大队自行解决的。每人每天的口粮是由"基本粮"和"标工粮"组成的。每个人一个月30斤的"基本粮"是由生产队提供的，但是，仅靠一天1斤的基本粮，只能勉强够吃两顿饭。由于劳动强度大，油水又少，根本不够吃。工地上，每完成一方土（约60担）就可以得到一个"标方"的奖励，一个标方奖励半斤粮。因此，只要完成一个"标方"，加上1斤基本粮，每天就有1.5斤的口粮。这样，每顿饭就可以吃到七八两粮，基本上就可以不饿肚子了。要是遇到下雨天，不出工连"基本粮"都没有，更不会有超标的奖励，这就必须在天气好的时候多干一些，储备一些"标工粮"留待下雨天用。

连长江诗贵住在一户农民家的堂屋里，用一个破旧的牛毛毡围起一块地方，那里既是他的住处，又是连部的办公地点。由于工程的土方量很大，每天发放和回收的"非子"很多，需要用一个大帆布包才装得下。每天背来背去的，这个大帆布包很显眼，这引起了某些人的注意。这个"非子"就是饭票、就是钱。住在连部堂屋"望楼"四队的赵某某和五队的邹某某二人居高临下，对堂屋里的情况看得一清二楚，他们知道那个大帆布包藏在什么地方，早就眼红心痒了。于是便趁机偷了一些"非子"出来，除了排长邓明志之外，四队几乎每个人都得到几张"非子"。这样偷了几次，直到分管后勤的人发现，完成的任务量和发出、收回的非子对不上账时，问题才暴露出来。一天晚上，那两个人再一次偷窃时被抓了个正着。

这件事情看起来有些蹊跷。如果那两个人只是为了满足个人私利，可以不偷那么多的"非子"，够他们两个人用就可以收手了，不把偷来的"非子"发给其他人，那样就不一定被发现。毕竟，"非子"的发放不是按照精确计量的结果来进行的。但是，他俩偷了很多"非子"，几乎每个人发了一些，这就不仅仅是为了满足个人的需求了。是不是因为修水库太累，生活又十分艰苦，他俩故意搞恶作剧乱局呢？人心叵测呀！时隔将近50年了，这件事还真有点儿说不清楚。

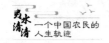

水库工地食堂的一钵子饭上面通常铺上一层南瓜，有的时候是粉条加白菜，那就不错了。每隔半个月能吃到一顿腌肉，这是县里想办法分配给各个大队的慰问品，是用来打牙祭的特供肉。红春大队每隔一段时间就会安排谢传林开着手扶拖拉机回大队去拖一些粮食、蔬菜和副食品来，多数都是些方便贮存的萝卜、白菜、洋芋和腌菜等。各生产队每半个月到一个月屠宰本队圈养的一头生猪，送到工地来给大家开荤。那时，猪没有多少粮食和精饲料喂养，能长到100斤就不错了，很难长得大。留在生产队没来工地的家人还没这个福气呢！工地食堂总是把这些肉做成粉蒸肉，这样每个人可以分到分量差不多的几块肉，不会分配不公。蒸肉用的容器是各人带来的洗脸盆，也用来洗脚，还可能洗过其他什么。不管三七二十一，装上米粉、调料和辣椒粉包裹的肉直接上锅蒸，管它是真菌还是细菌，一起蒸熟下肚。有的人还打点"丁巴兜酒"①，抿上几口小酒倒也解乏、释魂，要是嗜酒如命就麻烦了。五队的周力抗常常喝得烂醉瘫在那里，摸不到东南西北。有一天他喝得酩酊大醉倒在阳沟（雨水沟）里，天当房、地当床，到"苏州府"去了一趟，无人知晓。第二天上工点名时发现人没来，这才赶紧派人把他找回来上工。

有一次，殷川国的嫂子送了一些肉到工地来，大家很久没有吃到肉了，有的人没看仔细，就把切成块的生肉一股脑儿地送到嘴里吞下去了。等到觉得味道不对，咬也咬不动的时候，才发现那是一块生肉，已经没法吐出来，只能囫囵吞枣地咽下去。

九道河水库工程接近完成的时候，生产队杀了一头猪到工地来慰问。那时，大家已有很久没有吃肉了。徐新白是个老实人，平时只干活，话不多。因为水库工程即将完工，也许是高兴，他多吃了一些肉，回来受凉拉肚子。第二天一早就开始跑厕所，最后连去厕所的力气都没有了，只能爬着上厕所，睡了三天三夜才恢复了元气。

现在的人讲究饮食科学，少油、少糖、少脂肪。九道河水库繁重的体力劳动，人们却想多油、多糖、多脂肪。看来，这"多与少"和体能消耗有着密切的关系，也就是说，现在的人吃得好又消耗得少。因此，还是要多运动，达到饮食与消耗的平衡，而并非单纯的"三少"。

积极的精神力量在正常情况下起到深沉而稳定的基础保障作用，在极端情况

---

① 这是山上一种野生植物的根酿制的酒，7角钱一斤。那时买不到纯粮酿制的酒。

下，它可以激发出一个人极限的能量。

这在九道河水库的建设中就看得出来。时任红春大队副指导员的杨会先虽然是一位女同志，要论干体力活，她无法和一些男人比。但是，她在分管的宣传工作和后勤工作上尽心、尽力、尽责，也能做出大家都满意的成绩来。

工地上 240 个人的吃饭问题是一件大事。先不说吃得好不好，能准时把热饭热菜送到大家手里，就是一大关键。那时，杨会先还是一个 20 岁的姑娘，每天要和后勤的 3 个人为在工地上轮换施工的大几十人送去热菜热饭。他们每个人要挑 50 多钵子的饭菜，快步行走 3 公里的山路，才能准时把饭菜送到工地上。特别是冬天，大家端起饭菜来都是热气腾腾的，这就很不容易了。挑着担子在崎岖不平的山间小道上平稳地行走很不简单，小路旁的茅草总是会挡住担子。有一段路还要在铁轨的枕木上行走，枕木之间的距离与人的步幅不一致，走一格嫌小，跨两格又太大，为了不耽误时间，他们只能耐着性子一格一格地快走。除了下大雨工地休息之外，即便是下小雨、刮大风、下大雪，他们都不会有任何延误。日复一日不能出任何纰漏，稍有闪失，一脚踏空，饭菜连人就会翻倒在地。到那时，你就是有成百上千条理由都没法解释。

每天下午三四点钟，正是大家最累的时候，杨会先他们还会准时把司务长做好的糖精稀饭挑到工地给大家加餐。特别是冬天，喝到这口热乎乎的糖精稀饭，全身都暖暖的，大家对他们赞不绝口。

除了上面这些工作之外，初中毕业的杨会先每天都会写一些宣传稿件送到团部和师部去，由师部统一播报。播送的内容都是头一天或者当天的好人好事，"苦干加巧干，巧干加流汗。红春 240 人，个个是好汉""天黑就上路，月光来指路。拼得满身汗，加紧建水库""鸡公车子大，装满稳当拉。一车又一车，人见人人夸"。广播喇叭一响，正在喝热粥的人们就会把耳朵竖起来，仔细听听有没有红春大队和自己身边的好人好事。当听到这些通俗易懂、生动活泼、鼓舞人心的内容时，个个都提起精神来。虽说工作很辛苦，但大家都是年龄差不多的小伙子、大姑娘，笑一笑，开开心心地就忘掉疲劳了。

那时，红春十队的人住在一家"五保户"屋里，那家的主人是一位 90 多岁的老婆婆和她 60 多岁的儿子。他们在老人的家中用土砖打了一个隔断，一边是老人和她的儿子住，另一边就是十队的 20 个小伙子住的通铺。睡在通铺上，翻身都很困难，有的人为了睡得舒服一点儿，会相互推搡起来，最后升级到宁可不睡了也要打一架。

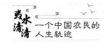

这位老婆婆读过几年私塾，讲起三国、水浒来滚瓜烂熟。她看到这些小伙子每天劳动后的疲惫样子，就在晚上给他们讲薛仁贵东征西战时，吃斗米、肉十斤的故事。听故事的时候，十队的郝云和刘川鸿因通铺太窄争吵起来，一不小心把土墙推倒，把那位老婆婆的床铺压垮了，她的腿也被砸到了。那位老婆婆平时还在给队里放牛挣工分，这一来就影响她的收入了。她找到杨会先，拉着她的衣袖说："杨排长呀，你快来看看吧！你要给我安排人去放牛呀！"于是，队里就罚刘川鸿利用上工之前或收工之后的时间替她家放了 5 天牛，还要给她家挑水。放牛的事儿倒是小事，那毕竟是一种惩罚，名声不是太好。

除此之外，杨会先还找到团部，请领导批了几斤肉票和糖票。下午 5 点工作结束后，她只身步行 5 公里山间小道，到位于纸坊公社六里河村供销社把肉、糖买回来，到了队里，天都黑透了。一个 20 岁的姑娘一个人在一片漆黑的深山老林里，深一脚浅一脚地行走在僻静难行的山间小道上，总会有一些恐惧的。由于那时的社会治安很好，她并不担心会有坏人劫财劫色，只是害怕遇到大山里猛然蹿出来的狼、熊、野猪和獾子等野兽。回来后，她又带着营部补贴的 15 斤大米，把这些东西一起送到老婆婆手里，老婆婆十分感动！这事就这么处理妥当了。红春大队的人听到这些事迹，无不为杨会先办事认真、敢于担当、考虑周到、不畏艰险的工作作风而感动。

水库工地上安排了沈中凯、黎成良和刘光海 3 个"五类分子"进行监督劳动改造。前两个人的阶级成分高，是送来劳动改造的。刘光海原来是供销社的员工，后回大队参加九道河水库建设。因为他年纪比较大，不适宜从事体力劳动，就安排他修理鸡公车和轮胎。虽然工作不是太累，但他感到生活十分艰苦，常在别人面前发牢骚说："做事单衣单褂，吃饭萝卜夹渣。"这话被人反映到连部，连里利用吃晚饭的时间，当众对他进行了批评教育。从那以后，他很少说话，老老实实地干活。

九道河的雷劈岩山上有一个山洞，那是师指挥部所在地。大家以雷劈岩为中心，形容热烈的劳动场面——"雷劈岩下红旗飘，满车、稳车出高效"。说的是哪位民工推的土最满、最多，就在他的车子上插上一面小红旗以示表扬。

那时没有什么文化生活。到了下雨天，高登玉副书记就给大家上政治课，讲党的政策，学习毛主席著作，还会穿插着讲一讲《三国演义》的故事等。

繁重的体力劳动、艰苦的物质文化生活更能彰显人们互助友爱的精神。虽然队里重申不许谈恋爱，既不能少一个人回去，也不能多一个人回去。但是，人们很难区分友情和爱情的界限。工地上的男男女女不少都是淳朴的农村青年，但他们也不是什么不食人间烟火的圣人。然而，现实生活总是让那些有情人历经坎坷，甚至天各一方。时间让他们懂得了什么是真正的人生。

红春五队的王继华初中毕业后就在队里参加各项工程建设。1972 年，他年满 18 岁时，被安排到九道河水库参加工程施工。开始的时候，鸡公车比较少，做不到每人一辆，队里就安排两个人一组，一辆车、一个粪筐、一把锄头。由于推鸡公车的活重一些，而上土的活轻一些，所以就按一男一女来分组。男的把土推到坝上去的时候，女的就在取土的地方把土准备好，这样就可以很快地装好土再推过去。由于王继华年纪小又比较淘气，好多人都不愿意跟他一组，连长江诗贵就把刘才英和王继华分在了一组。这样一起干了没多久，刘才英说了人家，要回去做结婚准备，于是便安排她妹妹刘才凤顶替姐姐到水库工地来做工。那时的刘才凤才十七八岁，年轻漂亮，她和王继华在一起干活，引起人们关注和议论。开始的时候，跟平常的劳动没什么不一样，王继华主动关心、主动多做。时间长了，一个动作、一个眼神和一句话都会相互领会、神合。他们在劳动中配合默契，言语不多就能知道对方的意思。刘才凤怎能没有感觉呢？俗话说，日久生情，"久"既包括时间也包括空间。王继华和刘才凤每天都在一起劳动，空间和时间高度统一，不久就生情了。刘才凤到工地来了个把月，两人便建立了初步的感情。但是，工地指挥部有严格的纪律，因此，表面上是相互关心、互相帮助，实际上有多少男女青年在谈恋爱，谁也说不清。自那以后，他们二人就常常形影不离，交往多年一直没有结婚。

九道河水库工程结束后，1978 年，刘才凤被招工到宜昌市宜化公司当了一名工人，王继华还在家乡务农。宜都到宜昌虽然不是太远，但那时交通不方便，就如隔着万水千山一样。身份差异与时空差异使得恩爱中的二人就此分手了。后来也有人给王继华介绍过几个女朋友，他总是会拿刘才凤与这些人比较，比来比去觉得还是刘才凤好，他再也找不到那种初恋时的感觉了。一些朋友劝他再去找一下刘才凤，看看还有没有一线希望。

1978 年 8 月，王继华被招工到了宜都县供销社工作。这件事似乎出现了转机，王继华就到宜昌去看望刘才凤。见面后的交谈中，他才知道，刘才凤的经历和他差不多，也都是对家里和同事们介绍的几个男朋友找不到感觉。但他俩谁也没提起和好的事儿，王继华就这样回来上班了。这就是王继华不对了。这种事，男孩子一定要主动一些，哪怕是丢面子、碰钉子也要把憋在心里的话大

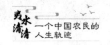

胆地说出来。还是刘才凤实在，在宜昌和王继华分别之后，她感觉王继华对她还是一往情深的，只是碍于面子或有其他什么顾虑，没能表达出来。所以，她抽空回宜都到王继华工作的地方去看他。于是，他俩重燃爱情烈火，续写起爱情篇章。

1981年5月1日，两人举办婚礼。远近乡亲和参与修建九道河水库的大队领导、朋友们都前来祝贺。婚后，他们育有一个儿子，他们还带着儿子到九道河水库去游玩。至今，风风雨雨四十余载，他们一直十分恩爱、幸福。这是修建九道河水库的劳动结晶，也是那个特殊年代的情感产品。他们将与九道河水库和艰苦创业的精神永存于世。

1975年5月，刘正国和红春大队的队员们胜利完成了九道河水库的建设任务回到村里。红春大队的农民参加过宜都县很多水利工程建设，但修建九道河水库是公认最苦、最累的工作。参加过修建的人说九道河的苦，那是苦到骨子里去了！有的人不愿再去回首往事。在工程结束离开九道河水库时，被罚放牛的刘川鸿和几个农民在工地边捡了几块石头丢到九道河水库里，发下誓言说："这个石头要是飘起来，我再来九道河水库！"实际意思是，不愿意再面对这里的苦难，一辈子都不愿意再来看它一眼，真是"哑巴吃秤砣——铁了心了"！其实，他们真该忏悔，他们应该在子孙面前感到骄傲！一些人只看到当时的苦和累，看不到他们为后代造的财富。今天的九道河水库不仅是宜都优质的水源地，而且正待开发的九道河旅游风景区的规划与建设将为宜都增加一个上佳的休闲旅游观光地。当年的建设者们也将置身于自己用双手创造的福荫之中。

在刘正国成长的过程中，修建九道河水库是最难忘的一段经历之一。只有经历过大苦大难的人，才会比一般的人更成熟一些，面对未来的困难将会更沉稳、更有韧性。

过了年，他们又转战到宜都盘山渠的建设中去了。

修建盘山渠

1975年秋，生产队又安排刘正国参加修建盘山渠的工作。每天的主要任务就是沿着山边开挖沟渠，每人一天的定额是要挖3方土，这算一个标工。他们住在姚店公社红岭大队一小队，住地下方有一个烧制石灰的场子。

刘正国本队的杜开元正在维修自家的房屋，听说刘正国住地的下方有一个石灰场子，他就想请刘正国帮忙搞点石灰。几年前，刘正国被毒蛇咬伤后，是杜开元的父亲杜和青老医生用草药给他医治好的。那是救命恩人呀！刘正国是懂得知恩报恩的人。于是，他在休息时就到石灰场子去转，刚好碰到石灰场的陈师傅。闲谈之中，他才知道陈师傅是红春大队旁边红莲大队的人。刘正国的姑父曹光中和老表曹诗炳都是红莲的人，曹光中还是红莲大队的主任。这样一说，相互之间就了解了，越说越近。刘正国就把想搞点石灰的事情说了，陈师傅很爽快地让他第二天带个背篓来装。次日，陈师傅专门给他挑选了拳头大的石灰块（太大的没有烧过心子）装进背篓里带了回去。

刘正国是一个有心之人。他在石灰场子看到工人们手工制作烧制石灰的煤饼时，立马感到效率太低。他把石灰送到杜开元家里去的时候，看到他家咸菜坛子下面有一个蒲钵子，他觉得用这个蒲钵子做煤饼的模具最好，于是就把这个蒲钵子借了去。

回到盘山渠工地后，他特地请了一天假，带着那个蒲钵子到石灰场去找陈师傅。当他看到陈师傅把煤和好后就说："陈师傅，我来给您帮忙做下手吧。"他怕陈师傅面子上过不去，因此，他只是说"帮忙做下手"。陈师傅谢谢他都来不及。于是，刘正国就把和好的煤铲到带来的蒲钵子里，再把蒲钵子翻过来，一块煤饼就做好了。这样做，比起手工操作来既省事又省力，还提高了效率。做了一会儿，刘正国觉得还可以搞得更好一点，就跟陈师傅说："您休息一会儿，我来做！"又说，"您这里场子很大，可以在场子上先平铺一层烧窑的煤渣，和好的煤平铺在煤渣上面，再在上面划上一道道横竖口子，直接变成一块块方的煤饼，干了就可以分隔开烧制石灰了。"陈师傅在一旁看了连连夸奖刘正国聪明能干！此时，刘正国觉得可以开口拜师了。他对陈师傅说："您收我做徒弟吧！我拜您为师，您教我烧制石灰。"至此，陈师傅还能不收这个徒弟吗？于是，刘正国很快就学会了烧制石灰。掌握了这些技术，包括在7013工地和在九道河水库施工中学习到的土建施工技术，对他后来的工作都起到了十分重要的、基础性的作用。回想起修建盘山渠的工作，每天除了完成规定的3方土的任务之外，没有更多的内容。但是，在这段时间里，他拜陈师傅为师，学会了烧制石灰的技术。这是他终身受用的，也是终身难忘的。

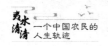

维修幸福渠

幸福渠工程

修幸福渠

　　湖北省宜都县幸福渠建成于 1969 年，这是中国大地上一项不太为人知晓的、伟大的水利工程。刘正国的前辈们披荆斩棘、艰苦奋战，在十分困难的条件下，以大无畏的精神建成了这个造福宜都人民的不朽工程。

　　1958 年 1 月 10 日，在时任县委书记李凤昆的带领下，先后有 5 万宜都儿女前赴后继参与修建幸福渠的工程。1959 年胜利建成幸福渠一期工程，开闸试水；1966 年，二期扩建工程上马；1967 年 7 月 1 日，幸福渠全线通水；1969 年年底，历时 12 年，全面建成全长 86 公里的幸福渠，使 10 万亩农田实现了自流灌溉，连同已经修建好的水渠和水库，宜都县彻底解决了人畜饮水和灌溉的问题。

　　宜都的幸福渠水利工程比河南林县的红旗渠早两年动工，几乎是同年竣工。幸福渠比红旗渠长了 15 公里。幸福渠和红旗渠是中国人民镶嵌在中华大地上的姊妹花、并蒂莲。让历史铭记伟大的中国人民在中华大地上做出的卓越而不朽的贡献吧！

　　幸福渠建成后，经过六七年时间的运行，出现了一些渗漏现象，需要用石头、石灰和水泥修补、加固。1975 年，红春大队近 30 人参加了幸福渠的维修工作。

　　这次维修的主要工作是炸山取石、烧制

修幸福渠的英雄

石灰、上山砍柴以及运送石头、石灰、木柴等。由于刘正国在修建盘山渠时跟着陈师傅学会了烧制石灰的技术，所以，连里就安排他专门做这项工作。这既是一个体力活，又是一项技术活，与修水库、修水渠相比，这个工作要轻松很多。

宜都是盛产柑橘的地方，特别是渔洋河河谷和清江与长江交汇的河谷地带，是优质柑橘产地。但在那个年代，为了保证粮食产量，柑橘种植面积不是太大。秋冬之际，金黄色的柑橘挂满枝条，看着赏心悦目，闻着令人陶醉。

红春大队 30 多人分住在聂家河柑子园四队。刘正国上山砍柴时，要路过一片柑橘园。连里三令五申，要求大家遵守"三大纪律""八项注意"。红春大队的人都十分注意遵守"不拿群众一针一线"的纪律要求，没有人去摘柑橘吃。

俗话说，无事生非。不是太累的工作让刘正国的精神也一起放松了下来，他竟然去摘了一个橘子吃。此事正巧被看护橘园的人发现了，要罚款 5 分钱。那时，刘正国的身上连 1 分钱都没有，他只好回到住地借了 5 分钱才了结此事。满足了口腹之欲却违反了纪律，还丢了面子。他真的就非要吃那个橘子吗？成长过程中的年轻人有时会有一种逆反心理，别人不敢搞的事情，他就敢搞；你说不行的事，他就要试试，显示一下自己的"才华"。这在他上山砍柴烧石灰的工作上就有所体现。

起初，烧制石灰用的木柴是在山上砍好了，再由人工扛下山来的。刘正国觉得那样太费时费力了。他看到冬季的幸福渠里没有流水了，于是，他到指挥部去要求买了几辆板车，把砍下来的木柴装在板车上，顺着干涸的幸福渠里运回来，再拖到"群连四组"去烧制石灰。他总是这样点子多、想法多。因此，效率提高了，维修进度也加快了，没用几个月的时间就完成任务了。

宜都人民在县委、县政府的领导下，历经两代人的努力，在宜都的大地上共计建成中小型水库 131 座，水电站 6 座，水渠 200 多公里，控制灌溉面积达 20 多万亩。这一得民心、顺民意的壮举，也有刘正国和他的父辈们流下的辛勤汗水。

刘正国从 17 岁到 22 岁这 5 年里，基本上离开了"面朝黄土背朝天"的农耕生活。他的主要精力都奉献给了国家"三线建设"和宜都县水利工程建设。对一位大学生而言，正是在这几年的时间里读完大学，走向社会的。刘正国在这 5 年的时间里也上了一所"大学"，那是一所"社会大学"。

由于他只读过两年书，因此，学校教育基本上是缺失的，他主要的受教育环境就是家庭教育和社会教育。家庭教育主要是家风、家规及做人方面的说教。在

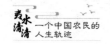

社会教育方面，虽然没有学校教育那么系统，但是，在思想政治、世界观、人生观等方面，他并不缺少相关受教育的内容，那是在劳动生产中、从社会上获得的知识。

他出生在新中国成立后，成长在红旗下。那时的社会风气是在社会主义计划经济体制下形成的，新派、淳朴、正直、积极向上。特别是在他懂事以后的那些年代，正值全国开展学雷锋运动，助人为乐、一心为公、积极上进的社会风气蔚然成风。这对刘正国树立正确的世界观和人生观必然会产生积极的影响。在他的脑海中，深深固化了黄继光、雷锋、王杰、王铁人、杨子荣和"南京路上好八连"等具体的光辉形象。他在各种学习活动中，跟着学、照着做，有形象、可模仿。社会教育对他政治上的成长起到了基础性的、与时代同步的、具体的和十分重要的作用。在刘正国成长过程中以及他走上领导岗位之后，上面所说的经历和受到的教诲，在他服务于社会的过程中都能找到那些光辉形象在意识层面上的再现。特别是他心中埋下的"雷锋种子"发芽、成长了。这是后话。

参加7013工程和其他县水利工程建设中的组织军事化、教育社会化，使刘正国在组织性、纪律性和思想政治上受益匪浅。他的身上悄然发生着一些变化。首先，他的农业生产理念及相关的农业生产技术与留在村里从事农业生产的同龄人相比，二者之间的差距逐渐拉开了。他的小农经济思想意识逐渐在减弱，他更加注重大局和农业社会之外的利益取向。他更加容易接受新鲜事物，同时不忘植根于本土实际来考虑问题。其次，他不再单纯靠出售土地上的农产品来进行商品的等价交换，而是靠非农业劳动的技能和智慧来进行商品交换。他的生产劳动和社会活动的范围不再局限于全家店七队那个狭小的空间，而是到宜都县境内甚至到更大的社会空间里去了。他的视界大大地变宽广了，考虑问题的空间维度、时间长度有了一定的扩展和延伸。

他与学校毕业的大学生也很不相同。他的课堂是社会主义计划经济体制下的大社会，他的教育是伴随着社会的发展和不同的社会实践进行的，因而呈现着鲜明的社会性；他不是在课堂中学习，接受从柏拉图、黑格尔再到马克思的哲学与商品交换知识和无产阶级革命理论，他没有受过那么系统性的教育。他所受到的教育都是在完成具体工程施工中，结合实际问题进行的，因而带有明显的实践性；此外，他所受到的教育不是先从理论再到实践，而是理论与实践几乎同步进行，因而带有鲜明的知、行统一性，虽然不是很系统，却简洁、实用、高效。

刘正国没有条件去上大学，但是，这5年的时间和空间是他成长与成熟的磨刀石，是学习土木工程技术的大熔炉，是锻炼体魄的运动场，是锻打形成世界观的锻压机。同时，社会也给他提供了一个跃跃欲试、彰显智慧与施展才华的大舞台。与那些经过专业理论教育的大学生相比，虽然他在系统的基础理论上要逊色一些，但是在实际动手能力、基础技术与工艺方面，他要比那些大学毕业生更胜一筹。更重要的是，他对社会发展和人民群众的基本诉求与愿景有了初步的理解和感受。他具有相当的社会组织能力和感召力，也有解决具体问题的方法和对问题的掌控能力。特别是，他对中国共产党的理想和坚强而有力的领导有了具体的认识。同时，对新中国国家机器的组织架构和体制内的运作有了初步的了解。这对他后来人生道路的选择起到了很大的作用。

然而，这一切都仅仅是一个开始，路漫漫其修远兮，仍须上下求索。这是一个值得人们追索的实践问题，更是值得深入研究的理论问题。

初露锋芒——洋芋种

新中国成立后，随着我国农村经济的发展，农业机械在一些农村得到逐步应用，这对解放生产力、发展生产力有极大的推动作用。1959 年 4 月，毛主席在给全国各省、地、县、社、队、小队 6 级干部写的党内通讯里强调指出："农业的根本出路在于机械化。"于是，在各级党委、政府的领导和大力推动下，我国各地农村开始了农业机械化进程。

1975 年 7 月 24 日，为了响应党中央、毛主席"以粮为纲，全面发展多种经营方针"的号召，宜都县召开了全县动员部署大会。宜都县委、县政府提出，在大兴农田水利基本建设的同时，有条件的地方施行田亩改造工程，以方便连片耕作。会后，宜都县委、县政府组织全县所有生产大队的干部到山西省昔阳县大寨大队去学习。

全家店生产大队 1969 年就已经有两台 7 型 8 匹的手扶拖拉机了，1972—1973 年，又增加了两台"长江牌"12 马力的手扶拖拉机。但由于历史上形成的一家一户分散的小农经济格局，使得田亩分割、地块分散，田间小道纵横交错。此外，全家店大队有的地块还有一定的坡度，最高处达 1.5 米，这些情况十分不利于机械化耕作。

1975 年，时任红春大队书记高登玉学习回来后，结合本大队的具体情况，提出把零散、分割的田亩改成方便机械化耕作的方块田。经大队部研究决定，那

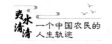

年二季稻收割之后，把全村能改的分散田亩都改成连片的方块田。"田改方"工程结束后，已经到了冬月（农历十一月），虽然扩大了田亩数量，适宜机械化耕作了，但是，种植小麦与油菜的季节已经过了，只能在改成的方块田里种植洋芋（土豆），有100多亩整齐的方块田等待洋芋下种。在宜都农村，洋芋是夏收作物。由于收获的稻谷和小麦要按规定的比例交给国家和集体做公粮，实行先国家，再集体，最后才是个人的原则。因此，各家各户要在米饭中加上70%的洋芋或红薯一起煮，这就可以补足上交公粮后，稻谷和小麦作为主食不足的问题。所以，改种的洋芋可以解决开春后大多数人家将近一个季度的主食问题。

为了克服洋芋的种质退化现象，农民们每年都要到与宜都县相邻的五峰县大山区去，以1:3的比例换购洋芋种（1斤大米换3斤洋芋）。换来的洋芋种收获时产量高，口感也好，没有本地洋芋种收获的产品那种涩嘴的口味。

农田改造工程结束之前，七队队长肖万春就派李祖魁到五峰县长乐坪公社小口大队（现"百年关村"）去换购洋芋种了。他已经搞到4吨洋芋种，在那里等了十几天了，眼巴巴地盼望汽车把大米拖来，换成洋芋种运回去。形成这个局面的原因是，从宜都县到五峰县长乐坪公社小口大队的往返路程有200多公里。在计划经济年代，可供运输的汽车很少，只有国营车队才有这个运输能力。季节不饶人啊！如果洋芋种运不回来，误了季节，第二年社员的生活就会受到极大的影响，甚至要闹饥荒。队长肖万春如坐针毡、心急如焚！队里召开了几次会议想办法找车都无果而终。农时已经开始倒计时，没有退路了。生产队里上百只眼睛都直瞪瞪地看着队长肖万春。

在生产队上上下下急得团团转的时候，刘正国却信心满满、跃跃欲试，他深信自己能找到运洋芋的汽车，他不想错过展示自己能力的机会。已经从"社会大学"毕业的他开始启蒙了，不甘寂寞，他要让众人看到他的能力和才干，很想干出个样子来向肖万春证明自己的能力。他也想为自己的家庭挣得一些荣誉。

刘正国在别人眼里是一个很"滑头"的人，平时吊儿郎当的，看起来让人信不过。而且，年少的刘正国在这之前还没有做出过一些引人注意的成绩来。这一次，刘正国信誓旦旦地对肖万春表示他能搞到运洋芋的车。这么重要的事情，光凭他说一说，肖队长就能相信他吗？怎么办？怎样才能得到生产队队长的信任呢？

这事儿可没那么简单。然而，刘正国不以为然，他向父亲说出了自己的想法和做法之后，父亲半信半疑地默认他去干这件事。不过，刘传福心里还是"十五个吊桶打水——七上八下"。

那么，刘正国到底有什么底气一定能搞到汽车呢？生产队会不会相信这个"嘴巴没毛，办事不牢"的小毛孩儿呢？刘正国是不是太过于自信了呢？

刘正国的幺爹刘传会是家族里的一个远房亲戚，是同一个生产队的，跟他年纪差不多，他们是一起长大的，论辈分，要高他一辈，刘正国叫她姑姑。在宜都当地，年轻没结婚的姑姑被尊称为"爹"，意思是像自己的父亲那样亲。刘传会是小队会计，算是一个说大不大、说小又不小的重要小队干部，队里花钱的事都要经过她的手，生产队队长能把这个差事随便安排一个人去做吗？

刘正国去找这位姑姑，左一声"幺爹"右一声"姑姑"，喊得好温柔、好亲切！这个开场白立马就使气氛温暖了起来，让刘传会感到自己很有尊严。不过，刘正国如此表现，一时间让她还摸不到北。然后，刘正国把想去搞运洋芋汽车的事情跟她说了，请她给出主意、想办法。这个姑姑很得意，觉得作为长辈关心刘正国也是应该的，这是公事也是正事，她愿意为刘正国担保。同时，刘传会觉得自己的力度还不够，于是，又去说通了大队会计胡正寿，请他出面去做队长肖万春的工作。肖万春是小队长，大队会计做小队长的工作，会有一些"势"的高度姿态。由于时间紧、任务重，季节不等人，大家都想在了一起、急到了一处，他们都愿意助刘正国一臂之力，帮助他把洋芋种拖回来。

队长肖万春终于同意刘正国去办这件事了。虽说他同意了，但多少还是有点儿不放心，毕竟这是刘正国第一次干这么大的事情。第二天，他把刘正国叫到身边，对他说："你这次到五峰去运洋芋种，一定不能让我为难！ 15天之内，就是'下黑雪'你都要给我抢回来！"这个要求听起来不高，暂且不说能不能搞到车子，但凡第一次跑老的"五（峰）—宜（都）"公路的司机，没有不出一身冷汗的。不要说是晴天过悬崖绝壁就让人胆战心惊，要是下雪天，根本就没人愿意跑这条路。刘正国信心十足地向肖队长表态："我一定会把队里第一次交给我的任务完成好，绝不辜负干部、群众的信任和期盼！"

肖万春凭什么相信刘正国能搞到运输车辆呢？万一落空了，他就有不可推卸的领导责任！

肖万春（左）

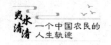

　　原来，刘正国的姑爹曹光中是红莲大队的主任，那可是一个头面人物。刘正国穿着那双"人"字泡沫拖鞋时，他父亲都管不了，全靠曹光中把刘正国给镇住的。这还只是一个方面。更重要的是，曹光中认识在宜昌市第二汽车队（原十二车队）工作的朱华国书记，朱华国和曹光中是从小在一起放牛、割草、捡牛粪长大的发小。朱华国是个孤儿，姑爹曹光中家没有少照顾他，因此，他们二人情同手足。宜昌市第二汽车队的驻地就在全家店的属地上，由于生产队的干部与二车队的关系总是有点疙疙瘩瘩的，不那么顺畅，话就不那么好说。更别说是计划外突击安排车辆的事了，想都别想。

　　再说了，由于泡沫拖鞋事件，刘正国听了姑父曹光中的话，曹光中觉得刘正国给他挣了面子，维护了长辈的尊严。这次为洋芋种的事，他岂能不帮助刘正国一把？那毕竟是正事啊！他曹光中不但不反对刘正国，还要支持他干社会主义事业。曹光中自己也要做出个样子来给红春的人看看，他这个长辈是个公正、公道的人！

　　于是，刘正国和曹光中一起找到了朱华国书记。那时的迎来送往不像现在那么物质，全凭着面子和真情去打动对方。当然，话要在理，还要会表达才行。然而，时值年末运输大忙，要在原本已经做好的车辆调度计划中"加塞儿"插进一个计划外的任务，即使是车队一把手的书记，朱华国也不能立马答应他们的要求。看来，有了幺爹、姑父的撑腰和朱国华的助力，这事算是八字有了一撇，不过，缺的那一捺恐怕连朱国华都无法打包票。此话怎讲？这里面有一个关键人物，对任何一位要求计划外安排车辆的人来说，那都是一道绕不过去的、铁面无私的坎儿，那就是宜昌汽运二队的调度高登礼。

　　高登礼是宜都县五眼泉乡山河村的人，1936年8月1日生，贫农出身，只读过1年私塾。1954年下半年，年满18岁的高登礼在抗美援朝战争结束后，作为补充兵源到朝鲜去做了几年收尾工作，于1959年回国。回国后，他在北京搞了一段汽车客运工作，而后再转业到湖北省汽车公司宜昌市第二汽车运输公司。"文革"后期，他又被湖北省汽车运输总公司挑选到非洲埃塞俄比亚援外两年。回国后，他到宜昌市汽车运输二队任调度。经过解放军这个大熔炉锻炼和考验的高调度是个远近闻名、原则性特别强的人物。作为部队的一名老驾驶员，他知道什么时候该紧握方向盘直线前进，什么时候该转弯绕行，不差分毫。

　　他对党和人民的事业恪尽职守、忠心耿耿，而对自己和家庭却严苛无私、滴水不漏。珠穆朗玛峰再高，候鸟也能飞越山巅，但任何脱离原则的事情难以飞过高登礼心目中的珠穆朗玛峰。在平时，他的原则性处处可见，在关键的时候，更加彰显出他的党性、品德和人格。这里只举两个例子就可见一斑了。

好调度高登礼

1984 年，在高登礼到宜昌汽运二队工作 9 年之后，单位分配给他一套建筑面积 40 多平方米的住房。那时，他爱人在县中医院工作，加上儿子，一家三口住在这个房子里，他就十分满意了。随着改革开放的发展，国家经济状况大大改善了。1991 年，县中医院分给已经是护士长的高登礼的爱人一套 91 平方米的房子。这本应是一件高兴的事情，可是，从来不争吵的夫妻二人在此时闹起了别扭。原来，高登礼在知道中医院分配给他们新房子之后，没跟妻子商量就把原来的住房退还给了宜昌汽运二队。他的妻子也不是不讲道理的人，她觉得，起码要和她商量一下才对。按照规定，原来的住房不是一定要交出去不可的，而高登礼是把老房子的钥匙交出去之后才告诉妻子的。这是先斩后奏啊！他的妻子据理相争，高登礼的岳父岳母有的时候从乡下聂家河进城来住上一段时间就要回乡下去，两位老人觉得房子太小了，不如乡下住得宽敞。另外，他们的独子是 1983 年参加工作的，还谈了一个女朋友，也到成家的时候了，留下老房子可以解决自家住房紧张的问题。可是，要想让高登礼把交出去的房子要回来，那是绝对不可能的事情！现在的人都知道，那是房改房，得到了就是一笔不菲的财产，按当时价格来计算，至少可以折价十几万呢！

高登礼和朱华国

高登礼晚年患有冠心病和"三高"病症（高血压、高血糖、高血脂），2018 年就半身不遂了。2020 年年初疫情暴发时，他和爱人各捐资 200 元支持抗击疫情。去世前两年，他总是要家人推着车子把他送到单位去交党费。最后一次，他再也无力去交党费了，就叮嘱儿子一定要把当年的 100 元党费交上去。2020 年三月初四，高登礼带着他

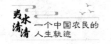

那高度的原则性离开了人世，享年 84 岁。

刘正国去搞洋芋种的最后一个关口能不能过得去，全都压在高登礼这么一个人的身上了。外人说他很"夹生"，有时候还不买朱华国书记的账。朱华国十分尊重高登礼，一般情况下，高登礼安排的计划他都是认可的。那么，在解决计划外洋芋运输车辆的问题上，高登礼的原则性表现在哪里呢？

当高登礼知道运输洋芋种的事情之后，他感到十分为难。计划经济体制下，他手中的车辆就那么多，早已排得满满的了。况且，这不单单是把洋芋种运到宜都那么简单，还要把换购的大米运过去，这是双向运输用车，实在难以调度。但他又不便直接拒绝，毕竟是书记说情。这又不是什么个人的私事，农业时令是大事，他是个明白人，深明大义，但他只能按原则办事。他说他们车队的运力很紧张，上级下达的运输任务很重。时至年末，主要是运输国计民生的战略物资，这是政治任务，他调度不开。这些话一说，前去的几个人心里都凉了大半截，他们感到希望有些渺茫了，但是，细细地寻思起来，也还是有一点点希望。那就是，不管怎么说，高登礼一直没有说过"不行"这两个字。这正是一个老共产党员的党性原则所在。

了解到这些情况之后，刘正国的内心开始发毛，犹如百爪挠心，他有点儿忐忑不安了。一个农村伢子，对计划体制内的事儿不甚了解，这是刘正国没有想到的大难题。倒计时的时钟在他的耳边嘀嘀嗒嗒地越来越响了。

除了高登礼之外，刘正国没有更多的选项了。他下意识地感到，哪怕只有一丝丝的希望，他都要"死死缠住"高登礼，他毕竟是个经验丰富的调度，视野宽、信息广、渠道多。高登礼是他最后的一线希望！为此，他形影不离地围着高登礼转，黏着高登礼磨，寻找见缝插针的机会，在一万中寻找万一。高登礼在办公室里，他就在门外守候；高登礼吃饭，他就在食堂外边等着；高登礼走到哪儿，他就跟到哪儿。就这样连续两天。高登礼被他缠得十分无奈，说他是一条蚂蟥叮在身上，甩都甩不掉！他见刘正国这么执着，只好答应帮他想办法。话虽这么说，做起来却比想象的复杂得多。

第三天，高登礼告诉刘正国，让他先乘坐从宜都开往五峰县城的长途客车，中途在换购洋芋的地点长乐坪公社小口大队下车，在那里等候消息。负责每天从宜都开往五峰长途客车的司机是本大队九队的张泽富师傅。何时有车，高登礼会把信息告诉张泽富。他们约定好，张师傅把车开到长乐坪小口大队的时候，按汽车喇叭，刘正国听到喇叭声后，只需分把钟就能跑到张泽富的汽车旁边。在信息不发达的那个年代，这是唯一可行的信息传递方式了。尽管这是个没有落实见底的方法，仍然令刘正国兴奋不已。

第四天，刘正国随张泽富的长途客车到达五峰县渔洋关公社时，已经是下午两点多钟了，客车和旅客在此暂作休整。从渔洋关再到目的地长乐坪公社小口大队，还有30多公里崎岖难行的陡峭山路。刘正国跟着张泽富一起向司机定点的餐馆走去。几天来，刘正国坐卧不安，不思饮食，没有正儿八经地吃过一顿饭，走到今天这一步，很快就要看到希望了。他们推开餐馆的大门，一股饭菜香味向他迎面扑来，香气四溢，刘正国断定那是羊肉炖豆腐，于是乎食欲大振。这回托张泽富师傅的洪福，他一连吃了3碗饭，连菜汤都喝得干干净净，饱餐了一顿从未吃过的美味佳肴，真是开心极了！那个味道他至今还难以忘怀。看来，心情好的时候，同样的饭菜味道也会不同，有形的物质会随着精神不同而转变成无形的多点位、开放的感受。

饭后，他们休息了一下便继续赶路。剩下的这几十公里山路崎岖不平，十分难行。直至天黑，他们才到达目的地——五峰县长乐坪公社小口大队一队吴德胜家，见到了李祖魁。李祖魁感慨地说："时时盼，天天盼！我到这里一个多月了，总算把你盼到了。10多天前，我就收齐了4吨洋芋种，眼巴巴地盼着车子来把种运回家，都快把人急疯了！万一大雪封山，种运不回去，明年社员都要遭饥荒了！"那时，李祖魁还不完全清楚拖运洋芋的车还没有最后落实的情况呢！不过，看上去他的心情舒缓了很多。晚上，刘正国就住在小口大队的吴德胜家。

第五天一早，刘正国就和李祖魁一起统计换购到手的洋芋数量并折算出需要运来的大米数量，以便及时告诉次日从五峰县城返回宜都、途经小口大队的长途客车司机张泽富师傅。张泽富回到宜都时，就可以立即告诉高登礼。这样就能尽快寻找到便车把换购的大米运抵小口大队。

高登礼很快就找到了把大米运送到小口大队的便车，这个调度任务完成了。可是，往宜都运洋芋种的车迟迟没有消息，这是关键。刘正国在小口大队吴德胜家住了四五天了，什么消息都没有，离肖万春给他的最后期限仅剩下四五天了。刘正国寝食不安，焦头烂额，不知所措。在那个闭塞的大山沟里，他既得不到任何宜都方面的消息，也无法与外界联系，唯一的希望就是张泽富每天一班从宜都或从五峰开过来的长途客车。那几天，一到时间，刘正国就得把耳朵竖起来，听听有没有汽车的喇叭声。到了后来，不管是什么时间，只要一听到汽车的喇叭

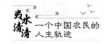

声，他就往外跑。他几乎神经质了，夜里做梦时，脑子里都是汽车的喇叭声。

第十一天，在刘正国即将失望与崩溃的时候，他听到了山谷里清脆而响亮的汽车喇叭声。从这个喇叭的音色判断，他认定那就是张泽富的车。他狂奔到车旁，见到了救星一般的张师傅。还没等他开口，张师傅就告诉他，高登礼在繁杂的汽车运输信息中，找到了一辆湖北省林业局的汽车并联系好了，第二天从五峰县城出发开到长乐坪公社小口大队。这辆车的司机师傅姓刘。听到这个消息，刘正国激动地握着张师傅的手，一句话都说不出来，千滴泪、万般苦都不知道哪里去了，只是不断地说："谢谢！谢谢！"

第二天，他们准时把洋芋种装车运回了队里。到了暴屋时，已经是晚上10点多钟了。七队的干部和社员兴高采烈，奔走相告，老老少少的几十个人都聚集在暴屋周围欢迎他们归来。肖万春对林业局车队的刘师傅千恩万谢，说了很多客气话，送上去的香烟一支接一支，还准备了一桌酒菜，请刘师傅一起消夜。席间，推杯换盏自不必说了。刘师傅跟肖队长说："刘国伢子这个人不错，非常灵光，你们要感谢他哦！"

这一次，刘正国为生产队立了大功，得到了大队和小队领导的认可，也博得了很多社员的交口称赞。这一天距离肖万春给刘正国定下完成任务的最后期限只剩下3天的时间了。

小试牛刀——魔芋豆腐

一件看似偶然的事情，对有心人来说，也许就是一个改变命运的机会。

那天，湖北省林业局运洋芋的汽车到了小口大队，刘正国与李祖魁马上就将洋芋种装车。装完之后，李祖魁对站在车上的刘正国喊道："刘国伢子！我还有一袋魔芋，麻烦你帮我搬上车子，这是我个人的东西。"刘正国就把这一袋魔芋装上车子带了回来。

转眼间就到了春节，刘正国到李祖魁家去玩。他见李祖魁正在磨魔芋，便问道："您这是在磨魔芋吗？我来给您帮忙吧！"李祖魁说："可以，我来教你！"当时，李祖魁是用一种灰黑色的水来磨魔芋的，刘正国看了很是疑惑，认为那里面一定有名堂，便问道："这是什么水？"李祖魁告诉他："这是用灶里的草木灰泡的水，是碱性的，只有碱性水才能磨魔芋。"只见李祖魁找来一个擂钵，把一个个洗干净的魔芋捣成浆，然后把草木灰水兑进去搅匀，再让它凝固。李祖魁又叫刘正国帮忙烧了一大锅开水，然后，李祖魁把凝固的魔芋豆腐，用锅铲一块一块地铲到锅里去，用小火煮了大约一刻钟之后，他吩咐刘正国说："魔芋已经紧了皮，上大火！"刘正国便把灶台里的火烧得旺旺的。大约煮了 1 小时，魔芋豆腐就煮好了。李祖魁又打来一盆冷水，把煮好的魔芋豆腐放进去浸泡。这样就做成了魔芋豆腐。

他问李祖魁："这个豆腐现在能吃吗？好吃不好吃？"李祖魁说："这个豆腐炒肉最好吃了！就是单独炒也好吃。不过现在还不行，还要等两三天，等碱水把涩味泡掉了才能吃。"

过了几天，他又去李祖魁家，看到做好的魔芋豆腐都没有了，便问李祖魁："那些魔芋豆腐呢？"李祖魁说："都卖了！这个东西挑到市场去，卖 5 分钱一斤，俏得很呢！"听李祖魁这么一说，刘正国立马意识到魔芋是个好东西，这里蕴藏着一定的商机。最关键的是，他已经掌握了制作魔芋豆腐的方法。他跃跃欲试要尝试着去做魔芋豆腐生意。于是，他向李祖魁开口要 10 斤魔芋头，可是李祖魁不太愿意给他，可能是怕影响自己的生意吧。

刘正国有一股"磨功和黏力"，就像缠高登礼一样。他对李祖魁说，明年的洋芋种还是会要他去找汽车拖的，到时候再帮忙给他带一些回来。他诚恳地对李祖魁说："您就给我一点魔芋头吧！"这是话中有话，绵里藏针。李祖魁能听不出其中的弯弯绕吗？他想，明年少不了刘正国的帮助，不能把这个关系弄僵了。于是，答应了刘正国的要求，给了他 10 斤魔芋头。

拿到这 10 斤魔芋头后，刘正国便马不停蹄地骑着自行车来回跑了近 10 公里的坡路，到长冲村找人弄了三四十斤重的广子灰（石灰）回来。到家后，他把学到的技术做了一些改进，用石灰水来磨魔芋并按照比例调配好，这样磨出来的魔芋豆腐是白色的，不但品相好，也很卫生；而草木灰磨出来的魔芋豆腐是黑灰色的，品相与口感都不是太好。他又去找木匠师傅做了一个大木框子做模子，让魔芋凝结成四方块。由于魔芋加工时的黏性很大，定型后不好从木框子里取出来，他就把魔芋豆腐用刀划成小块，再用开水淋在小块之间，魔芋豆腐四边就紧皮定型了，方便用小铲子把魔芋豆腐取出来用水煮好。

第二天一大早，他的爷爷一头挑着魔芋豆腐，一头挑着小菜到街上去卖。人们从未见过这种白色的魔芋豆腐，在市场上很有竞争性。回家后，爷爷高兴地对他说："这个魔芋豆腐非常好卖，很快就卖光了！"爷爷还把卖掉的钱跟他对半分了。

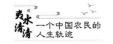

这件事在当时不能太张扬。利用业余时间干私活，有的地方会因贫富差距拉大而引起别人嫉妒。不过，在他们那里还不至于那么极端。不管怎样，他觉得，至少暂时没有必要跟他父母讲这件事。

刘正国的爷爷刘永秀12岁时，见到一位老人去河塘捞小鱼小虾拿到市场上去卖，后来，他便购买了一个便宜的捕虾工具——"虾耙子"去捞鱼虾。他爷爷就靠这个"虾耙子"积累了原始资本，搞起了织布机织布。这回是刘正国看准了魔芋豆腐的商机，想大干一场。祖孙二人都有经商的头脑，看准了机会，该出手就出手。如果说，两代人有相同的经营思路是源于孙子与爷爷的遗传基因相同，不如说与爷爷的言传身教直接相关，这应该是可以理解的吧！不但如此，刘正国还对魔芋豆腐的制作工艺进行了改进。他成功了。但这还仅仅是个开始，今后的路怎么走，其中的关键在哪里，刘正国想，如果不是肖队长派他去五峰县拖洋芋种，他就不能在干部和乡亲面前展露自己的才能，更没有机会学到做魔芋豆腐的技术，挣到这么一笔钱。他明白其中的道理。

第二年春节前的一天早晨，他趁着太阳还没有出来，摸黑到肖队长家，送去一条"圆球"牌香烟。他知道肖队长平时没啥爱好，就喜欢这一口。一方面，是为了感谢肖队长的器重，另一方面，也是想着下一次还能再派他去五峰县换洋芋种。那样，他就可以把魔芋豆腐的生意做得再大一点儿。

一个时代有一个时代的礼品。在那个年代，刘正国没有那么多的金钱去购买一些贵重的礼物，这一条香烟就已经很贵重了。那是一个物资匮乏，实行凭票供应的计划经济年代。购买一些轻、纺产品，如自行车、缝纫机、手表、衣服、被面、床单等，都需要购物券、布票，而购买烟、酒、糖、豆制品等，则需要香烟票和副食品券。这一条"圆球"牌香烟是两元钱，一包就是两角钱，而肖队长平时抽的是9分钱一包的"经济"牌香烟，那是当时最低档的一种大众香烟。按比价算，这两元钱的香烟相当于现在中档偏上的香烟。购买香烟的钱是刘正国的爷爷卖魔芋豆腐挣来的，可那些香烟票比这两元钱更难搞到。那时，有的人烟瘾大，香烟票不够用，便去捡烟头回来抽；较高档的香烟，凭票也很难买到。街市上就有人在每一支高档香烟上用笔做记号分成几段，偷偷地供人分段收费试抽，以满足某些人的好奇心，过过烟瘾。

刘正国是一个注重社会关系的人，有一股"要生铁打破锅"的倔强劲儿。他硬是找到了宜都副食品站的一位领导，之前，刘正国拜他为干爹。那位领导是新中国成立初期的"南下干部"①。说实在的，那真是一个拐弯抹角、八竿子都打不着的所谓干亲戚。刘正国几声"干爹"一喊，不需要香烟票，就买到这条"圆球"牌香烟了。

肖万春收下了那条香烟。他懂得刘正国的心意，但他并不知道刘正国做魔芋豆腐赚钱的事儿。否则，事情怎么发展还很难说呢。那年 10 月，队长肖万春把他一个人又派到五峰县长乐坪公社去换洋芋种。这不能说就是那条"圆球"牌香烟在起作用，即使不送那条香烟也会选他去的。刘正国的工作能力和社会关系也使他成了不二的人选。

到了长乐坪公社小口大队之后，刘正国用了个把月时间就把洋芋种收好了。在等待汽车拖回去的十几天里，他就在那个地方转，盘算着怎么能多收一些魔芋。他问吴德胜周边可不可以收到魔芋，他想帮别人带点回去。他是说"帮别人"而不是自己要买，这就避免了事情传出去，别人会说他是假公济私。同时，在收购时，他用"帮别人"这个借口也方便砍价。要说是自己买，那就不好说了。他很是有点儿精明。吴德胜说："我可以陪你一起到坛子口去，从那里下到山脚下，那个地方还很原始，很少有人去。那里的魔芋都是野生的，可以去看一看。"没有去过五峰县的人不知道，那里的山高路险，有一些原始森林都还是些未曾开发的地呢！这一下，就把刘正国的胃口吊起来了。他还不知道吴德胜的良苦用心呢！

第二天，他俩走了 4 公里的山路来到了坛子口。

坛子口地处五峰县柴埠溪大峡谷之中。柴埠溪大峡谷南连湖南武陵源张家界，北接清江水，东邻长江大三峡。峡谷呈东西走向，长约 330 公里，最高海拔 1418 米，最低处海拔 260 米，总面积 80 万平方公里。这里层峦叠嶂、山如刀切、谷幽渊薮、瀑布千丈、云海万里，山高鸟难飞，谷深人无路。从坛子口下谷底，说是有"路"，其实很长一段都是悬崖峭壁。只能沿着绝壁上崎岖的梯坎、台阶，双手死死地抓住石缝中倔强生长的野草和矮小灌木艰难攀爬，非常危险。出发之前，吴德胜的爹吴习光交代他说："你把刘正国带着，那就要负责任啊！你走一步，就要让他跟着你走一步！"一路上，吴德胜时不时地要刘正国紧跟着他，千叮咛万嘱咐道："你一定要一步一个脚印，走一步看一步。要是看风景，就找一个宽点的地方，站好了再看，不能边走边看。一定要小心加小心！要不然

---

① 解放时期，随解放军大部队南下，留在当地工作的转业干部。

坛子口　　　　　　坛子口险境　　　　　　坛子口风景

的话，我们就可能有去无回啦！"他的话说得刘正国心惊胆战。但刘正国是铁了心才去的，为了改善家庭的生活环境，岂能止步不前？他想，别人走过的路，他也能走。

　　他俩沿着悬崖绝壁往下将近1000米，来到坛子口的谷底。他们走到了一个叫杨家坪的山坳里，见到高山之下有一条小溪，山清水秀。小溪旁只住了一户刘姓人家，他是吴德胜的朋友，叫刘瑾新。这家人的住地就是一个山洞，像野人住的地方一样。刘正国很好奇，新中国成立二十五六年了，怎么还有人住在山洞里啊？时值天寒地冻的季节，刘瑾新家里没有柴灶，直接把一整根树拖进火堆里去烧了取暖。家里除了炊壶、煨锅、鼎锅和一个煨茶的罐子之外，就没有别的器具了。刘瑾新家的食物都是煮着或烤着吃的，没有用油炒菜的习惯，生活很原始。他家的墙上挂着猪腊肉、羊腊肉，还有一串串的小鱼挂在火笼屋里用烟熏着。屋子另一边的墙上还挂着一串串金黄色的苞谷，那是他家的主食。令刘正国吃惊的是，他家里吃的东西非常多，比自己家的生活物资丰富。看样子，这个家庭还是非常富裕的，生活得很幸福。只是因为交通不便，他家与外界接触很少，所以家里缺盐、大米等物资。

　　来之前，吴德胜让刘正国给他家带点生活物资来。刘正国便到附近百年关合作社买了5斤盐、两瓶烧酒和1封火柴，他还向吴德胜借了10斤大米带给刘瑾新。那个深山老林很少有客人造访，主人对这两位客人也非常热情，他们还在一起拉了拉家常，听说都是姓刘，他们就理了理祖宗和辈分。刘正国告诉刘瑾新，他是到吴幺爹家来换洋芋种的，顺便帮人带点魔芋回家。山里人很淳朴，看到刘正国送来那么多的生活物资，十分感激。刘瑾新就说："坛子口谷底对面山坡上有很多野生的魔芋，你们可以直接去挖。"

坛子口挖魔芋

在刘瑾新的指引下，他俩来到坛子口下对面的山坡上。刘正国和吴德胜一看，那里确实长满了魔芋，周围还放牧着几只羊。他们在那里挖了80多斤魔芋，再多也背不动了，可以说是满载而归。

他们不敢在刘瑾新家耽搁更多的时间，必须趁着天黑之前回到家中。他俩各背着40多斤魔芋，从悬崖峭壁上向上攀爬，比来时下到谷底要难几倍，危险随时都可能发生。吴德胜走在前面带路，别看他三四十岁，刘正国才20岁多点，但吴德胜长期生活在大山里，爬山如走平地，刘正国还跟不上呢！到家后，吴习光说："你们回来了我才放心！这么险的路，他也胆子大，敢带你去，叫我都不敢带你去。小刘，你是个城里人，还真是能吃苦！"刘正国说："我不是城里的，就是城市边上的人，是个农村人！"

回到吴德胜家里，刘正国全身上下的衣服都湿透了。吴德胜的老婆给他们烧了一大壶水，他们洗了澡，换了衣服。晚上，他家用铜罐煨了点肉，给他们做了一餐丰盛的晚饭。累了一天的刘正国感到大山里的饭菜特别香。

吴德胜带他到坛子口挖魔芋是有目的的。那天回来吃过晚饭，他们在火笼屋里烤火，吴德胜对刘正国说："你身上穿的大衣式样和质量都很好，明年再来的时候能不能给我按照这个样子做一件一模一样的带来？"刘正国穿的那件大衣是他大哥刘正忠给他做的，之前，吴德胜就试穿过，但没好意思开这个口。刘正国这才明白过来，吴德胜为什么会冒这么大风险带他下山去挖魔芋。他想，吴德胜说的是下一次给他做一件带来，实际上，现在就想要他身上穿的那一件大衣。说实在的，刘正国的心里是非常舍不得把这件大衣送出去的，且不说那件大衣值多少钱，那是他大哥送他的心意。刘正国转念一想，这就是一种交换，舍得、舍得，只有舍，才能得。于是，

换了魔芋的大衣

他当时就决定把那件大衣送给吴德胜。这是吴德胜

没有想到的。那是一件崭新的灰色棉大衣，春节即将来临，吴德胜要是穿上这件新大衣在村里或镇上去走一走，那真是"土地爷放屁——好大的神气"啦！出于谨慎，吴德胜问："你真的舍得吗？你要是把大衣给我了，这么冷的天气，你不是要挨冻了吗？"刘正国毫不迟疑地说："我随着拖洋芋的车子回去，坐在驾驶室里，要不了几小时就到了。"他还义气地说："见面分一半！"听他这么一说，这个山里汉子也慷慨地说："你这个朋友我交定了！"此时，这个山村农舍里的气氛非常融洽、和谐。借着这个机会，刘正国就提出来，希望吴德胜再帮他多搞些魔芋。就这样，吴德胜又帮他搞到100多斤魔芋，加上他们二人在坛子口山坡下挖的80多斤，已经有200多斤魔芋了。刘正国的心更大了。

由于拖洋芋的汽车还没有来，刘正国在吴德胜家已经等了十几天了，他只能继续等待。一天，他出门到周边去转转、看看，顺着公路走着走着便到了离吴德胜家4公里远的长乐坪赤峰村（今白岩坪村）的一户人家，进了门便跟那家人拉起了家常。这家主人叫刘维余，曾在宜都县三线单位238厂做工人，因为家庭原因回到老家务农。由于大家都姓刘，这就近乎了。平日里，刘维余有时间就给人家杀猪宰羊，在当地人缘很广。正值冬季，很多人家都找他去杀猪宰羊，还真有点儿忙。就这样，刘正国每天上午半天跟着他去帮帮忙，打打下手，中午就在一起吃顿饭。刘正国跟他熟了之后，就叫他大哥了。他把收魔芋的想法跟大哥刘维余说了，刘大哥很热情，帮他四处打探。就这样，他又收了200多斤魔芋，而且，一分钱都没有要他的。

那一次，刘正国总共带回来500多斤魔芋。1斤魔芋能做5斤豆腐，他每天能加工10斤魔芋，做出50斤的魔芋豆腐。他爷爷早晚两次拿到县城的集市上去卖，一斤魔芋豆腐能卖5分钱，一销而光。算起来，在不到两个月的时间里，他们一共卖掉了2500斤魔芋豆腐，挣到125元钱。这相当于那时刚参加工作的大学毕业生近3个月的收入。

后来几年，刘正国每年到五峰县去换洋芋种，都会到刘维余家去玩，每次都会收不少魔芋带回来。直到1980年，宜都县农村实行"联产到劳"承包责任制，1982年全家店大队实行"分田到户"之后，因工作繁忙，他就没有再到五峰去换洋芋种，也就没有再收魔芋了。同时也跟刘维余失去联系了，他一直都心存感激，想念着他。

1992年，刘正国到五峰县找过刘维余，因他搬家，没能找到。1999年，时隔17年之后，刘正国花了很大气力才找到刘维余。光阴似箭，人间沧桑。二人兄弟情深，推杯换盏，好不快活！后来，他每年都要去看望刘维余。当地人问刘维余："怎么每年都有一个这么有钱的大老板来看你？"他跟人家说是原来跟他一起杀猪宰羊的朋友，在宜都下海了，搞得很好，现在是个大老板了。刘维余总是不好意思收刘正国给他带去的礼物，也总是会让他带些山里的土特产回去。

在那个年代，有7年左右的时间，刘正国几乎年年会到五峰县长乐坪公社去搞500斤左右的魔芋回来做豆腐，这不但满足了宜都副食品供应不足的市场需求，调剂了人们的口味，他也靠魔芋赚了大约1000元钱。这些钱虽然还不是太多，但是，他比同村人起步得早，所以一旦时机成熟，他就有资本、有能力捷足先登。

做魔芋豆腐这件事很快就在村子里传开了，村里人都要求学习这项技术。刘正国和他的家人表现出非凡的大度，毫无保留地向大家传授制作技术。由于做的人多了，魔芋原料显得不足，刘正国又多次到五峰县去拖魔芋回来出售给大家。他不但没有因竞争对手增多而失去市场，还多了一笔销售原材料的收入。更重要的是，刘正国灵活、能干、精明、大度的形象逐渐得到乡里乡亲的认可。

在去五峰县拖洋芋和学做魔芋豆腐的过程中，他结识了各种各样的人，有认真管理的生产队队长，有体制内既有原则又有责任心的调度，还有以物易物的伙伴，更有淳朴、义气的"大朋友"。这些增长了他对社会的认识，也让他了解了人性的真善美。

这正是：

真 情

坛子口险百丈深，
洋芋魔芋众相生。
深山巧遇刘维余，
人间真情方永恒。

在中国社会历史进程的拐点，在改革开放序幕拉开的前夜，在艰难困苦的农业劳动中，在任务繁重的工程施工过程中，刘正国锻炼了自己的体能体魄、肌肤与意志，他还学到了工程建设中的有关技术；他对在现行制度内与规定的条件下搞活经营、增加收入，有了思想认识上的界定与信心；他完成了有限度的原始资本的积累，并集聚了一定的人气。他已经站到了改革开放的起跑线上，只待发令

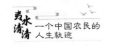
枪清脆响起的那一时刻。

挖堰塘泥

20 世纪六七十年代，红春七队为了搞好粮食等农作物的生产，每年冬季农闲时，生产队都要组织挖堰塘泥积肥、挖水渠、修堰沟、起堰沟、新建或检修抽水机及机电排灌系统设施。生产队十分重视农业基础设施的投入与建设，整个冬季是一个热气腾腾、轰轰烈烈的大战场。

那时，红春七队共有 55 户、320 多人，耕地面积约有 176 亩，大小堰塘、水坑共计二十几个（包括拦水堰、锅独堰、段家老屋堰、尹家大堰、蔡家堰、垛柜堰、肖家堰、谢家堰、全家店堰、胡家大堰、大堰、宋家堰、段家堰等以及刘正国家老屋旁的新堰和老堰）。这些堰塘分布配位方便、实用，生产队一半的田地都可以得到灌溉。那也是全队老少 300 多人生活的辅助取水水源地。这些堰塘与农舍之间错落有致，形成一派田园风光。

1976 年正月，在参与了 7013 "三线建设" 和宜都县几个水利工程建设之后，23 岁的刘正国回到了生产队。他和发小胡正国也参加了生产队组织的挖堰泥劳动。每年冬季农闲时，生产队要把这二十几个堰塘轮流清理一番。堰塘里的淤泥是雨水带来的枯枝、烂叶生成的上好腐殖质，是优良的有机肥。挖堰泥也能把堰塘底部清理干净，扩大了储水容积。农村中流传着一句顺口溜："挖塘泥、挑坑泥，防旱防涝把肥集。全动员、齐上手，抢插、包栽夺丰收！"生产队男女老少齐动员，赶在二三月份春雨到来之前做完这项工作。那时，农民辛苦了 1 年，一般人家都是把有限的物资积攒起来放在春节享用，大人孩子都盼着过春节。现在人们生活好了，天天都在过春节，所以体会不到那时候的年味儿。过了春节，大家吃好、喝好、休息好了，把挖堰塘泥安排在春节后，社员们既有力气又有精气神来做这种体力消耗大的劳作。

没有在南方农村劳作过的人是无法体验到挖堰塘泥的苦和累的。参加挖堰泥的乡亲们都穿着薄衣单袄，一个接一个地缩着脖子，挑着粪筐，抖抖瑟瑟地走出家门来到堰塘里，即使是天上下麻风细雨也不停歇。遇到这种天气，大家就会身穿蓑衣、头戴斗笠、打着赤脚，在湿滑的堰塘里上下穿梭，不停地工作。

需要整修的堰塘在春节前就把里面的水抽干了。春节后开挖时，抽过水的堰塘底部干湿度刚好，但在上面行走还不是很容易的。一般都是先挖堰塘边缘，挖到中间之前，堰塘底部的泥巴又会再干一点，那时就更好挖一些。我国数学家华罗庚先生曾经用"先烧水、再备茶，最后泡茶"来科普"统筹学"的原理。从农村冬、春挖堰塘泥的时间安排和具体挖泥的过程来看，农民早就懂得这个道理了，这是"农业生产统筹学"。因为它包括了人性和农业产业等方面素，而不仅仅是单纯的运作程序的逻辑编排。

一担堰塘泥看似不多，由于富含水分，这样一担就有100多斤。在尚未干透的、湿滑的泥巴上，挑上这百十来斤的担子走起来，磕磕绊绊、跌跌撞撞的，一个不小心就会摔得满身黑泥巴。所以，这个农活大多是年轻力壮的男女青年来做。男的一天要挑两方，姑娘要挑一个半方。一天下来，脸上和全身都会沾满黑泥。每个人的双腿就像灌了铅似的，身子骨快散架了。挑着担子来来往往，你看着我，我看着你，个个都成了"泥菩萨"，只露着两只眨巴眨巴的眼睛和雪白的牙齿，谁也别笑谁。

到了休息的时候，在田园诗画般的背景里又奏响了"堰塘谐谑曲"。你看，男子汉们坐在草地上吧嗒吧嗒地抽着叶子烟，一袋烟过去便靠在树旁眯着眼睛打瞌睡。此时，淘气的小伙子会把他烟袋里的烟叶子拿出来，换上干树叶子，直到他醒来再抽时方知已被偷梁换柱了，惹得众人哈哈大笑；有的姑娘伢儿会拿出鞋底，抽空纳上几行线，或是在绷紧的布面上刺绣鸳鸯，为自己的婚事做准备。女人们时而嬉笑打闹，他们说笑的内容男人们很难知道；另一些姑娘和小伙子在一边开开心心地嬉闹；跟着家人一起来的小毛孩子流着鼻涕，在堰塘埂子上干黄的狗尾巴草中捉虫子。挑塘泥时，那些叔子伯爷、大哥哥、小嫂子最喜欢把乌黑的泥巴偷偷地抹到别人的脸上，演起一出黑脸包公的戏来；更有恶搞者趁人不备，捻上一小块泥巴，塞进别人的衣领里，冰冷冰冷的。每逢此时，疯打嬉闹、笑声满天，疲惫的感觉烟消云散。最大的收获者当属在稀泥巴里抓黄鳝、泥鳅、小鱼小虾的人了，运气好的时候还能逮住甲鱼，回家美餐一顿，好不自在！

遗憾的是，20世纪90年代初，随着城镇化的进展，红春大队大大小小的堰塘按规划要求，相继被填平做了宅基地、商家店铺等。大小堰塘曾经的光环已逝，昔日的田园风光被城市的水泥森林和繁华的交通道路所取代。人们再也看不到那些嬉笑打闹的"黑脸包公"，再也听不到那"堰塘谐谑曲"的交响乐声了。年轻人习惯于都市的繁华，而那些过来的年长者只能在记忆中回到那淳朴、美丽、甜蜜的农舍、田园、绿茵和堰塘的风景画中去。

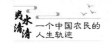
砖瓦厂做副业

1976年农历二月初二，刚过完23岁生日的刘正国意识到自己已经长大成人了。他觉得一个血气方刚的年轻人，整天待在村里"打旗伙号（装模作样）"地抢点儿工分，真没意思！再加上自己的文化水平低，干不了其他事情，真没出息！虽然在7013工程和水库工地学到了一些工程施工技术，但在村里的农业生产中，这些技术发挥不了多大的作用，靠出苦力"抢工分"又太累。因多年在外搞工程，即使"抢工分"也抢不过人家常年务农的人。真没办法！他越想越不是滋味，就这么过一辈子吗？这不是他的个性，他是一个不甘寂寞的人。他决心要出去闯荡一番，学点技术，干点事业，多挣点儿钱，让家庭的生活好一点。

红春七队人多地少，劳动力相对过剩，必然会有一部分人从农业生产中分离出来，从事非农业工作。副业生产可以容纳部分农村剩余劳动力。然而，那时队里只有两台宽幅织布机。除此之外，队里几乎没有其他的副业了。

城关镇（今陆城街道）是宜都县的中心城镇，是宜都党政机关及政府各部门的所在地。刘正国所在的红春七队与城关镇接壤，处于城关镇的西南角，历史上就存在着人多地少的问题。由于城区的社会经济不断发展，市区范围逐步向周围乡镇延伸，特别是改革开放后，这个扩展的态势是日新月异。适逢城关镇砖瓦厂需要征用红春大队五队的土地用以扩大生产规模，厂方同意安排一部分多余的劳力去厂里做副业。由于所征用的土地不是七队的，所以，刘正国找到大队书记高登玉，要求去城关镇砖瓦厂做副业。就这样，他和五队的邓绍寿两个人带领十五六个人到砖瓦厂去搞副业了。

他们的主要工作是为机砖车间供土。两个人为一组，先用铁锹从泥塘把土装在板车上，一个人拉车，一个人推车，把土倒到机砖房的配料箱里，土就进了搅拌机自动搅拌挤压成土坯条。土坯条传送到切砖机后被切成一块块的砖坯，切好的砖坯用板车拉到砖堤子上码好晾干后，再运到轮窑进行烧制。多出来的就转到坯房储备起来备用或用作下雨天烧制的存货。一座轮窑有24门，每个门可以装1万多块砖，他们一天可以装5门。24门轮流烧制，通常四五天就可以转着把24门砖烧制完。熄火一天之后，窑里的温度稍微降下来，人才能进到窑内把砖运出来，但此时窑内的温度仍然很高。

烧制砖瓦一般都在春、夏、秋三季进行。入冬后，烧好最后一窑砖之后，要留出1个月左右的时间修补轮窑。轮窑点火后须连续作战，间断停火损失很大。

除了下雨天，晒场一般都不能空着。为了与春夏之交的大雨抢时间，也为了给连续运转的轮窑储备相当数量的砖坯，以便与上一窑出砖后进行有机衔接，坯房必须保证有足够数量的砖坯。基于上述几方面的原因，他们常常要加班加点到晚上十一二点，以确保砖厂能连续、高效生产。

烧制砖瓦的工作有以下几个特点：取土、运土和备料几道工序是基础；往返运送砖坯的工作量比较大，一块砖中，劳动力的成本占25%；烧制过程的控制是主要技术关键，有时必须连续作战，日夜加班。刘正国是个有心人，体力劳动部分对他而言不在话下，除了关键的烧制技术之外，一个不起眼的问题也许对他的人生转折起到了某种影响。

在这之前，红春七队几乎是纯农业生产，既没有工业也没有外出搞副业的先例。队里干农活都是每日记工分，年终按总的工分计算折成现金分配或实物分配。这次去砖瓦厂打工的报酬是高登玉书记定下来的，白天按9∶1的比例分成，夜班按8∶2分成，也就是生产队得90%～80%，并记入个人年终分配的账上。个人所得的10%～20%是发现金，砖瓦厂按季度把现金交给生产队，生产队再按比例把现金发给个人。由于加夜班的工人们需要夜晚加餐，如果在砖瓦厂食堂用夜班餐也不贵，不到1角钱，但偶尔吃一两次还可以，经常吃食堂的话，多数人都没有那么多的现金。所以，基本上是自带夜班饭，这就增加了个人负担。一些人抱怨劳动强度大，自己还要负担夜班餐费用，有的人干脆就不想干了。人心不稳，很难搞好工作。刘正国去找高登玉书记反映情况，要求把夜班报酬的比例分成由2∶8增加到3∶7。开始的时候，高登玉举棋不定，当刘正国说有些人觉得太累又赚不到什么钱，准备离开的时候，高登玉最终还是同意把晚上加班报酬的分成比例提高到3∶7。这样，大家的收入就增加了一点。刘正国的工作与协调能力也得到了上上下下的认可。

由于每个月总有几天在下雨，所以，砖瓦厂的收入在一定程度上是靠天吃饭，他们不可能是全勤。一般情况下，每个月能拿到手的现金也就是几块钱。这个钱虽说不多，却是过去没有的，在队里干农活儿的人更没有。这是"蝎子的尾巴——独（毒）一份儿"呀！这就有了一些微妙的差距了。这些分配上的微妙差距对艰难生活的农民心理到底有什么影响？现在的人说不清楚，但是它的积分效应不可小觑。

七队的刘正国和五队的邓绍寿各司其职，配合默契，不到一个月，砖瓦厂的运转和效率都得到了提高，他俩也得到了厂长李志柏的信任。李志柏对刘正国喜

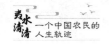

爱有加，便将平瓦车间的供土任务也交给他去做。平瓦车间的生产规模占到全厂的 10% 左右，除了供土量增加了，平瓦设备的操作人员也要增加，这就需要增加人手。由于生产队仍然延续着吃大锅饭的分配方式，尽管分配收入出现了十分微妙的差距，但出去搞副业的人多了就会动摇队里搞农活那些人的心。所以，当刘正国找到大队书记高登玉要增加人手时，碰了个钉子。无奈之下，刘正国只好到处去找劳动力。改革开放前，在计划经济体制下，哪里有规范的劳动力市场呢？只有散兵游勇，由用人单位到处去找、去碰。刘正国在相邻的红莲大队找了十几个人，这才把问题解决了。

　　刘正国的工作增加了七队的收入，但是，五队的副业收入更高一些。七队的队长肖万春就感到很没面子。年底，县砖瓦厂钟道荣厂长找到肖万春说，明年要征用七队的土地并答应剩余劳动力可以进厂搞副业。这事正中肖万春的下怀。他把刘正国找来说："刘国伢子，你不要再在城关镇砖瓦厂搞了，回队里来搞吧！我给你一些人，你带队到县砖瓦厂来搞。"当时去城关镇砖瓦厂搞副业是刘正国请示高登玉书记批准的，他不能随意就不去了。况且，他还要对从红莲大队招来的那十几个人负责呢！面对肖万春的要求，刘正国感到左右为难。后来，肖万春又跟刘正国谈了几次，他很有礼貌地对肖万春说："这件事不敢先答应您，还要请示高书记呢！"于是，刘正国便到高登玉那里，实事求是地说："您关心我，批准我到城关镇砖瓦厂搞副业。现在，县砖瓦厂要征用我们队的土地，我再在外面搞事，队里会说我吃里爬外。况且，镇砖瓦厂离我家较远，而县砖瓦厂就在家门口，方便了很多。"高登玉听了这番话，觉得有道理，反正都是红春大队下属两个小队的人，在哪儿干都一样，就同意了他的要求。同时，高登玉还把五队的邓绍寿做通了工作，刘正国便与邓绍寿做了交接工作，一切都安排妥当了。刘正国大概意识到了，自己已经成了香饽饽，城关镇砖瓦厂和县砖瓦厂都需要他。他不是一个多么大的权重因子，也没有多大的影响力，但这是刘正国开始转变身份的一小步。

　　1974 年 7 月 1 日，针对当时工农业生产大幅度下降的情况，

县砖瓦厂

中共中央发出了《关于抓革命、促生产的通知》。经过几年的努力，我国城乡社会经济发展逐渐好转起来。随着城乡建设的发展扩大，对砖瓦的需求量也在不断增加，出现了供不应求的现象，宜都的砖瓦厂扩大再生产就成了必然。

1977年春节后，红春七队正式任命24岁的刘正国为首任副业队队长，让他带着十几个人外出去做副业。这对红春七队和刘正国来说，都是"大姑娘出嫁——头一回"。全国形势的好转为刘正国的工作提供了一个良好的外部环境。

县砖瓦厂的厂长钟道荣是一个勤劳、踏实、肯干的人。虽说是个厂长，但总是扑下身子实干、苦干，各项事情都亲力亲为。他工作认真仔细，每天上班前都要仔细检查运砖车的轨道，因为轨道是否完好是安全生产的必要条件。小毛小病他自己动手修一下就行了，出现大的问题只能停产抢修，那影响就大啦！关键是不能出现人身伤亡事故。

有一天早上，刘正国去上班，看到钟道荣手拿一根钢钎在运砖车的铁轨下撬枕木。每天频繁往返的运砖车会把轨道下的枕木碾压松动，造成轨道高低不平。因此，每天早上需要提前30分钟到厂，在工人们上班之前把枕木修整垫平，使轨道平稳，这就不影响上班正常运砖。钟道荣是宜都枝城人，说话带点当地的口音。他看到刘正国来得也很早，就招呼他："刘国阿子（宜都人说伢子）！快来给我帮忙，你要是不帮我的忙，我就不理你了！"刘正国看到年龄比自己大很多的厂长还亲自动手，自己年轻，身体好，力气也大，应该主动去帮助他。他很清楚，他们是计件工，做多少得多少，如果影响生产也就会影响他们的个人收入。于是，他就帮助钟道荣修了起来。后来，上班的人越来越多，大家齐心协力把轨道修好了。钟道荣非常感动地说："刘国阿子，非常感谢你的帮助，能在上班之前修理好，不影响工作。"钟道荣的工作作风影响并教育了刘正国。在县砖瓦厂工作的那段时间，他从钟道荣身上学到了怎么做一个合格的领导者。

从1977年开始，刘正国就踏踏实实、兢兢业业地干着这些工作。其中一项关键而危险的工作就是打眼、放炮、取土，取土的地方是他们七队的营盘坡。他要先用钢钎插到土里，挖出一个1米多深、直径10厘米的炮眼，用来填放炸药。国家对炸药、雷管和导火索的管理十分严格，这个管理权是在县砖瓦厂，工厂分派本厂正式员工吴泽新负责管理。刘正国按照炮眼数量到吴泽新那里领取雷管、炸药和导火线，再由他把这些危险品一一放到每个炮眼里，再把土回填好，最后点火放炮。砖瓦厂放炮取土是一道效率较高的生产工艺，坚硬的坡土被炸松之后，工人胡家华（正式工）就从旁边水坑抽水灌进去把土泡松、泡软。那个年代

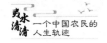
已经配备了推土机，这在当时算是比较先进的设备了。坡土泡水三五天之后，就用推土机把土推到轨道厢里，再由人工把一个个矿车盒推到砖机房配送箱去。这项工作是刘正国带领胡守贵、刘德新一起干的，他们3个人每天要打大约50个炮眼才能确保完成供土任务。

在砖瓦厂工作，最紧张的是组织员工"抢暴"，那是在遇到打雷下雨的时候，要在砖堤上盖上一层草搭子防雨。无论是白天还是夜晚，雷雨就是命令。砖瓦厂有一句谐谑语："窑匠是个癫蛤蟆，下雨就往外面跑。"此时，不分干部和工人，都一齐上阵。

1979年，宜都县砖瓦厂用的全是红春七队的土，但也发生了一点点变化，就是刘正国代表七队把砖机房全部承包了，包括供土、拖坯、划砖（用叉子把砖叉到砖堤上）等整套工艺流程。这样，生产组织形式、生产效率和分配结果就跟着发生了一些变化。之前，10个工分的分值是两三角钱；1979年，刘正国承包之后，分值上升到10个工分6角钱，提升了一倍，集体和个人的收入都提高了。

由于县砖瓦厂的机械化程度不是太高，基本上是半机械化生产。因此，劳动力成本占比就比较高：平瓦车间供土4.6元/万块砖、机砖车间挖炮眼0.07元/尺、机砖车间推矿车供土4.6元/万块砖、拖水坯10元/万块砖、划砖1.4元/万块砖、转砖上堆8元/万块砖、拖坯进窑9元/万块砖，等等。有关劳动力的安排，厂方只认刘正国统一调配。

一个负责任的领导者总是把安全生产放在第一位，安全也是生产力。他时刻警醒自己切不可掉以轻心，这是刘正国每天上班对工人们必讲的一件大事。然而，事故还是发生了。1981年7月的一天中午，眼看就要下班了，一位红湖大队22岁的白姓小伙子拖着水坯到轮窑烟囱附近卸车时，县二车队一辆半挂拖煤车转弯时将小白撞倒，辗轧在地上。刘正国和另一位工厂负责人立刻把小白送到医院去抢救，还是没能挽回他的生命。这可把刘正国忙坏了。这个事故是县二车队直接造成的，厂方与二车队领导经过协商并同家属达成了后事处理及赔偿协议，将小白遗体送回白家收殓安葬，这才把事平息过去。这件事虽然和刘正国没有直接关系，但是他主动担负起后事处理的具体工作，连续三天三夜都没有休息好。他还提前如数支付了小白生前的工资，自己又拿出200元现金给小白的母亲做额外的抚慰金。砖瓦厂和副业队里里外外的人都称赞刘正国懂人情、会办事，是一个值得托付的人。

刘正国带队到县砖瓦厂工作不久，发生了一件和他小时候的经历类似的事情，给他来了一个下马威。那时，他们家给生产队放养着一头牛，平时是弟弟刘正全放牧。那是一个抢栽、抢种的季节。有一天，刘正国天黑了才下班，说好了由他到暴屋去把牛牵回家来。他到暴屋一看，那牛累得趴在地上一动不动，当他把牛往回牵的时候，牛走不动路了。当日，生产队还有田亩需要抢栽、抢种，所以生产队集中安排了社员的晚饭。刘正国觉得这牛是累垮了，如果晚上接着打夜工耕田，会出问题的，他十分心疼！看到其他社员不管牛的死活，都在那里吃晚饭，他的气就不打一处来，脑海里立刻就冲出来幼年时的情景。那一次，他没把牛喂饱，牛不耕田，丢了工分，父亲打骂他说："你不把牛喂饱，就把你的饭给牛吃！"想到这里，说时迟，那时快，他一个箭步蹿上去，就把社员吃的米饭舀了一钵子去喂牛。社员们把这件事告诉了肖万春。肖万春一听，二话不说，责令他不要去县砖瓦厂工作了，留在队里干农活。

第二天，钟道荣厂长见平时总是提前 30 分钟来上班的刘正国没来上班，就去找他。当知道了事情的缘由之后，钟道荣就直接找到肖万春说："刘国阿子不来上班，你们队里的其他人也不要来上班了！"肖万春听了这话还能不放人吗？没两天工夫，刘正国又去上班了。

按理说，牛是生产队里重要的生产工具，这在人民公社的管理制度上是有明文规定的。刘正国的出发点是没有错的，只是方法欠妥。很多事情只注重方法而忽略了出发点，就看不到事物的本质，而强调出发点的善意又忽视解决问题的方式方法，常常是好心办成坏事。刘正国吃一堑长一智，他在挫折中逐渐成长了起来。

历史的转折

刘正国的转变是在中国历史转折的前夜，大背景下的一个微观现象。1976年中国发生了极不平凡的几件大事：

1 月 8 日，国务院总理周恩来去世；

3 月 8 日，在吉林省吉林市上空降下了一场罕见的陨石雨，其数量之多、个头之大乃世间罕见，其中最大的一颗长 1.17 米、宽 0.93 米、高 0.84 米，重达1770 千克，坠落入土 6.5 米深；

7 月 6 日，朱德总司令去世；

7 月 28 日，河北省唐山市发生了 7.8 级大地震，将这座工业城市夷为平地，

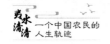

造成 24 万余人死亡，16 万余人受伤。这是新中国成立以来，发生的最为严重的自然灾害；

9 月 9 日，毛主席逝世。

一个国家在一年之中发生了如此多的重大事件，在世界历史上都是十分罕见的。上述的五大事件对中国社会有着重大而深远的影响。

正当红春大队峥嵘岁月时不我待、热火朝天学大寨的时候，在中国大地上悄然发生着一些极不寻常而又意义深远的变化，这些变化酝酿并点燃了一场巨大的社会历史变革。

躁动于母腹的"升子坪"

1974 年，一位 30 岁出头的年轻共产党员孔繁劲出任湖北省五峰县升子坪公社（今仁和坪镇）的书记。在调查研究中，一个问题在这位年轻共产党员的心中时不时地翻腾躁动：为什么一个旱不着、涝不到的秀丽山村总是完不成国家的粮食上交任务，百姓的生活仍然处于贫困线之下？他常常对一位县机关下派的年轻干部说，生产队的干部带领群众把山上的肥土，甚至每一粒羊屎都捡回来肥田了，社员们吃饭的问题依然无法解决！孔书记看清了，这是大集体的生产关系束缚了生产力的发展，吃大锅饭的弊端让百姓苦不堪言。

1978 年 4 月，孔繁劲书记斗胆捅破了这层纸，率先在升子坪公社搞起了"包产到户、联产计酬"，实际上是"分田到户、责任到肩"的改革。升子坪公社当年就超额完成了国家粮食的上交任务，农民的生活也得到了大大的改善。

上级领导下来调查、核实情况时，知道了其中的问题之后，便找到他谈话说："你知道这是什么性质的问题吗？你这是在走资本主义道路！"年轻的孔繁劲却有着成熟的政治品性，他套用了马克思《资本论》里的一句话，沉着、冷静地回答道："建设社会主义没有固定的模式。发展生产，多打粮食，改善人民生活就是建设社会主义。"他的这番话气得那位领导拍桌子、摔椅子。当晚，不平静的孔繁劲回到家中，开了一个家庭会，与家人商量好了去"坐班房"的准备。然而，他在工作中仍然义无反顾地推进已经开始的农村改革。他的做法得到了老百姓的拥护，饱食三餐的百姓很清楚，孔书记做得对。

喷薄而出的"小岗村"

1978 年 11 月 24 日晚，安徽省凤阳县凤梨公社小岗村西头，严立华家低矮残破的茅屋里挤满了 18 位农民，关系到全村命运的一次秘密会议正在这里召开。这次会议诞生了一个民间的，却是中国历史上的一份不到百字的包干保证书，其主要的内容是：分田到户；不再伸手向国家要钱要粮；如果生产队干部坐牢，社员们保证把他们的小孩养活到 18 岁。在会上，队长严俊昌特别强调："我们分田到户，瞒上不瞒下，不准向任何人透露。"第二年的收割季节，小岗村打谷场上一片金黄，经称量，当年粮食总产量 66 吨，相当于全队 1966 年到 1970 年 5 年粮食产量的总和。

1978 年 12 月 18—22 日，中共中央召开第十一届三中全会。这个会议正像是迂回曲折的长江绕过三峡的崇山峻岭，冲出西陵峡关口流向平缓的荆江平原一样，气势磅礴、浩浩荡荡地改变了中国的前途与命运。全会宣告了"文化大革命"结束；停止使用"以阶级斗争为纲"的口号；明确提出实践是检验真理的唯一标准，重新确立"实事求是，一切从实际出发，理论联系实际"的马克思主义思想路线。公报明确要求：把全党工作的着重点和全国人民的注意力转移到社会主义现代化建设上来。全会认为，农业这个国民经济的基础就整体来说还十分薄弱，必须大力恢复和加快发展农业生产，才能提高全国人民的生活水平。全会提出了当前发展农业的一系列政策措施，并将《中共中央关于加快农业发展若干问题的决定（草案）》等文件发到各省、区、市讨论和试行，这个文件在修改和充实之后正式发布。《决定》里提道："在保证搞好农业生产的前提下，有计划地积极兴办公社和大队企业。……充分利用本地资源，因地制宜地举办种植业、养殖业、农副产品加工业、采矿业、建筑业、农业工业、运输业和其他工业。"

紧接着，一系列重要的农业改革方面的文件相继制定和发布施行。农村改革取得重大突破：废除人民公社，确立以家庭承包经营为基础、统分结合的双层经营体制；大力发展乡镇企业，鼓励农村个体私营经济发展，形成公有制为主体、多种所有制经济共同发展的农村基本经济制度；取消农产品的统一派购制度，全面开放农产品市场，建立农产品和生产要素市场体系；逐步改革城乡二元结构体制，扩大公共财政覆盖农村的范畴，推进社会主义新农村建设，着手构建统筹城乡发展的制度框架。这一系列的改革措施对中国农村的社会经济发展起到了伟大的历史作用。

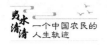

这正是：

山雨风满楼

升子坪，小岗村，天地轮回万物生。

夷水畔，东之皖，天理明鉴，山水相连。

变，变，变。

日月移，黄金律，先知先觉悟天义。

心坦诚，壮志行，义无反顾，源自民情。

醒，醒，醒。

在中共中央关于农村、农业发展一系列政策文件的指导下，宜都县所在地区——宜昌地委、政府结合本地实际，积极落实这些文件精神。根据宜昌地区农村中出现的新情况，1979年2月宜昌地委下发了《关于进一步落实农村各项经济政策的规定》，强调有利于调动群众积极性，有利于发展集体生产，群众满意的办法都可以实行。

1979年9月，中共中央十一届四中全会做出《关于加快农业发展若干问题的决定》之后，宜昌地委组织开展了落实农村政策大检查，总结推广了实行包工到组、联产计酬等经验；

1980年1月，中共宜都县委制定并下发了《关于进一步贯彻落实农村经济政策的具体措施》；

1980年9月，中共中央下发《关于进一步加强和完善农业生产责任制的几个问题》，肯定了在生产队领导下实行的包产到户，不会脱离社会主义道路；

1981年3月，宜昌地委召开全区三级干部会议，提出落实党的各项经济政策……对农业生产责任制采取稳定、完善的方针，解除群众顾虑。3个月之后，宜昌地委又下发了《关于加强和完善农业生产责任制的办法》，文件提出，可以采取专业分工、责任到组、责任到劳、包干到户、包产到户的农业生产组织模式。

1981年10月13—18日，在经过一段时间实践的基础上，宜都县委在城关镇及时召开了县、公社、大队三级干部会议，贯彻中央、省、地会议精神，决定在全县农村逐步推行联产承包责任制，将土地使用权由生产队下放到组和农户。

至 12 月底，全县共有 862 个生产队实行了各种形式的生产责任制，其中包括到组联产计酬的 437 个，联产到劳的 135 个，小段包工计酬的 253 个，边沿山区包产到户的 37 个。在实行了 1 个月之后，中共宜都县委又召开了加强和完善农业生产责任制试点工作座谈会，总结、交流了县委试点和各社（镇）试点的经验，并对在全县进一步推广农业生产责任制做出部署和安排。

1981 年年底，宜昌地区 2.27 万个生产队，落实农业生产责任制达 2.24 万户，占总数的 98.68%。

1982 年 1 月 1 日，中国共产党历史上第一个关于农村工作的一号文件正式出台。文件中明确指出，包产到户、包干到户都是社会主义集体经济的生产责任制。

就在这一年，宜都县全家店大队开始分田到户。大队核实了所有的田亩，不管远近，将田亩优劣搭配，再用抓阄的办法分田到户，但生产资料仍归生产大队所有。然后，大队与所有农户签订了《大包干农业生产责任制合同书》。这些紧锣密鼓的改革措施，开始扭转农村中平均主义"大锅饭"的劳动生产与分配现象，空前地解放了农业生产劳动力，大大提高了农业劳动生产率。

现在的年轻人对平均主义"大锅饭"的情况没有亲身经历，不是太了解。当时，红春大队的农民尽管可以去"抢工分"，体现了多劳多得的原则，但仍十分有限。刘正国作为红春七队副业大队的负责人，按照规定的 8∶2 和 7∶3 进行分配时，现金收入肯定比在队里从事农业生产的农民要高很多。有一年，他们家年终农、副业收入的现金总和大约是 300 元。但是，生产队直接扣掉了 240 元，最后，他家只能得到 60 元。理由是，要抽肥补瘦，拉平队里从事农业生产和副业生产收入的差距，以"稳定"农业生产，缩小贫富差距，防止资本主义复辟。刘正国的家人虽然对此不满，但也很无奈，他们还是会在后来的生产活动中努力去"抢工分"。

那时，城市里都是国营、集体企业。在这些企业里，同样存在着干多干少一个样、干好干坏一个样的"铁饭碗""大锅饭"现象。现在，我们去商店购物时，商店工作人员会主动向顾客介绍商品，想方设法让你不要空着手离开商店。那个时候可不一样。顾客进到国营商店后看到的是工作人员在扎堆聊天，对前来购物的顾客爱搭不理的，商品数量不多、品种匮乏还不耐烦地介绍。商品卖不卖得出去，无人关心，卖不出去也是国家的，和他们似乎无关，每月照常拿工资。虽然不都是那样，但是见微知著、观象思理。特别是到了"文革"后期，外在的环境

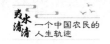

使得内在的弊端更加显现。那时，武汉群众对武汉的一些企业存在的一些消极现象，编成了一句顺口溜："七上八下九走光，下午来喝酸梅汤。"说的是上班不出力，还要享福利。平均主义的分配制度，铁饭碗、大锅饭很难调动人们的积极性。这不仅仅是中国农村普遍存在的现象，城市里的企业、事业单位也都普遍存在着同样的现象。

那时，人们在思考一个问题，到底什么是社会主义？无产阶级夺取政权后，怎样建设社会主义？其中的一个观点是，要让鸟儿飞，但是，要在鸟笼子里飞。作为对理论的探讨，这也无可非议。人们不禁要问，这个鸟笼子有多大？我们不是主观主义，也不是教条主义，实践会告诉我们哪个是对的。改革开放前，我国社会实践中出现的一些问题让我们认识到，贫穷不是社会主义，铁饭碗、大锅饭的平均主义也不是社会主义。

党的十一届三中全会及之后的农村各项改革，既是中国农村社会的转折点，也是位于古老的夷水之畔，宜都县全家店村的转折点，更是刘正国人生中带有决定性的转折点。

1980 年，改革的春风已经掀开了宜都农村社会经济改革的序幕。刘正国所在的车间（班组）、股室制定了"五定"劳动承包责任制，即实行定员、定产量、定质量、定消耗、定责任，实行联产计酬，并将这个责任制落实到各个班组的所有成员。"五定"的具体内容是：定员，制砖车间 38 人；定产量，全年制砖 1600 万水坯；定质量，要求砖坯 6 面平整，表面光滑，强度达标；定消耗，主要是燃料、油料消耗达标；定责任，不出现重大安全事故。刘正国带领副业队所有的年轻人，按照厂里规定的工种将人员分配到岗，按照"五定"责任制进行运作。他们参考了 1979 年的劳动定额与人员工作量制订了相关的分配方案：

1. 制砖车间：全年生产水坯 1600 万块，总计定额工资 13280 元，需要 13 人操作，全年按 10 个月工作量计算，人均月工资 102 元；

2. 划水坯：全年 1600 万块水坯，定额工资 6400 元，需要 8 人操作，人均月工资 80 元；

3. 装窑：全年运坯 1400 万块成品红砖，每万块砖 8 元，需要 8 ~ 10 人操作，人均可得月工资 110 元；

4. 平瓦（机瓦）车间：主要是供土，每万块瓦 28 元，一天可生产 10000 块生瓦坯，需要 10 人操作，日工资 2.8 元。

同时，他们也和县砖瓦厂的正式工人一样享受同样的劳保福利待遇。这样，刘正国和这些年轻伙伴的农民身份也来了一个转变，成了一个半工半农的工人。

"五定"劳动承包责任制大大激发了员工的生产积极性。到了年底，随着生产不断地发展，员工人数由开始的 26 人发展到 100 多人。作为"五定"的负责人，刘正国每天早上班、晚下班，一天要工作 12 小时。由于他只读了两年书，人员增加了 4 倍，相关的统计数据更是翻了很多倍，算账时，他感到力不从心，常常要用很多时间来计算烦杂的数据，这就占用了他处理一些大事的时间。同队的一位发小刘才圣读的书比他多，于是，他就请刘才圣每天帮助他计工算账，刘正国给他开工资。1981 年 6 月，他们还签订了一份《副业工待遇规定》，规定每月 28 日结算当月工资，由各车间根据当月"五定"核算的票据到财务股办理结算。那时，他们团队按实际决算，每人每个月平均可收入 65 元。在陆城镇范围内，这个收入是相当高的了，一般工厂正式工也不过是 43 元。厂方基本上没有把他当副业工对待，凡是厂里生产方面的事情都和他商量，双方的关系也很融洽。厂里为了让他上下班方便，还将采购员用的一辆凤凰牌自行车送给他。刘正国是个知恩图报的人，他把承包工作做得更好了。

从 1977 年到 1981 年年底，刘正国与两任厂长（一届是钟道荣、一届是艾道新）关系融洽、合作默契。他从两位厂长那里学到了不少管理经验和相关的知识。

1982 年，全家店大队实行农业生产分田到户后，副业生产也开始了承包责任制的进一步完善工作。1982 年，在县砖瓦厂，以艾道新作为总承包人，刘正国作为分包人，承包了机砖房以及轮窑的拖坯和生坯进窑工作。改革开放初期，市场经济的某些体制尚不完善、机制尚未完全形成。在招投标机制还不健全的情况下，这种总包与分包的形成，基本上是靠人与人的社会关系以及历史上业已形成的劳动关系起作用。也许，这是一个较为稳妥的历史序进吧，有待于市场的体制、机制完善而向前发展。

分田到户后，虽然农民的生产劳动积极性得到了很大的提高，但由于生产资料仍归大队所有，个别地方出现了一些问题。特别是在春耕、夏收、秋种和秋收的大忙季节，为了抢农时，有的农民蹲守在正在耕作的田边地头抽着烟，等着耕牛用。人能休息，牛却要连续耕作，如果喂养不好，就会出现耕牛疲惫不堪，甚至累死耕牛的现象。虽然刘正国每天是在砖瓦厂忙碌，但当他听到伤害耕牛的消

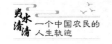

息后，总觉得心痛。

在实行"五定"责任制之后的两年中，他最操心的事情除了安全生产之外，就是劳动力队伍的稳定问题。这几乎是当时所有承包责任制企业和新办个体私营企业最烦神的事情了。管理层偏于家族化、关系化，而雇员则偏于随意化、游击化，"肉挑肥的吃、事找轻的做""打一枪换一个地方"的事情时常发生，即使签合同干起来了，说走就走的事情谁也挡不住。没有人干活了，"五定"就是空的。这也许是市场经济起始阶段一些企业遇到的共同问题吧，有条件的企业开始考虑对设备进行自动化改造。于是，自动化生产的"黑灯车间"逐渐多了起来；还有的企业采取员工持股、技术入股、按股份分红的办法留住员工。但是，刘正国没法这么做。他的员工除了有本大队的，还有五眼泉汉洋坪、姚家店红湖大队等周边乡镇的。人与人之间的生活习惯和观念上肯定有所不同。首先，他除了靠签合同稳住员工队伍之外，只能靠增加企业盈利拉开行业之间员工的收入差距，提高工人的收入来稳住人心、稳住队伍。上面说到，"五定"之后，他的团队每月的平均工资可达 65 元，其他待遇和正式工一样，这在当时的宜都就很不错了。其次，很多事情他都要率先垂范，吃苦在前，对工人加强人文关怀，取得大家的信任，收住员工的人心。这个队长很不好当。

除了这些实际问题之外，那时，刘正国的内心时不时地会泛起一些莫名的波澜。承包使他的腰包逐渐地鼓起来了。开始的时候，他与一般人之间的收入差距不是太大，随着差距逐渐拉开，受过去的影响，社会主义和资本主义"泡沫拖鞋"的影子有时会浮现在他的脑海里。虽然有承包合同，靠着辛勤的劳动所得，合理的收入是无可非议的。但有的时候，心里不免会听到"泡沫拖鞋"行走时的声音。

另外，称谓的变化也使他内心泛起了一些涟漪，为此，他别扭了好长时间。叫他"刘国伢子"或副业大队的大队长，他感到很自然。实行承包责任制之后，就有人叫他"包工头"了。他觉得这是个贬义的称呼，会让人联想到新中国成立前资本家的包工头和打手，他觉得别扭，难以接受。那时，在他心目中最崇高的形象除了雷锋之外，就是作为领导阶级的工人老大哥了。他曾经的梦想就是能够参军当一名光荣的解放军战士，或者像发小尹德海那样，进国营企业（今国有企业）当一个工人。但是，这些事情都和他无缘。他觉得，自己不能参军是家庭成分高的原因，当不了工人是自己命不好。当初，走出去做苦力是因为家里人多，生活困难，连谈个女朋友都觉得低人一等。走到今天这一步，自己竟然成了一个

"包工头"，土得掉渣子，他很不情愿。但实际上，他就是一个地地道道的承包负责人，只不过"包工头"的称呼是沿袭了新中国成立前的叫法而已。他觉得，自己学习了计划经济体制下的一些管理经验，是社会主义市场经济体制下的企业承包人，这和过去的那些"包工头"不一样。他的梦想是做一个具有现代管理理念和管理方法的领导者。不过，家里人可不是那么看的。他们认为"包工头"是"有钱人"和"成功人士"的代名词，给祖上争光了。家里人的态度给了他一些安慰。但是，嘴巴长在别人鼻子下面，挡也挡不住。人家叫的时间长了，他也就顺其自然了。慢慢地，他觉得不违法，虚荣心也抻直了他那别扭的内心"褶皱"，悠哉乐哉地当起"儒家的包工头"了，好不风光！从 1982 年开始，刘正国带着五六十名工人（后来发展到上百人），在宜都成了一名名副其实的个体户。

他所从事的这个行业竞争十分激烈，许多包工头为了承揽工程业务，争夺有限的市场份额，不惜铤而走险、不计后果，走"阴沟屁眼儿——歪门邪道"小路。刘正国与其他包工头不一样的地方是，他长期在基建与土木工程建筑行业基层工作，人脉关系甚广，口碑不错。多年的实践与拼搏让他深深地体会到，一个人的能力是有限的。因此，他对朋友心怀大度，善待八方。此外，他讲规则、懂技术，做事实在、讲求实效、诚信度较好。更重要的是，他事业心强，拥有创业的梦想和干劲儿，也有创业的能力。所以，很多工程发包方哪怕多花几个钱也要与他合作。这在 1982—1983 年，他承包宜都县棉纺厂部分土建工程的过程中就充分体现出来了。

宜都县棉纺厂修建工程包括工厂周围的路面、修建下水道和附属厂房平整等。由于人手不够，刘正国又招收了宜都县周边的一些人来施工，最多的时候有100 多人。从那时起，刘正国步入了发财致富的道路。那时，赚来的钱要用草纸包起来给工人发工资。在那之前，钱数不多，两个裤子口袋就装得下。开始的发展就表现为"口袋工资"和"草纸工资"的差别上。

宜都县棉纺厂修建工程是县里面的重点工程，工程指挥长是由时任县计划委员会陶振华主任兼任；县财政局副局长周明寿任副指挥长，负责资金调度；曹阳生任总会计师。陶振华是一个精明能干、事业心强、幽默、可敬的领导。他有胃病，但始终坚守在施工工程第一线，犯病的时候，抽支烟就可以管一阵子。在开挖厂房旁边的几个化粪池时，没有机械施工，完全靠人工挖掘。有一天，陶振华在施工现场犯病了，疼得他直不起腰来，脸色蜡黄。他就用绷带把腹部绑紧，蹲在工地旁边，不肯离开施工现场。看到刘正国和工人们一起挖土，陶振华就点

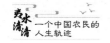
了一支烟递给刘正国，刘正国开玩笑说："您要给，就给一条烟！"陶振华接下话茬说："你要抓紧搞，按时完工，搞好了，我就给你一条'永光'香烟！"（一条"永光"香烟4元）县棉纺厂施工最紧张的时刻，陶振华的母亲去世了，刘正国是从侧面听到这个消息的。按照农村的风俗习惯和传统，他背着陶振华送去了100元现金，表达一下孝敬之心。陶振华知道后，烦请棉纺厂工程副总指挥李从珍把这100元钱退还给了刘正国。

由于棉纺厂修建任务都能按时序保质保量完成，有的还能提前完成，刘正国的团队受到了工程指挥部的褒奖。指挥部从来不拖欠刘正国的工程款，这对别人承包的工程项目就不一定能做到了。这么好的一项工程让刘正国一个人独吞了，怎么会不引起别人眼红呢？

棉纺车间修建完成之后，要修建一个仓库，仓库总面积约9亩。在仓库建设工地上有一个1米高的土坡需要整平。那时，没有推土机，要是完全靠人工铲平，工作量就很大。时间紧，任务重，一名副厂长认为刘正国的任务已经很重了，就找了另外一班人马进厂施工。几天后，陶振华觉得工程进度太慢，就把与这个工程队签订的合同解除了，仍然交给刘正国的人来干，要求他们必须在半个月内完成任务。这是考验刘正国的时候，也是他一展雄风的时候。经历过修建九道河水库那种十分艰难的大工程历练的刘正国，要在短时间内整平区区9亩地以及1米高的土坡，那只是小菜一碟。

刘正国找到了现五眼泉镇汉洋坪村青年大队的罗万福，由罗万福组织了二三十辆鸡公车和人员进厂施工。他又找到现红花套镇周家河村的唐开荣，再组织十几辆鸡公车和人员，按照他们修建九道河水库时那种施工模式来平整仓库地基。在陶振华规定的半个月内，他们完成了土方挖运、整平的工作，确保了仓库修建的后续工程施工。这真使刘正国扬眉吐气，美名外溢。这个合同完成后，棉纺厂设备搬运、安装合同自然而然地落在了他们的身上。虽然他们没有搬运机械设备，完全靠人工拖、运、抬、装，但是，进度和质量都得到指挥部的好评。由宜都市部委办局的领导督战的市重点工程的进展速度、工程质量完成得非常好。这在宜都的土建工程施工市场上，那绝对是One of the best！这个影响就大了，非但如此，好事也接二连三地跟着来了。

刘正国在砖瓦厂和棉纺厂的经历是他人生转折的起点，在这里，他收获了人生的第一桶金。这些为他后来的腾飞奠定了一定的社会基础和资金基础。回忆20世纪六七十年代，他最崇拜的是工人阶级，看到自己的发小尹德海进厂当了工人，穿着一身工作服，他的眼睛都发呆。分田到户以后，工人的工资还是不太高，普通工人一天1块2角钱，技术工也不过2块4角钱一天。刘正国的收入是工厂工人、技术人员和发小尹德海所无法比拟的。

棉纺厂工程结束后，陶振华想把刘正国留在棉纺厂工作并转成正式工，同时，承诺他的工资按厂里最高的2块4角钱一天计发。刘正国谢绝了陶振华的好意，选择离开工厂去做工程承包工作。这时候的刘正国已经从20世纪六七十年代的梦想中蝉蜕出来，他要飞往更广阔的天空。谢绝陶振华的另一个重要原因是对他影响较大的两个人，一个是时任县建委副主任的张玉泉，另一个是时任棉纺厂技术主管的毛柏玉。张玉泉原来在姚店区任职，红春大队是他的联系点，他很熟悉。毛柏玉从棉纺厂调到宜都县城镇建设公司任经理，这个公司是宜都县建委的下属企业，适应城市化进程的需要，负责宜都老城镇的道路及给排水系统的改造。城镇建设公司需要刘正国这样的施工队，刘正国也需要城镇建设公司这样一个靠山，他们一拍即合。经历过多年磨炼的刘正国深知社会关系的重要性，本事大还得关系广，关系广了路子宽。从此，刘正国开始承接市政施工工程。有人说，干不完的城镇建设，亏不了的市政工程。刘正国的事业如日中天。

坦率地说，在计划经济体制向社会主义市场经济体制转变的初期，上面这些做法还只是一个过渡，不是一夜之间就能变得那么完善、理想。在这个转变的初期，计划经济体制下的思维惯性以及人们原有的政治思想觉悟起到了一定的作用，使得运作的过程较为规范。严格来说，那些做法存在着一些值得推敲和改进的环节。然而，这种过渡不是一蹴而就的，需要进一步完善、健全、法治化。几十年过去了，时至今日，在某些环节上还存在着一些问题。

恋爱与婚姻

在刘正国参与7013"三线建设"之前，家里开始张罗刘正国的婚姻大事，尽管那时候他家里很穷，毕竟到了男大当婚的时候了。1974年，红春大队九队的杨功海在医院住院，他的爱人曹诗兰陪护时认识了在同一个医院住院的谢春德。母亲曹辉珍和曹诗兰都姓曹，按辈分，曹辉珍是曹诗兰的姑婆婆辈了，这就拉上亲戚关系，相互之间喊亲了。之前，曹辉珍就拜托过曹诗兰，要她帮忙给刘正国介绍一个女朋友。现在，一般人都不愿意帮这种忙，弄得不好就惹一身骚，两头不讨好。曹诗兰是一个热心肠的人，况且是自己的姑婆婆托付的事情，哪有

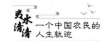

怠慢之理呀！认识没多久，曹诗兰就请谢春德帮这个忙，还补上一句："有一搭没一搭的，事成之后……"谢春德也是个爽快人，她说老家聂家河区朝阳公社新华大队有一个姑娘，叫周馨秀，人蛮漂亮，可以介绍给刘正国。

曹诗兰把这个消息告诉曹辉珍之后，刘正国很快就知道了。他有点儿坐不稳了，没过两天就骑着一辆加重自行车，带着曹诗兰一起到女方家去。一路上，刘正国的心头热乎乎的，载着一个成人艰难骑行近10公里的山路，一点儿累的感觉都没有。在离周馨秀家还有两公里的地方，有一个坡度不太大的山坡，他骑不上去了，就让曹诗兰下车，他打算把车推上山坡再骑。谁知曹诗兰下车时急了点儿，从后车座上滑了下去，一个屁股蹲儿直接摔坐在地上，鞋子磨破了不说，屁股疼了好几天，弄得刘正国十分过意不去。到了周馨秀家一看，女方家里比较穷，但还是热情招待了他们。晚饭的主食是洋芋饭和红苕，不过，主人还炖了一个羊腿来款待他们。他们二人在周馨秀家住了一晚，第二天才回去。这事真有点戏剧性，这个土坡似乎是爱情的试金石，看看小伙子的决心如何。光是他愿意还不行，女方的想法怎么样呢？

刘正国与周馨秀相处了1年多，双方的父母都十分喜欢，也认可这个婚姻。刘正国还把周馨秀接到家里来过了门（定亲）。那时，刘正国家里穷，没有木料做柜子，周馨秀的父亲就把自家的几块楼板给刘正国做了一个双门衣柜。刘正国这边也给她家送了定亲礼物——一段时兴的涤卡布和一段的确良布料。

1年之后，热恋的温度就降了下来，大概是周馨秀觉得刘正国不太适合她，兄弟又多，就把那两块布料退了回来。听说她在别的地方找了一位老师。刘正国不甘心，决心去问个究竟。他去找过一次周馨秀，想挽回这个局面，那毕竟是他的初恋啊！可是他没能见上一面，这事儿就这么过去了。

20世纪90年代初，跟着刘正国一起干活的刘诗发是本大队红胜一组的，刘诗发的老婆是周馨秀的亲戚。从刘诗发那里得知周馨秀的母亲去世的消息，刘正国觉得周馨秀的父母对他很好，他也没忘记那几块楼板做的柜子。于是，就买了一个花圈和礼物，托刘诗发一并送了过去，算是还了周家一个人情。

那时，刘正国已经是全家店建筑公司的总经理了，周馨秀不会不知道。我们无从知晓周馨秀收到这些礼物时的心情是怎样的，也不知道刘正国对这段初恋留下了什么感觉。直到现在，那几块楼板做的双门衣柜还在。按他现在的条件，买一个金丝楠木柜子都不在话下，但是，他一直没有扔掉那个双门衣柜。每当刘正国看到这个衣柜的时候，不禁触景生情，青春萌动让他品味到的是酸还是甜？这正是：

初 恋

一江春水留不住，

两厢情缘悃自处。

世间哪得玉如意，

夷水清清逐波姝。

1975 年腊月初十（1976 年 1 月 10 日）是刘正国的叔伯姐姐刘正芳结婚的大喜之日，她的姨妈从清江对岸的红花套公社东风大队来刘正芳家祝贺新婚之喜。刘正芳的母亲对这位姨妈说，想让她的女儿毛文风给刘正国做女朋友。毛文风小刘正国两岁，年龄刚好。喜庆之日说喜庆之事，大家欢欢喜喜的，农村的老妇女们很愿意撮合这种事来积德。后来，这两个年轻人也相处了 1 年多的时间，实际上也没见过几面。在此期间，过个把月时间，刘正国就骑着那辆寻爱的自行车去女方家看她。毛文风有时间也来红春七队看看刘正国。

1977 年夏天，毛文风托人告诉刘正国，红春七队离她家太远，不想再谈了。其实，婚恋之事不能谈下去，主动推辞一方的理由往往是冠冕堂皇的，真正的原因在背后隐藏着。这件事一开始就存在着某种"解不定"的地方。宜都县的红花套地处长江与清江交汇的河谷地带，是远近闻名的柑橘产地，那里的农民富裕程度是尽人皆知的。人往高处走，水往低处流。多数的年轻女子都想嫁到富裕的地方去过一辈子好日子。这件事没成功，毛文风的哥哥起到了一定的作用。她哥哥是大队会计，觉得刘正国家里的成分高、兄弟多，家境不宽裕，不愿让妹妹毛文风嫁到红春七队去受苦，这就烟消云散了。多年之后，一个偶然的机会，刘正国得知，毛文风因白血病故去了。这真是黄泉路上难预料啊！

社会心理学家做过统计，年轻人能否结合在一起，大概率取决于女方。在 3 年左右的时间里，刘正国经历了两次失恋的挫折，均是女方不同意。他已经 24 岁了，这在当时的农村就算是大龄青年了，他的家里很为他着急。事业上小有成就的刘正国也开始着急自己的婚姻大事了。他想主动把握自己的命运，自己去物色女朋友。他真的相信了毛文风说的，他们分手的原因是两家离得太远。其实，那点儿距离算什么呢？他家就住在清江边上，那时，清江第一大桥已经开始修建了，过了桥再有两站地的距离就到了。那不过是一个幌子罢了。刘正国决定接受

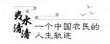

这个教训，把眼光锁定在本生产大队的姑娘身上。除了少数到外面去务工的，他只在各生产队的女孩子当中选择。他相信，这样就不会发生毛文风那样的"距离"问题了。

那时，他相中了两个女孩子，虽然其中一位女孩子长得漂亮些，但他最终还是认定了本队的刘成桂。由于是本队的人，两家的距离就不是选项了，主要考虑性格和家庭环境等条件。刘正国和刘成桂在一起干过农活，印象不错，他觉得刘成桂是个热情、厚道、实在的人。有一次栽油菜秧子，他没栽完，刘成桂就过来帮他的忙。刘成桂并非对他有意示好，她对谁都一样热情。

刘成桂的家庭在红春七队算是比较好的了。她的父亲刘致明在宜都县商业局下属的枝城镇副食品公司工作，这是个很多人都羡慕的职业。刘致明是一位比较开明的人。刘成桂的母亲江诗珍主持家务，忙里忙外的，是个呱呱叫的人物。不少人夸奖她是一个厉害的好当家，当地话说她"蛮跋扈"的。这里面包含着两层意思，一方面，是赞佩她能干，另一方面，就像美国人说的那样，江诗珍是一个"虎妈"，对孩子严格、严厉，外面人也惹不起她！刘成桂的大哥刘成汉是七队的会计，二哥刘成玉在队里开拖拉机，这都是不错的工作。下面还有一个弟弟和一个妹妹，他们是十几岁的孩子，在家里还说不上话。

主意拿定之后，刘正国便去跟他的幺爹刘传会商量。他们二人都认为，相比较而言，选择刘成桂是比较好的方案。不过，他俩都觉得，最可能成为障碍的是"虎妈"江诗珍。刘正国担心地对刘传会说："那江家幺姑肯定不得搞！"第一，他怕江诗珍的个性非常强势，很有主见，说一不二的；第二，距离近了也有不足之处，人家知根知底的。他怕自家兄弟多、负担重，特别是自己家"老上中农"的阶级成分，一直是压在他心里的一块铁疙瘩。虽然本队人都不把他们家当地主和富农来看待，但是他的自我感觉不好。两次失恋的经历让他心里总犯嘀咕，是不是自己成分太高的原因。第三，他怕江家幺姑跟队里人的看法相同，认为刘正国虽然能干，但"蛮滑头"，干事"不靠谱"。这"三怕"让刘正国的心里"十五个吊桶打水——七上八下"的。很显然，双方在判定这件事的预期效果时都是凭印象、听传言，具体结果如何，不去做一做怎么会知道呢？总之，这要跟刘成桂谈一谈才行。

虽然刘传会是刘正国的发小，但是论辈分，她是刘正国的"上辈"，她对刘正国的婚姻大事有一种血缘相关的责任感。于是，刘传会抱着有一搭无一搭的心态，找到了刘成桂。未承想刘成桂同意了。不过，她还是留下了一句活话儿：

"知道这个人，就是对他印象不深。听说他很会搞事，就是很滑头！"虽然他们都生活在一个50来户的生产队里，低头不见抬头见，但是，从15岁离开宜都县到枝江县百里洲去学习裁缝开始到24岁，这9年当中，刘正国不是在7013工程做工，就是在宜都水利工程施工现场，很少在队里做农活。而刘成桂基本上是在队里干农活。俗话说，女大十八变，男儿又何尝不是呢？不过，要说刘成桂完全不认识刘正国是绝对不可能的，估计是怕她妈妈江诗珍不同意，她才给自己留了一句活话儿，预留一个体面的退路。刘成桂答应做朋友，是不是因为刘正国已经是七队副业队的队长，而且在为生产队搞洋芋种这件事情上干得很漂亮，才有这样的结果？这些都可能是刘成桂对刘正国印象的加分项，外人是说不清楚的。

那时的刘成桂也有23岁了，只比刘正国小1岁。此前，有人给她介绍过枝江县白洋镇的一个小伙子，那里离她家有十几公里，还要过河。那时，交通又不方便，她不想离家太远。况且，听说白洋镇那边田亩虽然很多，但基本上是旱田。她习惯水田劳作，怕不适应。所以，她就同意和刘正国做朋友了。

刘正国非常高兴！不管怎样，踏破铁鞋无觅处，得来还得费工夫。此话怎讲？好事多磨啊！首先，要做通刘成桂双亲的工作。刘传会的母亲和江诗珍能说得上话，刘传会就请母亲出面去做刘成桂父母的工作。刘成桂的父亲倒是同意了，可江诗珍一口就回绝了。这还不说，江家幺姑手下还有一个铁杆儿干将，那便是刘成桂的二哥刘成玉，他是坚决不同意这门婚事！刘成玉是队里的拖拉机手，是村集体的重要劳动力之一。他还是个多面手，是队里的大能人，一位影响比较大的人物。虽然他的性格比较强势，但生产队还是十分重视这个人的。对妹妹的这件婚事，刘成玉斩钉截铁地说，全生产队都知道刘正国是个滑头，做事吊儿郎当的。不管怎么说，他都不同意！

事态的发展应该与新中国成立后的宪法有关，直接的影响大概是赵树理先生的短篇小说《小二黑结婚》了。恋爱、婚姻是男女双方的自由，受法律保护。所以，尽管刘成桂家有"哼哈二将"反对，自己的婚姻大事是什么人都不能干预的。

刘正国和刘成桂开始谈起了恋爱。1978年4月，生产队安排刘成桂到宜昌葛洲坝水电站去搞建设，这一去就得几个月才能回来。那时不像现在有手机，可以视频通话。所以，那时脑子里想的好事、美事只能靠双腿、双手去实现。于是，刘正国便搭乘谢传林的拖拉机，趁着队里给葛洲坝水电站工地送菜的机会，跑50多公里的路到工地去见刘成桂。还有一次，水库工地放假，刘成桂在宜昌

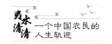

的姑姑家里玩了一段时间。刘正国也追了过去与刘成桂莺燕缠绵、谈情说爱、憧憬未来。就这么一次又一次地，终于感动了刘成桂。

那时的婚姻还不是那么物质化，在农村，正派的人家还是要看男方的条件和诚意。可是，在城市里，有一些姑娘还是很挑剔的。在武汉市井中流传着一句顺口溜，形容少数人结婚时对男方的要求：工资全交、剩饭全包、家务活全干，还要有"三转一响一咔嚓①，全套家具带沙发，服侍二老带看伢儿"。当时，这阵风还没有吹到宜都农村。虽然农村的女方也很实际，但主要还是要看人怎么样，看他是不是个"潜力股"。刘正国懂这个道理。面对江诗珍和刘成玉的反对，他是要掏心窝子，要用实际行动做给刘成桂和她的家人看。除此之外，他没有其他办法了。

那时，刘成桂的大哥和二哥经常在外面做事，顾不上家里的农活，刘正国就经常去她家帮忙，诸如栽秧、除草、收割、挑谷子，等等。有一次，刘正国到刘成桂家帮助粉刷墙壁，一不小心触碰到了一根裸露的电线线头，顿时手上发麻，他急忙把那个线头挑开，避免了一场事故。纵使是铁石心肠的人，也会被打动，那江诗珍能不感动吗？除了行动之外，刘正国还动员自己的亲戚、社会关系帮忙。刘正国请了一位同江家幺姑关系最好的张家大妈出面帮助撮合此事。江诗珍的硬脾气碰到了张家大妈的绵柔性子，那是以柔克刚，她不好意思不给张家大妈面子，也就勉强答应了。

1978年农历八月二十五，刘成桂到刘正国家过门；冬月，两人领了结婚证。1979年正月，两人在刘家老宅子里结婚。按照当地的风俗习惯，结婚当天，女方的大哥和二哥都要作为小亲家去送亲。刘成玉就是不愿意去，杠在这里了。还是刘成桂的舅舅出面对刘成玉说："小亲家不送亲，别人要说闲话的。再说，婚都结了，生米煮成了熟饭，再反对又有什么用呢？"刘成玉这才拖着两条腿跟着去了。

他们结婚时，刘正国给介绍人刘传会和张家大妈各扯了一块那时最时兴的"浅丝林"（天蓝色）的确良布料做酬谢。婚后，他们在老屋子住了1年。

这正是：

---

① "三转"是手表、自行车、缝纫机，"一响"是收音机，"一咔嚓"是照相机。

新 婚

金玉良缘苦作酒，

天地好和难回首。

今日牵得美人归，

世事难料人长久。

分家建房

1979 年 10 月，刘正国的儿子刘俊出生。除了枝江县百里洲大哥一家人之外，此时的刘家已是四世同堂共 13 人的大家庭了：包括爷爷、爸爸、妈妈，二哥刘正华一家 4 口、刘正国家 3 口，弟弟刘正义、刘正全、妹妹刘正荣 3 人尚未成家。这一大家子都住在"两正、一拖、一偏"的老房子里面，建房分家已是绕不过去的一道坎儿了。爷爷刘永秀的脑子里常常在盘算着这件事。刘俊的出生便是解决这个问题的拐点。

爷爷把家里人召集在一起商议。很显然，要分家就得有房子，因此，建房子是关键，对他们家来说，这在当时是最难的一件事。商议的结果是，二哥一家 4 口和刘正国一家 3 口分出去。于是，他们找生产队划了一块土地做宅基地（地址在现棉纺小区）。爷爷就让几兄弟一起在屋场子里把土砖挖好。虽然，1977 年刘正国已是队里副业队的队长，负责县砖瓦厂的工作，但他也用不起那些砖瓦盖房子，那是给别人做"嫁衣"的，他只能在自家的宅基地上挖土砖盖房子。做土砖、砌墙、盖瓦（或上草屋顶），这些是他们仅有的几件能掌握主动权的事情，其他的事情就别提有多难了！所以，几兄弟没用两三天就把土砖挖好了。不管后面的事有多难，开弓没有回头箭。这第一步迈出去了，后面就是"逼上梁山"也得硬着头皮往前走。

那时，盖房子最难的莫过于搭桁架用的椽子和檩子了。宜都本县的西南山区有一定的木材山林，与宜都毗邻的长阳县和五峰县都是湖北省的林业大县。那里不但有很多次生原始森林，甚至还有原生态的原始森林。长阳县、五峰县离刘正国家最近的地方不过三五十公里，应该是近水楼台了。可是，我国对森林的采伐有着极其严格的管理制度，莫说是原始森林，即使是次生林也实行严格管控。在通往宜都的几个道口处均设置了木材运输检查站，要求出山的车辆停车检查。看

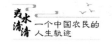

来，只能在本地想办法了，但宜都本地建筑市场上的木材行情十分紧俏。

爷爷把大家叫到一起说："我日夜睡不着觉！你们把土砖都挖好了，这是八字没得捺、九字缺个钩，还是等于零。你们打算怎么办？怎么才能做屋？"大家一筹莫展。爷爷说，可以到他的好朋友熊生福那儿去想想办法。家里人都知道宜都五眼泉乡响水洞桥儿湾的熊生福。那是1940年6月，为了躲日本鬼子，爷爷带着全家逃难时，在桥儿湾那儿住过一段时间，直到日本鬼子走了，全家才回到宜都。熊生福的儿子熊培林现在是桥儿湾（现响水洞村）的书记。全家人似乎看到了一线希望。于是，父亲刘传福就带着刘正华、刘正国和刘正义三兄弟去响水洞桥儿湾，找到了熊培林。自抗日战争以来，两家常来常往，像是走亲戚一样。所以，这件事总算是办妥了。

他们花钱在桥儿湾九组渔洋河边上的一座山上买了几十棵松树，请人把树放倒、整理好枝杈，又费了九牛二虎之力，肩扛人抬地把这几十棵松树运下山来。但是，要想把这些树运到宜都全家店家里，就不那么简单了，这里既没有公路更没有汽车。还是刘正国的点子多，他提出把几十棵松树分别扎成几个排，走渔洋河水路，他们三兄弟当纤夫，在岸上或水中拖拽树排顺河而下。这是刘正国小时候在清江上捞浪柴时常见到的情景。

农历十月已是晚秋季节，漫山遍野披上了秋装。放眼望去，在墨绿色的崇山峻岭间，木梓树叶已渐黄、变红，红黄树叶之间夹杂着一束束成熟的白色木梓树果实。渔洋河河水已不再像夏日那么汹涌澎湃了，河水浅了很多、温顺了很多，静静地在蜿蜒的山间流淌。在秋日阳光的照射下，从山上俯视，河面反射的光环宛如一条柔软的银色飘带映入眼帘。山谷中时而传来阵阵的斑鸠鸣叫声。

潮湿的木排一多半都沉浸在水里，拖着木排走在山谷底部的河边石头上或沙滩上，三兄弟感到了一丝丝的凉意，大山里会显得更冷一些。他们心里想着不管前程有多艰难，都只是一门心思——尽快回到家中。遇到木排搁浅时，他们就得站在水里用木棍撬动，甚至要跳到冰冷的河水里拖着木排继续前行，常常是大半个身子都浸泡在冰冷的河水里，那叫一个透心凉啊！

他们从下午开始出发，直到凌晨5点多钟才看到熟悉的香客岩，从那里到家还有三四公里远。三兄弟上岸后，全身麻木、浑身发抖，上下牙不停地相互敲打着，发出咯咯的声音，整个身体内外都是冰冷冰冷的，几乎失去了知觉，虽然还有思维，但不知道自己是谁了。他们燃起一堆篝火取暖，烤了半天才缓过神来。那时，香客岩水电站的蓄水大坝已经建成，正待机组安装完毕并网发电。在那里，他们遇到了管理施工的汤兰庭，他是刘正国发小尹德海的岳父。汤兰庭请示了工地指挥长胡庆法副县长，胡副县长安排了几个人，帮助他们把树木拖到岸上，又找了一辆拖拉机把这些树木拖了回去。

费这么大力气运回来的松树只够做檩子的部分木料，做椽子的木料几乎没有。一个偶然的机会，刘正国了解到，距红春大队50多公里的宜都毛湖淌乡燎原公社白河大队修公路，需要一吨硝酸铵做炸药的原料。他答应设法帮助白河大队搞到这些硝酸铵，作为交换条件，他要求对方帮助他弄点儿建筑木料。坦率地说，他并不知道自己到底有多大把握能搞到这些硝酸铵，除了社会关系之外，他手头什么都没有。反正，他信心满满，那是一种带着坚定信念的模糊预判。

年纪轻轻的刘正国早早就悟到了在他身边隐隐约约地存在着一个巨大的社会关系网，这个关系网是以个人或成员之间的利益、亲情、地缘等因素为纽带的相关人员的集合，人们只能看到这些关系网的近处而望不到尽头。它们通常是隐形存在的，只是在相关因素发生关系时才得以显现。这个关系网是历史形成的，大大小小交织在一起，随着社会的发展变化，在不断地外延或收缩或部分地消失而变化着。

刘正国的信心正是来源于他对这个关系网的预期。他说不清楚会不会有结果，但他会去努力。他又去找宜都副食品站的那位干爹，干爹的一位好朋友是电影院的老王。"文革"时期，常常放映《南征北战》《列宁在十月》《海霞》等老影片和几部革命样板戏的电影，其他影视作品很少。人民群众对文化产品的需求大于文化产品的供给，电影票就成了抢手货。很多领导、亲朋好友都要找老王搞票，他就成了香饽饽，可谓是神通广大。糖吃多了人发胖，朋友多了路子广。老王认识一位县商业局的领导，可以找他搞到硝酸铵。在计划经济年代，硝酸铵是计划供应商品，要从计划内划拨一块出来，这就有点儿难。更不用说这个硝酸铵是制作炸药的原料，一般关系根本搞不到。然而，像是在枝江县百里洲那个小队管理员手下的日本化肥包装袋一样，有破损率就有希望用袋子做一条裤衩或长裤什么的。好在这一吨硝酸铵数量不是太多，可以适当调剂出来。这样，白河大队修路的拦路虎就解决了。作为回报，白河大队拆掉了一大栋猪栏屋，把拆下来的木料全都给了刘正国。他请人把这些木料从猪栏屋上卸下来，堆放好之后，准备第二天骑自行车回家，找到车子把这些木料拖回来。

从宜都县城出发，沿着五一宜公路骑自行车到毛湖淌乡这50公里的山路，越走越高。从家里出发离开陆城镇的楠竹园就上了低矮的丘陵山坡，过了13公里处就越走越高，进入架锅山的山口，过了18公里的车湾大队就必须推着自行车往上

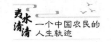

走，只能到了稍微平缓的坡地时，才能骑上去溜行一段路。实在是太辛苦了！

在白河大队换到木料的刘正国骑着自行车高高兴兴地往家里赶。虽然说回来的路是从高处往低处骑行，不像来的时候那么费劲儿，却比来的时候危险。很多事情往往是顺利时隐藏的风险大于困难的时候。由于下坡时需要刹车减速，连续刹车时，橡胶闸皮与金属车圈之间不断摩擦就会产生高温，导致闸皮磨损、变软、熔化，变软的闸皮粘在车圈上，熔化的橡胶汽化了。虽然他闻到了一点点橡胶汽化的味道，由于车速很快，那个气味瞬间就消失在车子后面了，他完全没有注意到闸皮已经不起作用了。过了宜都王畈公社，快到车湾大队的地方，有一处"之"字形的连续、陡峭的下坡路。他在减速刹车的时候没能刹住，车速越来越快，飞一般地往山坡下冲过去。他眼疾手快，改用脚去刹车，这岂能管用！于是，他果断机智地跳下车来，连人带车顺着下坡的方向一起甩出去一二十米远。万幸的是，人和车都没有太大的问题，他还能走得动。他只能推着那辆寻爱的自行车，在黑洞洞的夜幕笼罩下，沿着长满茂密森林的弯曲山路，一步一步地往回走，还要步行将近 20 公里才能到家。

夜是漆黑漆黑的，深山老林里静悄悄的，除了虫鸣和萤火虫星星点点的萤光之外，还有猫头鹰声声的啼鸣。那一带曾有黑熊、野猪和獾子出没。他管不了那么多了，一心只想早点儿到家，找到车子，把木料运回来。过了楠竹园，回到家里已是凌晨 3 点多钟了。看到血肉模糊、衣衫破烂的他，刘成桂和家人都惊呆了！

回到宜都后，车子是找到了。想当年，他给队里搞洋芋种的时候，这种活已经玩过一把了，熟门熟路的。但是，谁也不能保证能够万无一失地把这些木料都运回来，包括常跑五一宜公路搞木材运输的老司机都没有绝对的把握。林业部门在五一宜公路上设置的几个木材运输检查站，十分严厉！从毛湖淌下来到王畈这里就有一个检查站，这是五峰开往宜都方向，在宜都境内的最后一个也是最严的一个林业检查站。白河大队的书记拍着胸脯对刘正国说，直接把车开过去，没有问题！费了九牛二虎之力才搞到的这点木材，刘正国怎会那么大意呢？

他请了一辆汽车，天黑才离开宜都开往毛湖淌白河大队，到了那里已经是10 点多钟了。木材装好后往宜都方向行驶到王畈检查站时，是凌晨 2 点左右，检查站的工作人员睡得正香。时间是预先设计好的。过了王畈检查站，刘正国才长舒了一口气，这些木料被顺利而平安地运回了家中。爷爷刘永秀看到孙子搞回来的这些木料，高兴地说："这个家里还是刘国伢子你行！你的关系广、路子多。看来，刘家屋里以后就看你的啦！"

　　1979 年农历十一月，刘正国和他二哥正式开始建新房。只有此时，主动权才在他们自己的手里。所以腊月就建好了新房子，紧接着就要过春节了。爷爷让兄弟俩把老房子里的东西搬到新屋里去，他还给两个孙子一家一口锅、一个缸、一小口袋米、一块 5 斤重的肉，每家 10 个碗、10 双筷子。岳母家还送来了"一刀肉"以表示祝贺！这样，刘正国实现了人生的第一次乔迁之喜。

　　虽说是新家，由于墙体材料用的是土砖坯做的，没钱粉刷，墙上大洞连着小洞。更为难堪的是，开始的时候连大门都没有，进出自由，没有隐私。这哪里像个家呢！后来，他找人借了一个大门，虽然小了些，总算是把屋里遮挡了一下。时值冬季，狂风暴雪穿过门缝呼啦啦地往里灌，夜里睡在床上，裹紧了被子都不能很快捂热身子。

　　这个漏光透风的大门是刘正国的一个心病，他总想着要装一个新门。春节期间，他到好朋友周德清家去玩，正好碰到了周德清的女朋友王功菊说起了大门木料的事儿。王功菊说，她家是长阳县磨市镇黄荆庄白果园的，家里有木材卖，她让刘正国去看看。第二天一早，刘正国就骑着那辆自行车，走了 10 多公里的路，到了高坝洲镇白鸭垴村渡口。他把自行车寄存在渡口处，乘划子到了对岸，过了河就是王功菊家。他当时就买了四五筒杉树，肩扛着把这些木料一根一根搬到渡口，再乘小划子运过河去，放在渡口寄存起来。然后，骑车回家，马不停蹄地去找手扶拖拉机手谢传林，请他去渡口寄存处把木料拖回来。回到家中已经是后半夜了。后来，他请了木工师傅把大门做好了装上去，虽然来不及上漆，但这基本上像个家了。

1982 年春节，一家 3 口在第一栋自建新房前合影

　　这正是：

新房子

椽子檩子大木门，

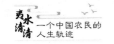

　　　　　房子车子急煞人。

　　　　　世上哪得几多关？

　　　　　笑对往事踏征程。

　　那个年代，城里的机关干部，企业、事业单位的职工都是工作单位分配住房。单位里小两口结婚，就盼着能分到一套住房。每个单位都有分配住房的"分房领导小组"，除了主要领导手中掌握有一定比例的房源外（那是用来奖励有特殊贡献的人，一般一次只有几套房子的指标），分房领导小组按照年龄、工龄、家庭人口数、孩子的性别与年龄、职务、职称等计分排序分房，积分相同的抓阄选房。有的人为了上下班或孩子上学交通方便，或者其他什么原因需要换房子，那就得托关系或自寻门路。那时，没有房地产市场，人们常常会看到一些墙上的广告栏或者电线杆上贴满了房屋交换的小纸条，一层盖一层。城里的这些情况与农村建房不同，这也算是那个时代的城乡差异吧。城里住房靠资历，农村建房靠拼命。现在的人如何晓得那时农村盖房子怎么那么难呢？

　　1980年春节前，刘正国费了九牛二虎之力住进了新房之后，他并没有停歇一刻的想法。他想效仿爷爷当年靠捞小鱼小虾赚钱，一年就杀了一头年猪的做法，也想杀年猪庆贺。他对妻子刘成桂说："虽然有了新房子住，还要大力搞发展。明年开春要喂猪，力争年末可以杀年猪。"那个年头要想把猪喂肥，没有粮食是不行的。他们虽然有两三分自留地，但靠那一点地种的东西，人吃都不够，哪来的粮食喂猪呢？刘正国找到当时宜都县酒厂的会计龚仁荛。他把分家时爷爷分给他的那块猪肉送给龚仁荛，想请龚仁荛帮忙搞到酒糟喂猪。龚仁荛半推半就地收下了那块肉，答应帮他的忙。就这样，刘正国每个星期去挑几担酒糟回来，磨细了喂猪。那时很少有勾兑白酒，多半是用粮食酿造的纯粮食酒。酒糟作为酿酒过程的附属物也是粮食，那是上佳的猪饲料，很多人买了去喂猪。对龚仁荛来说，这些副产物卖给谁都一样，运走了还清洁了生产环境。他看到刘正国乖巧、通人性、会做人，当然愿意帮他这个忙了。

　　光有酒糟还是不够的。那时，家庭和餐饮行业用的燃料是煤粉掺黄泥和成的煤块。他了解到宜都县商业局下属的宜都县饮食公司开办的"城乡餐馆"需要黄泥。于是，他和餐馆主任签订了一个合同，每天中午休息的时候，他从砖瓦厂挑一担黄土（砖瓦厂报废的砖坯打碎的黄土）给餐馆，作为回报，每天中午和晚上他把餐馆的潲水挑回家喂猪。不仅如此，他还把自己当作餐馆的工作人员，常常主动帮助餐馆和泥做煤块，帮忙端菜、送饭、打扫餐馆卫生，甚至餐馆员工家里有什么事情要做，他都能主动去帮忙。因此，大家都很喜欢他。

宜都夏天的气温高达三十八九摄氏度，那时，餐馆里还没有空调和冰箱，剩菜剩饭不能摆放过夜。有的时候，餐馆的员工会用钵子装好这些剩菜剩饭，让刘正国带回去吃。就这样，刘正国喂的猪比别人家的猪长得好。那时候，没有粮食和精饲料喂养，一般的猪能长到七八十斤就不错了，而他养的那头猪有一百三四十斤重。搬进新家后，他一年之内就杀了一头大肥猪，请了八方宾客到他家来吃杀猪饭。他觉得很自豪，自己能像当年爷爷一样，为了争得尊严，苦干一年，杀了一头年猪请客。他给爷爷争气露脸了。

他在那间土砖房住了 3 年，因县棉纺厂征地，1982 年，刘正国又在棉纺路的旁边建了一栋砖瓦平房。1987 年，他又在旁边建起了一栋小洋房（含地下室一共三层），从此，他搬进小楼房里面去住了。

年纪轻轻的刘正国就已经积累了那么多艰难曲折的人生体验。他对城镇建筑市场的供求关系、工程施工的相关技术、交通道路、物资运输、县市国家机器的运作模式以及人与人之间的关系等，都有了实实在在的、切肤的体验和认知。他能娴熟地运用这些人生经验，驾轻就熟地利用已有的社会关系和已经学到的技术操作去发展自己。创业转型与个人经历密切相关。改革开放后，基于这一笔宝贵的人生财富，他必然会选择最熟悉的行业、最适宜他的人生道路。同时，他也有了一点创业的原始资本。了解了这些，对刘正国的成功之路一点儿都不会感到奇怪。

城乡餐馆

自建的第一栋楼房

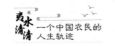

五、转　折

买　车

　　自 1977 年刘正国成为红春七队首任副业大队队长以来，他带队先后在城关镇砖瓦厂、县棉纺厂等处苦干了四五年。1982 年之前，年终分配是按照 8：2 和 7：3（夜班）的比例分成的，生产队得大头。在现金分配时，为了平衡单纯从事农业生产的农民和副业大队务工人员的收入差距，队里采取抽肥补瘦的办法，刘正国最后能拿到手的现金没有多少。1980 年，实行"五定"以及后来签订了"副业工待遇规定"，刘正国承包了机砖房、轮窑拖坯和生产进窑的工作，他的收入也跟着增加了。1982 年，在宜都全县推行联产承包责任制之后，刘正国直接承包了县棉纺厂的修建工程，他就成了实实在在的"包工头"和"万元户"了。改革开放头几年，那是硬邦邦的万元户。几年之后，富起来的人多了，再说某人是万元户就掉价了。针对那个变化了的情况，有一句话说："万元不算富，十万才起步，有了一百万，才叫'万元户'。"再后来，有万元以上的家庭就更多了，以"万"做计量单位就不准确了，于是就有了"大款""老板"的称呼，这个"大"是没边儿的，这个"老"是没头的。说某人是"万元户"会被人看不起，"万元户"这个词儿便成了历史用语。

　　改革开放伊始，转型时期市场的商机很多，很多人因为缺少起步的原始资本，想干却没钱，只能望洋兴叹！刘正国的亲身经历使他既了解交通运输行情又熟知建筑市场的商机，更重要的是，他手头有启动资金，因此，选择一个适合自己发展的项目那是顺理成章的事情。

　　1983 年，刘正国到北方出差，看到有人买卡车、买拖拉机，很受启发。宜都县的交通运输状况他有切身的体会，从运洋芋求爷爷告奶奶的无奈到从聂家河、毛湖淌搞建房的椽子和檩子，都是由于缺少运输车辆，让他吃尽了苦头。所以，出差回家后，他就和刘成桂商量买汽车的事情。刘成桂不同意冒那么大的风险，她觉得买汽车不但投资数量大，关键还没有可靠的驾驶员。刘成桂这么说也不奇怪，她没有刘正国对市场环境的直接感受。刘正国认准的事情是不会轻易放弃的。他的选择绝不会建立在虚无缥缈的沙滩之上，他十分了解市场的需求，那是他亲身经历和切肤之痛的烙印。他把自己的亲身经历和运输市场的现状讲给刘成桂听，他还说："爷爷创业时能借钱买织布机，现在的政策非常宽松，为什么不去闯一闯呢？"经他这么一说，刘成桂也就同意了。

当时，汽车属于紧俏商品，不是想买就能买得到的。于是，他托朋友想方设法，花了1.5万元，在湖北汉阳一个部属后勤农场买了一辆二手解放牌大卡车。要想买新的解放牌卡车，有钱也摸不到门儿，所以价格再贵的二手车也要买下来。那时，刘正国正在县棉纺厂工程施工，账上有3万元现金结余可以直接转走，不影响流动资金周转。

车子很快就开回来了。这在红春大队乃至姚店区、陆城镇一下子就成了爆炸性新闻。那时有人说："这刘国伢子吃了熊胆，胆大包天！"他成了远近闻名的第一个吃螃蟹的人。其实，驾驶员的问题他早就"哑巴吃饺子——心里有数"了。他的表弟曹诗进是刚退伍的部队驾驶员，正赋闲在家。这样，刘正国就成了远近闻名的汽车运输专业户了。而且，那时候车少事多，汽车运输的卖方市场在他这一边，每天上门找车的人络绎不绝。其中，短途运输需求最多，但也不乏长途运输客户。由于找国营、集体单位派车多半要"压钱"，而个体户和农户运输用车多半是短途、现金交易，刘正国的生意大多是后者，这样资金周转得也快。所运输的原料与货物正是刘正国预料的那样，大多是建筑材料和煤炭。他里里外外忙得不亦乐乎。

一个孩子的天性不是培训班或虎爸、虎妈吼叫出来的。外界条件只是为孩子提供了一个适宜生长的环境，孩子的天性在碰到适合的环境才能同步、合拍、共振，使天才显露、拔尖出来，相反，大人和孩子都受罪。对刘正国而言，直到他长大成人，都只有天性而缺乏环境。到了30岁，他成了汽车运输个体户之后，他的天性才遇到了适宜生长的环境。此话怎讲？

有一次，他随车到湖北长阳县招徕河供销社给宜都县副食品站拉木炭。从宜都出发后，沿着清江河边的老公路（因修建隔河岩水电站，现已淹没在

长阳县招徕河风光

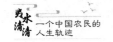
水中）逆江而上，沿途经过白氏坪、津洋口、隔河岩、鸭子口到马宁，在马宁休息一晚。第二天，再经过资丘、西坪、渔峡口等乡村、集镇，最后到达目的地招徕河供销社。招徕河属长阳县渔峡口镇管辖，而渔峡口乃古代巴国之故都，这里是土家人的世代家园。

长阳县渔峡口清江之畔的招徕河位于清江中下游一个近90度的拐弯处，河谷深约800米。北部海拔近1000米的火烧坪峰抵挡住了北方的寒流，故而这里气候温暖湿润，丛林密布，植被茂盛。招徕河谷一地跨三县，清江南岸是湖北五峰县，北岸属湖北长阳县，西北是湖北巴东县。一座大桥把宝蓝色的清江两岸连接起来，从山顶望下去，就像脖颈上戴着一条镶嵌了宝石的项链的仙女，静卧于群山之中，翠绿、幽静的峡谷便是自然起伏的躯体。

这正是：

长阳招徕河

雄鸡一唱三县鸣，

天鹰双目万山映。

千古幽长巴国府，

万年碧玉夷水清。

20世纪80年代初，从宜都一路过来，都是县、乡等级的渣石土路，汽车颠簸难行。车外满目崇山峻岭，1000多米的悬崖峭壁挺拔险峻，蜿蜒碧绿的清江河水静静流淌。青山沟壑之上，裸露着灰岩结构的绝壁，亿万年来，雨水冲刷在灰色绝壁之上，涂抹了按"梯度"分布的黑色墨迹，那是大自然的杰作。一路上，深山瀑布、参天古树，一派原始景象，好不舒心呀！山下河谷地带或半山腰上镶嵌着干打垒土墙民居，伴着袅袅的炊烟，在飘浮、移动的云雾中时隐时现。人坐在车上，穿行在云雾中，车外的景象在眼里上下左右地抖动，险象环生，真是令人胆战心惊！

这正是：

招徕河盘山路

抬手抚青天，

俯首观深渊。

鹰在足下盘，

疑似醉神仙。

山坡上干打垒的房顶或盖树皮或盖石板，全都取材于自然。刘正国已忘记了此行的目的是运输木炭，简直是在另一个世界旅游似的。走进民居一看，家家户户都用条石砌成火围子，火围子上方吊着做饭的鼎锅，墙壁四周和屋顶被烟熏成炭黑色。屋顶的天窗透进来一大把光束，由于柴火烟雾的散射作用，看到的是一束灰白色的光柱。屋内的烟雾沿着光束透迤腾升到屋顶，再飘逸到窗外，自由、舒展地消失在河谷丛林之间。因山高谷深、气候潮湿，云雾飘逸，少有阳光直射，所以散射的光束几乎总是从一个方向照进屋子。

土家族的村民们身穿粗白布，头裹大长巾，他们喝罐罐茶，"叭咂叭咂"地抽土烟，喝自制的烧酒，逮（吃）吊炉上方烟熏的腊肉。他们淳朴善良，客人来了就热情招待，大块逮肉，大口喝酒，好不快活，似乎隔世旷久！这便是地处世外桃源的土家人的原生态生活画卷。虽然这里离宜都不是太远，但因山高水长，交通不便，刘正国也曾有所耳闻，但百闻不如一见，一见胜过百闻。

第二天，方圆数十里地的百姓背着装满了木炭的背篓，手持打杵（背累时，可将背篓搁在打杵上休息）到供销社来，将木炭过秤后装车。他们准备返程时，有个当地的族人要求搭顺风车到资丘走亲戚，他没有钱，还是沿袭古老的以物易物的交易方式，送给刘正国一块干透了的劈柴似的腊肉，又黑又硬，不知是猴年马月烟熏制成的陈年老货了。回到家中，家里人品尝之后都说从未吃过这么香的肉。看来，酒是陈年的醇，肉是久熏的香，熏出来的味道是一种文化的浸润。土家族的文化就是烟熏出来的香味儿，夷水酿造出的是陈年的醇香。

如今的招徕河河谷又是一番亮丽的风景。沿着清江岸边招徕河谷向上一直到天边，漫山遍野长满了黄金柑橘。自山顶而下的汽车沿盘山公路穿橘林而过，曲回婉转、时隐时现，直到河谷深处。在初春时节，"伦晚"脐橙（一种春夏之交的品种）挂满枝杈，其间又有新春绽放的白色小花清香袭人，白花、

长阳县招徕河橘园

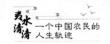

金黄果、绿叶同在一树，煞是好看。深秋季节，漫山遍野的脐橙又把山野抹成一片金黄色。为了将山里的柑橘和土特产运出山外，政府修建了百折千回的盘山公路，全部都是硬质水泥路面。富裕起来的农民全都盖起了别墅小楼，楼下停放着各式各样的小轿车。

这不禁让人联想起意大利和土耳其地中海海边的柑橘园。创作于 1902 年的意大利著名歌曲《重归苏莲托》(Torna a Surriento) 中的歌词是"看那山坡旁的果园，长满黄金般的蜜柑，到处散发着芳香，到处充满温暖"，歌中描述的是"苏莲女仙的故乡"。意大利苏莲托的很多建筑都建在大海的悬崖峭壁上，景色十分壮观。长阳县渔峡口招徕河河谷漫山遍野金黄色的柑橘园，以及建筑在河谷地带和半山腰的山村别墅隐藏于柑橘林之中，在云雾中时隐时现。这里的风光绝不输意大利苏莲托的柑橘园和海景风光，也不输土耳其地中海沿岸伊兹密尔的柑橘园和海景别墅。

这辆解放牌大卡车让刘正国挣到了很多钱，不但让他结交了与运输市场相关的朋友，也让他对鄂西南土家族的人文历史、民风民俗产生了魔一般的兴趣。他的这种天性与爱好在后来的工作、生活中，在清清夷水之畔，在宜都红春这块古老的土地上，生长出了少有的"奇花异草"。刘正国带回宜都的不仅仅是一车黑乎乎的木炭，还有那美丽的山野、河谷的风光和神秘的巴国古文化。

参与县城市政工程建设

宜都县是一个有山有水的美丽县城。然而，改革开放前，宜都县城所在陆城镇的基本城市架构就是一条主要街道和长江边上一个古老的水运码头。

宜都港是通往长江上、下游，直至大海的重要水路口岸。改革开放前，从武汉乘坐客轮逆长江而上，三天两夜可抵达宜都港；从上游重庆朝天门码头乘船顺流而下，要在四川万县靠岸休息一晚。第二天天不亮，轮船就要离开万县，进入三峡第一险关夔门时，天刚刚亮，这就方便轮船经过 8 公里狭窄、陡峭、险峻的瞿塘峡，之后便进入漫长的巫峡。最后来到波涛翻滚的西陵峡，这里多激流险滩和暗礁。新中国成立前，长江枯水季节，自下而上行驶的船只需要十几个纤夫拉纤拖拽才能缓慢上行。20 世纪 50 年代后期改用拖船拖拽，三峡的纤夫们就不见踪影了。轮船出西陵峡过宜昌，瞬间便到宜都港码头了。可见，宜都港连接起长江上、下游，处在一个承上启下的重要节点上。作为我国第二条京广线，经过宜都枝城的焦—柳铁路建成后，使得宜都的交通枢纽作用更加突出。

宜都县陆城镇的东正街、西正街串联起中山路、胜利路、向家巷、童家巷、新街、桥河、燕子岩、水府庙等 30 多条狭窄的老街小巷。过去，主要的街巷均是青石板路面。从新街穿过向家巷就到了后乡，这条路的东头就是长途汽车站，西头是兵役局，路的北面直至清江岸边是陆城，路的南面就是乡村。站在稍高一点儿的地方，整个县城一览无余。

交通和地理位置如此重要的宜都县城，直到改革开放前，仍然保留着古老、淳朴、简约的城市面貌。其中，始建于明清的东正街和西正街于 1958 年冬到 1959 年春扩建，连接成一条街并将石板路面改建为全长 2064 米、宽 18 米的沥青路面，使这里成为一条主要的商业中心。陆城的另一条主要街道是城乡路，这是 1958 年兴建的一条长 1380 米、宽 20 米的沥青道路，自建成后的 20 多年里，这里老旧的面貌再也没有多大的改变。

由于宜都地方政府财力有限，多年来，无法进行大规模的城市修、扩建工作。这与新中国成立后实行"统收统支"的财税政策不无关系。那是国家为了集中财力抚平战争创伤、治理通胀、整顿生产、恢复社会秩序、改善人民生活等各方面的需要制定的财税政策。经过几个五年计划的实行，我国的财税政策也在不断地改革。特别是 1978 年 12 月十一届三中全会后，我国从分配领域入手的经济体制改革，主基调是"放权让利"——放财政管理之权，让分配比例之利。打破或改变了财政集中过度、分配统收统支、税种过于单一的传统体制。这就激发了各级政府和各个行业的改革积极性，提升了国民经济的活力。1983 年，宜都县预算内的财政收入就达 2052.61 万元，是 1977 年的 1.4 倍。随着县财力的增加，改变城市面貌的任务便提到议事日程上来了。

1983—1984 年，宜都县政府斥资，对"城乡路""西正街"和"城河大道"进行扩建改造。这是宜都在新中国成立以后第一次大规模的城市街道建设和城市给、排水管网建设改造工程。深得宜都百姓的欢迎！

宜都县成立了以县政府主要领导为指挥长，建委主任、副主任为副指挥长的工程指挥部，由建委副主任负责具体工作。宜都县城镇建设公司经理、副经理和施工员负责工程施工。工作人员有陈波、王永平、徐本纪、田传军、艾容、李立凤、何正刚、罗其雄、李德勇和周家玉。刘正国成为这个工程的劳务总承包人，土方分包是曹新生，瓦工分包鲁万才，木工分包曹建生，周立康负责保卫工作，参与施工的有上百人之多。

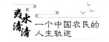

工程施工中，除了混凝土搅拌机之外，基本上是人工操作。原有的路面是用錾子一点点敲开，再用锥子钢钎、锄头、十字镐开挖，用蹦蹦车和人工斗车运送渣土、石头。路基施工是分段进行的，一个板块是 3 米 ×4 米。新建的道路是宜都有史以来第一条水泥路面，政府及相关部门都十分重视工程质量和序时进度。

为了确保工程质量，刘正国决定先将食品公司地段作为第一板块实验路段，在工农路口与城乡路交界处向东施工。从城乡路开始，经过食品公司、宜都剧院、幼儿园、招待所、邮电局、民政局、农机公司、轻工局等，依序进行。整个施工过程是按照规划设计方案来进行的，先整平路基，再开挖下水道，把排水管道铺设好再继续完善路面施工，达到设计标准后，再浇注混凝土。所有的路面需要 20 多天才能干透，最后才能做路边石、边沟，修建人行道并铺设路砖。

1984 年 4 月 3 日，道路修到幼儿园门口的时候，工程指挥部接到电话，说上级领导要来宜都检查指导工作。有经验的人都知道，凡是不说明具体是什么领导来检查工作时，那至少是省级以上的领导。从幼儿园到招待所的最后一段工程还有 300 米，工人一天只能修 30 米，剩下一周的时间要保质保量完成这个任务，刘正国感到压力巨大！他不知道来视察的是什么人物，一种高度的责任心告诉他，不管是哪一级的领导来视察，都必须一丝不苟地做好自己的工作。他把这次领导视察当作动力，动员工人们日夜加班，不但要把道路修建好，还要把路边堆放的渣土、废砖、废料清理干净，让前来视察的领导对宜都留下一个好的印象。领导来视察的前 3 天，到了工程最吃紧的时候，也是连日加班让人感到最疲倦的时候，他顾不得回家，连吃饭都是饥一顿饱一顿的，更别提回家洗澡、换衣服了。他只有一门心思，一定要不折不扣、保质保量按时完成任务。

铺设混凝土时，要求连续作业，一气呵成，中间不能有断裂缝隙。最后，路面还要经过 3 次"收光"，才能铺设成光亮整洁的路面。每一次路面收光都要两个小时，连续收光 3 次至少要六七个小时。最后一次收光只留下一个工人进行作业，收光结束后，要用稻草编织成的草垫铺盖在路面上保温、保湿。

在修建建设银行路段时，有一天晚上 12 点之后，其他工人都下班了，瓦工负责人鲁万才把徒弟李善福一个人留下来做路面最后一道收光工作。第二天早上 6 点，刘正国去检查工作时，看到李善福还在做路面收光工作，又累又饿，他十分感动，马上在路边买了两个锅盔给李善福，李善福吃完了继续工作直到完成任务。

工程到了最吃紧的时候，偏偏发生了几件蹊跷的事情。当道路修到城乡路建设银行路段时，红春七队的一位女婿——县建设银行的一位副行长骑着自行车要到县政府大院开会，想从尚未干透的水泥路面过去。负责保卫工作的周立康劝他绕行，这位副行长对周立康说："我们是一个村里的人，你能不能让我过一下，我开会要迟到啦！"周立康怎么肯让他过去呢？县政府指挥长对路面质量要求很严，不得有丝毫差错。周立康有尚方宝剑在手，便理直气壮地对他说："你是国家公职人员，应带头守规矩，县长要求道路质量很严格。你踩上去就会有一个坑，路面就会留下一个永久的印记，验收就不合格，还要扣我们的工资。"最后，这位副行长只能绕道行驶，他知道，再拖延下去也无济于事，反倒会迟到。还有一次，县公安局的一位领导要开车从城乡路过去，周立康也没有让他过去。他不畏权势也不听对方所谓的道理，直截了当地对他说："要讲道理就到县长那里去讲！"作为一个普通百姓，周立康不管他是什么天王老子还是什么有权有势的或者是他们的七大姑八大姨什么的，他的职责就是按原则办事，保护好道路的质量安全。他有一种坚守岗位、履行职责的原则性和为民负责的神圣感。

1984年4月10日，时任中共中央总书记胡耀邦从湖北恩施赴当阳飞机场，途经宜都时，对宜都县陆城镇进行了视察。在省、区主要领导人的陪同下，胡总书记一行参观了宜都县的地方工业产品和三线军工产品展示。这是新中国成立后第一位视察宜都县的党和国家领导人。刘正国怎么也想不到电话里说的"上级领导"竟然是胡耀邦总书记！他和他的团队用自己辛勤的劳动成果，向国家领导人展示了整洁、干净的宜都城市环境，为宜都人民赢得了荣誉！他一直珍藏着胡耀邦总书记和其他领导人在宜都县招待所院内拍摄的一张合影照片。他总是说，县招待所门前那条路是在胡耀邦总书记来宜都前3天，他们日日夜夜抢修完成的，他为宜都人民争了光。每当谈及此事，他都会流露出一种成就感和自豪感。

当时，城镇下水道的改造要先挖3米深的土方，再把直径600毫米、长2000毫米的管子放下去。由于没有吊装机械，全靠人工放置。他们用两个铁钩钩住管道两端，再慢慢地放下去。操作过程中特别要注意保持两端铁钩的平衡，稍有闪失就会摔坏管道，要是砸到人就更不得了。在修建城河大道的时候，刘正国和工人们一起吊装管道。有一段下水道已经挖到3米深了，当管道往下放到一半的时候，两端的铁钩失衡了，一边高，一边低，刘正国赶紧伸手去抓住管道。就在此时，低的那一边脱钩了，管道掉落下去。铁钩飞出来打在刘正国的左手大拇指上，刹那间，他感到钻心的疼痛，但他的右手还是本能地伸出去把管道扶住了。管道缓慢地落在沟底，没有摔坏也没有砸到人，工程照常进行。然而，十指

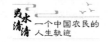

连心啊！刘正国以为只是伤到一点皮肉，自己年轻，一直没有去看医生。直到恢复之后，才发现左手拇指不再像过去那么灵活了，不能完全伸直。原来，他的左手拇指已经因骨折而变形了。

那时的城镇道路改造工程是分三期进行的，一期是城乡路，二期是城河大道，三期是西正街。城乡路修完之后，要把混凝土搅拌机搬运到城河大道去。混凝土搅拌机是最大的施工机械了，它的搬迁完全要靠人工进行。刘正国的脑海里出现了战场上战士们搬运大炮时的情景，为了战胜敌人，战士们能做到的，他们也要做到。于是，他组织了一二十个工人，拖的拖，扶的扶，推的推，从现在财政局门口要移动五六百米远，搬到当时的城河电影院（现工人文化宫）门口。这段路偏偏又是个下坡路，稍不注意搅拌机就会栽倒翻过去。那天恰逢雨天，他们就在前面先铺上一层薄膜再小心、仔细地拖拽前行。后面推的人不可用力过猛，前后用力须协调一致，这才稳稳当当地把搅拌机迁移到位。同样是用人工，他们把所有的沙、石、水泥等工程材料全都搬到了电影院门口的施工地点。

繁重的体力劳动之外，也有一些幽默的段子令刘正国忍俊不禁，难以忘怀。那时，红湖大队（现刘家嘴村）刘家的一位远亲，人称"刘黑皮"的，因家中兄妹多，条件不好，到街上来打工。当时，所修道路的附近有一处卖心肺汤的小店，5分钱一碗。工人们干累了就去小店买一碗心肺汤来喝，那酸香、胡辣、滑爽的味道十分抓人，喝上一口既能解渴也能滋润一下心肺。那刘黑皮喝过一次就割舍不掉了，但又没钱付账，便跟老板说："我最近没钱结账，等发了工资我再把钱给您。"他还特地补充了一句，"我是跟着刘国伢子搞事的，您放心！我发了工资就来付钱。"那时，宜都很多人都知道"刘国伢子"这个名字，也知道他是这个工程的劳务承包人。刘黑皮很清楚，打着刘正国的旗子喝碗心肺汤，只管喝汤，不愁没钱。有了第一次就有第二次，"西瓜皮擦屁股——没完没了啦"。直到路修完了，他人也走了，老板找到刘正国结账，一算要24元钱，那刘黑皮竟然赊账喝了480碗心肺汤，让人哭笑不得。

1984年底，城河大道修建工程只剩下城河电影院门口到河边一小段路面的时候，刘正国接到通知，12月底（最后定在1985年1月25—28日）要在城河电影院召开全县四级干部扩大会议，传达贯彻中共十二届三中全会和中共中央1985年中央一号文件精神。会上还要结合本县实际，讨论全县以城镇为重点的经济体制改革、农产品统派购制度改革以及调整产业结构等问题。出席会议的人员，自上而下直到城镇居民委员会的组长，多达825人。

上级要求，要在一周之内把剩余的路段全部修建完成，包括电影院门口人行道的铺设，保证以崭新的城镇面貌呈现在参会人员面前。接到通知后，刘正国和工人们一起日夜加班、连续奋战，争取在最短的时间内完成最后一段路面的施工任务。至今，他还清楚地记得，开会前一天夜晚，他和当时甲方负责人（后升任宜都市副市长）两人一起在寒风中清理修好的路面和人行道，整整忙碌了一夜，确保了第二天的会议能在一个清洁、清新、清爽的环境中进行。

1985 年，刘正国又参与了新增的修建城南路的工程。那时，市政工程公司已经购置了推土机用于修建路基，这在过去的施工中还没有过。开始的时候，人们不是太了解推土机的功能，施工中发现，有的土包用推土机施工不太理想。刘正国在砖瓦厂时，负责过挖眼放炮的工作，经验丰富。他把这些经验应用于路基整平施工中，先用炸药把土包炸松，推土机就能轻松地把土包推平。这项工作的关键是要掌握好钻孔的深度，既不能太深又不能太浅，炸深了就要回填、压实，炸浅了会增加推土机的工作量。刘正国能够准确地把握住钻孔的深浅和炸药用量，他们如期完成了城南路的修建任务。

全家店砖瓦厂供销科科长

1985 年 1 月 25—28 日，宜都县委在城河电影院召开全县四级干部扩大会议，传达贯彻中共十二届三中全会和中共中央 1985 年中央一号文件精神。会上结合本县实际，讨论全县以城镇为重点的经济体制改革、农产品统派购制度改革以及调整产业结构等问题。在全县四级干部会议的精神推动下，全家店村决定大力发展村办工业。由于改革开放后，城市化进程与新农村建设的步伐加快，人民群众对改善居住条件和城市环境的期望值增高，对砖瓦的需求量大为增加，红春大队决定创建全家店砖瓦厂（现"名都花园"小区湖心公园处），设计 22 门轮窑，生产红砖，于 1985 年 10 月点火。

在宜都县城市道路改、扩建工程完成之后，年轻的刘正国得到村委会和社会的好评。如果说 1976 年年底，他克服汽车调度困难，想方设法把洋芋种运回来是小荷尖尖、初露锋芒的话，那么，1977 年他当红春七队第一任副业队队长，带领一帮人从事副业生产是春笋出土，独树一帜；1983 年，他购买解放牌大卡车搞个体运输，成为当地第一个吃螃蟹的人，就已经令人刮目相看了；1984 年，县城道路改、扩建任务按质按量如期圆满完成，这就充分证明刘正国已经成熟了。

他的工作能力得到了村委会和相关部门、单位的认可。

1985 年年底，刘正国被全家店村委会任命为全家店砖瓦厂供销科科长。这个任命已经有一两个月了，刘正国迟迟未能赴任。这里面有主客观两方面的原因。首先，县道路修建工程还有一些工作需要收尾，很多事情常常是开始难、收尾烦；其次，他买了那辆解放牌大卡车，运输业务十分繁忙，需要他内外兼顾，有点儿磨不

全家店砖瓦厂

开身；他很清楚，供销科科长的工作不是那么好做的，做出来的产品卖不出去，那责任就大了！那时，有一句顺口溜："工厂管理靠头头，技术研发靠人头，产品销售靠滑头。"这话虽不是很准确，但也在一定程度上说明不同岗位上的工作特点不同。实际上，开始的时候，刘正国就是不想去，时任厂长李荣柱多次找刘正国都没有结果。最后，李荣柱只能用激将法说："你不愿意来就是瞧不起我呀！"刘正国只得把自己真实的困难和顾虑告诉李荣柱。李荣柱推心置腹地跟他讲："光你一个人富起来是不行的，要带动更多的人富起来才是正道，这是党和政府所倡导的。"刘正国是个明白人，最终，他接受了这个任命。

对刘正国两难的选择，不妨换一个思维方式来分析一下。假如，他不是在社会主义新中国里成长起来的，也没有受到过毛泽东思想的教育，他心目中也没有黄继光、雷锋和其他无数英雄的光辉形象。那么，他最终的选择，大概率来说，是会拒绝全家店村委会的决定，走"外行拉胡琴——吱咕吱（自顾自）"的道路。但是，他还是服从大局，答应了李荣柱的要求。他的选择不是偶然的，而是必然的，是思想教育潜移默化的结果，是一种文化认知的结果。

全家店砖瓦厂是村办集体企业，建厂初期的领导班子里，除厂长李荣柱、销售科科长刘正国之外，还有会计蔡金凤、出纳胡正蓉、轮窑车间主任李启发、销售员李荣国和驾驶员刘成玉。显然，他们缺少生产技术和经验。刚建厂的时候，村里请城关镇砖瓦厂的师傅来指导。由于镇砖瓦厂离得很近，两个厂有太多的利益纠葛，镇砖瓦厂对此事不是太上心，全家店砖瓦厂技术问题迟迟得不到解决，导致在江家湾煤矿购买的 20 多吨煤窑砖没烧到头就熄火了。煤烧完了，出窑的砖没烧透，还是松软的，经质量检测产品不合格，这批砖是不能用在房屋建设上

的。关键是，一下子还找不出技术问题出在什么地方？

如何把这批不合格的砖卖出去以减少损失？这个难题就落在供销科科长刘正国的身上了。他想，虽然这些砖不能用来做房屋建材，做猪圈或做其他围栏用砖还是可以的。不过，这批砖在本地送都送不出去。他准备在宜昌想想办法。

刘正国姑爹曹光中的叔伯兄弟曹光林，刘正国叫他幺爹，在宜昌九码头开了个餐馆。那时的宜昌九码头可是个人流、物流集聚之地，堪称宜昌市的"朝天门码头"、上海市的"十六铺码头"，非常繁华！刘正国想把这批砖放在曹光林餐馆对面的空地上，人多、眼多、路子多，请他代为销售。谈妥之后，刘正国叫司机刘成玉开着载重量为两吨半的嘎斯车，拖了好几趟，才把几万块砖运到餐馆对面的空地上堆放好。未承想，宜昌市的城管人员找到曹光林说那个地方不能堆砖，有碍观瞻，影响市容。无奈之下，他们只好找到当地一户人家，运费都没算，就把这批砖低价处理掉了。

据 1986 年全家店砖瓦厂年度报表统计，因产品质量不过关，产量上不去，全年产品累计销售仅 37 万元。

全家店砖瓦厂厂长

1987 年年初，刘正国担任了全家店砖瓦厂厂长。上任伊始，针对上年度的生产技术和产品质量问题，他大胆改革，提出"走出去，请进来"的治理方针。他强调，无论是解决技术问题还是销售问题，都要把视野打开，放到更大的空间里去找思路，解决问题。多维度、开放的空间认知感和思维模式始终是他的出发点。他奔赴武汉第八砖瓦厂，请来两位退休师傅进行现场指导，一位是焙烧师傅，一位是装窑师傅。虽然没有彻底解决问题，但收获还是有的，至少，排除了两位师傅经验之内的技术问题。那么，问题的症结到底在哪里呢？新官上任三把火没有烧起来，刘正国还是有一定压力的。他冥思苦想查找原因。他在城关镇砖瓦

第一次到武汉（左为辛继生）

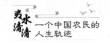

厂和县砖瓦厂干过很多年了，有一定的生产经验。最终，他把视线的焦点集中在窑内结构和燃烧效率的问题上。问题表现在炉窑内部的温度上不去，分析其原因是，建窑的时候下了很长时间的雨，烟囱湿度较大，在气压较大的情况下，煤炭不能充分燃烧，没有上升的热气流，抽力就不够大，烟出不去，温度就上不去。为了解决这个问题，刘正国尝试着在砖窑的操作面上打一个直径 40 厘米的洞，在这里增加了一个灶。在炉窑烧制的时候，辅助灶同时助烧，这样烧了一天，烟囱里冒出来的还是白色的水蒸气。直到第三天，烟囱开始冒出青色的烟来了，这说明窑内的温度上去了，火也下底了，可以清楚地看见最底层的砖烧透了，砖的质量就有了保证。这样烧制成的砖，售价可以从过去无人问津的 3 分 / 块，一下子升值到 5 分 / 块～5.5 分 / 块，价格翻了近一倍，还供不应求呢！

技术上的拦路虎解决了，产量就成了关键。由于通往炉窑的道路都是泥土地，下雨天就成"水泥地"，运输汽车常常深陷泥浆当中，因此，必须改变路面状况。修路对刘正国来说只是小菜一碟。他拖来很多"四面体"毛石，让一个个大面朝下放稳，尖头朝上，再用小石块填满，然后填土、压平。这样，运输车辆就不会再深陷泥潭了。

砖瓦厂有三大原材料，土、水、煤，缺一不可。全家店砖瓦厂原来的取水点是三四里外的董家冲水库。每年到了干旱少雨的季节，工厂的用水就显得不足。这个情况在村办的水泥制品厂里也同样存在。水泥制品厂的厂长肖士雄就在厂里打了一口井，免去了干旱季节与农业灌溉和生活需要争水的问题。刘正国了解到这个情况之后，便到肖士雄那里去取经。回来后，他立刻选定在水沟边四五米远的地方开挖水井并下到井里去挖土。他安排了三班倒连续作业。经过 1 个月不懈的努力，当挖掘到地下 11 米深的时候，开始出水。干旱季节，他就用水泵抽水供砖瓦厂生产使用。砖瓦厂用水有了双保险。

为了打开市场销路，刘正国带领销售人员到邻近的五峰县、长阳县等地去推销红砖。他在五峰县的渔洋关设立了办事处，在长阳县的磨市、津洋口、芦溪也建立了销售点。他太了解这些地方的经济发展和房屋建材市场的需求，建立这些销售点，他有十足的把握可以获利。通过不懈的努力，刘正国迅速打开了红砖的销售市场，一举扭转了亏损局面。1987 年，全家店砖瓦厂生产的砖的质量、产量和销量都上去了，销售收入由上一年的 37 万元猛增到 130 多万元。因此，全家店砖瓦厂多次被评为村和街道办事处的先进企业。

一位成功的企业管理者不但要懂生产管理，还应该通晓人性，实行人性化的管理，因为生产是要人去做的。有的企业管理者方法简单、粗暴，只会命令，不懂人性，终归是黑灯瞎火乱闯，费力不讨好。刘正国在基层打磨多年，他善于处理人与人之间的关系。虽然在理论上他说不太清楚，但他是从历练中走过来的高手，在处理一些矛盾时，他常常游刃有余。

那时，市面上的煤炭供应十分紧张，煤炭交易是一手交钱一手交货。全家店砖瓦厂的煤炭供应单位是长阳县安峰煤矿，刘正国与安峰煤矿的矿长刘士焕是称兄道弟的老朋友。砖瓦厂的流动资金有时周转不过来，希望每个月先垫付给煤矿少量定金，把所需的煤炭先运回来，实行一个月一结账。这件事需要刘正国出马与刘士焕敲定才行。

有一天，他带着司机刘成玉一起到安峰煤矿去办事，等他回到砖瓦厂已经是晚上8点左右了。车子刚停下来，就有一二十个四川来的工人跑到刘正国面前磕起头来，弄得刘正国"丈二和尚——摸不着头脑"！工人们只是哭诉说陈副厂长不让他们吃饭！刘正国想，这不能听一面之词，就把陈副厂长叫来询问情况。原来，为了抢时间，要把砖坯拖进轮窑内码好，以免影响装窑。如果迟一些就可能导致窑内的火全部熄灭。因此，陈副厂长命令所有的人干不完不让吃饭！这下就炸锅啦！工人们累了一天了，晚上加班加点连轴转还不让吃饭，这确实太苛刻了，有点儿不通人性，于是工人们就罢工了，反倒影响了进度。陈副厂长的出发点是好的，如果窑内的火一旦熄灭，再重新点火，所用的燃料和人工且不说，还要耽误1周左右的时间，那个损失就要上万元。刘正国了解到这个情况后，对工人们做出承诺："马上让司务长去做饭，请大家立刻加班把砖坯拖到轮窑去装窑。只要装好一门窑，饭就做好了。请大家再坚持一下，今天食堂里有什么就吃什么，吃饭不收钱！"刘正国还当场宣布，从明天起，陈副厂长什么事情都不要管了，看1个月报纸学习。这样一来，息事宁人，工人们都安心去生产了，陈副厂长也得到了教育。

1987年十一国庆节前，砖瓦厂又买了一辆东风140货车，用来运煤、送砖。9月30日，刘正国出了个告示，不管是谁用车，一律要交140元现金。砖瓦厂的出纳胡正蓉的弟弟10月1日结婚，要借车用。之前，刘正国是知道这件事的，还答应了去吃喜酒。怎么就卡在这件喜事的前一天出这个告示呢？似乎是专门针对胡正蓉的，有点不近人情！为此，两人之间就很不愉快了。其实，在新车进厂之后，刘正国就想过公车私用的问题。胡正蓉弟弟结婚需要用车就提醒了他，他决定就从干部开始做起，但他绝不是针对某一个人才这么做的。他耐心地对胡正

蓉说："你是干部又是党员，要起带头作用。"就这样，他们之间的矛盾化解了。

人性化管理的另一个重要方面表现在企业发展后，让职工们也能得到一定的实惠。这是凝聚人心，提高职工劳动生产积极性的推动力。刘正国决定帮助大家解决家庭生活燃煤的问题。那时，各家各户都是用蜂窝煤炉烧水、做饭。由于蜂窝煤供应紧张，很多人家都是把煤粉买来与黄泥和好后，用借来的模具自己打制蜂窝煤。这件事很累人。当时，有一个笑话说，凡是要娶姑娘的男伢子都要到女方家去打制一次蜂窝煤，过了这一关才有可能把姑娘娶走。砖瓦厂搞煤问题不大，相比其他企业有一定的优势。他决定购置一台蜂窝煤机，自制蜂窝煤，免费发给职工。为此，作为一名厂长，刘正国在外出差时从不住宾馆，就住在一般的旅馆里面，为的是节省每一分钱。他终于如愿以偿，购置了一台蜂窝煤机。为大家办了一件实实在在的好事，深受全厂职工欢迎。

陆城砖瓦厂厂长

1988 年，枝城市（宜都）陆城街道城乡指导组艾恒奇书记和全家店村周吉志副书记找到刘正国，希望他牵头筹建全家店村二砖瓦厂（后定名陆城砖瓦厂），以老厂带新厂，扩大再生产，以适应不断增加的市场需求。同时，在建厂资金上，要求全家店砖瓦厂以实物出资 20 万元为基础，其余资金由刘正国负责去化缘筹

陆城砖瓦厂管理人员合影

措。刘正国爽快地答应了这个安排。于是，他四处化缘，找资金、跑材料、定设备、磨嘴皮、赔笑脸、出手烟，拿出了吃奶的劲儿，没日没夜地干。最后，凭借着他的个人魅力和信誉，在染织厂筹措到 10 万、市棉纺厂化缘 5 万、市毛巾厂5 万、市袜厂 5 万、市搪瓷厂 5 万。

他又从全家店砖瓦厂抽调了一些技术人员和管理人员来支援新厂建设。为了砖窑的建设，他多次骑着摩托车到潘家湾林业站去找站长，在栗树垴山上买来大量用来做檩条的木料。他组织人员修道路、整地平、打窑炉。因工厂要横穿姚店水库的泄洪沟，他当机立断，决定在泄洪沟两边建两座桥。没有什么困难能阻挡

他建厂的决心。

由于资金短缺，他必须节约每一分钱用来搞建设。他发动工厂行政管理人员，每人支援一袋大米，用于解决四川民工吃饭的问题。为了照顾好从武汉第八砖瓦厂请来的师傅，他没有另请厨师，而是让出纳胡正蓉和保管员白玉珍身兼二职，一天一轮流来为武汉师傅买菜做饭，负责他们的一日三餐。他没有给胡正蓉和白玉珍多增加一分钱的工资。

陆城砖瓦厂

人们也许会感到奇怪，不会连四川民工吃饭的钱都没有吧？那是事实。刘正国的手头确实没有钱，他恨不得把一分钱掰成两半来花。当时煤价过高，为了节约成本，他想到了未完全燃烧煤渣的再利用问题。小时候，他常常到城关镇砖瓦

陆城砖瓦厂炉窑点火

厂去捡拾煤渣回来烧。他了解这个情况，所以他成功了。这一节能创新还得到了枝城市政府的奖励。

事业干大了，刘正国的名气也大了。那时，宜昌市在海南岛海口市有个办事处，村里一个人的亲戚在那里当办事处主任。宜都县政府有意让刘正国到那里去办个砖瓦厂。那时，正是海南岛大开发的起步阶段，建材吃紧，市场前景看好。刘正国去考察了一下，由于宜都及其周围的建材市场方兴未艾，有干不完的事情。他们对海南的情况也不甚了解，缺少前去创业的一班人选，最终还是没有去。

安全生产是每个企业家每时每刻都不可掉以轻心的大事，出了问题就有可能使大好形势毁于一旦。1988年，陆城砖瓦厂的烟囱建到50米高，即将完工之时，一天午饭后，一名湖北黄陂籍18岁姓王的民工不慎从烟囱内部摔下来，丢掉了性命。他是由一位姓代的工头带着干活的，作为工程承包的乙方，责任由他们自己承担。村里知道此事后，马上派人赶赴现场处理善后事宜。刘正国作为厂长，

负责具体的善后工作。遵照家属的意愿，村里安排毛巾厂的一位司机开着厂里的双排座车，连夜把死者送回老家，妥善地处理好了后事。刘正国利用这件鲜活的事例反复教育大家要注意安全生产，一人安全，全家太平。

爱厂如家　其乐融融

刘正国不但要求手下的干部要以身作则，在关键的时候，他也不顾自己的性命冲锋在前，保护集体财产不受损失。

1989年夏天，刘正国与工人们一起忙碌了一天之后，他又仔细地检查了一遍刚生产出来的毛坯砖才回家。晚上12点左右，天上突然狂风大作，已经上床休息的刘正国内心有所不安，他惦记着厂里有部分毛坯砖没有盖好。初夏的大暴雨定会来临，他哪能睡得安宁呢？于是便翻身起床，直奔砖厂。刚进到厂里，就看到朱云良等几名工作人员也赶到了。刘正国立刻组织他们抢险救灾，大家坚守岗位，井然有序。就在这时，暴雨狂泻，从"三一冲"涌来的水很快就要漫过直通砖厂的小河沟，威胁到轮窑。如果不及时抽开拦水闸板，迅速上升的洪水就会涌入毛坯砖场地，几十万块半成品砖就会变成一堆烂泥。更重要的是，洪水直逼轮窑，一旦轮窑熄火，损失就要上万元。在这千钧一发之际，容不得半点犹豫，刘正国和负责保卫工作的周立康一同扑向拦水闸板，试图打开闸板，放走洪水。刘正国让周立康用绳子捆在他的腰上，周立康紧紧拉住绳子的另一端，刘正国拿起撬棍就冲向拦水闸板，他对着周立康大声说道："今天要是洪水把我冲走了，死了，你就给我家里打个电话啊！"周立康说："那就让他们把你搞成烈士！"刘正国拼出全力用撬棍把闸板敲掉，洪水瞬间排走了。他们保住了轮窑，保住了火种。经过两个多小时的奋战，砖瓦厂内的洪水渐渐退去，这场抢险救灾的夜战取得了圆满成功。大家互相对视，头发和衣服全都湿透了，便开心地笑起来了。虽然，这算不上什么惊人之举，但是职工们以厂为家，真正展现出了工厂主人翁的精神。这使刘正国十分感动！同时，刘正国以身作则、临危不惧，把危

陆城砖瓦厂厂长办公室

险留给自己，保住了集体财产的牺牲精神，在砖瓦厂和宜都县城传为佳话。

1988 年 7 月 28 日，盛夏的宜都酷热难耐，温度高、湿度大，人的体感温度超过了 40 摄氏度。那天下午，陆城砖瓦厂会计周万国的爱人感到胸闷憋气，便到附近的医务室去打了一针，回到家中不久就不省人事，昏死过去了。周万国从未遇到过这种事，弄得手忙脚乱，不知所措。正巧遇到刘正国前来看望，刚进门就听说人不行了。他二话没说，转过身来就飞跑着去找车。到了棉纺厂门前，他拦下了县水利局的工程车，立马就开到周万国家，抬上毫无知觉的病人急速赶往县医院。那时已是周六下午五六点了。在车上，刘正国就冷静地估计到，大多数的医护人员下班回家了。于是，他让汽车绕道到县妇幼保健院，叫上已经下班在家吃饭的县医院著名专家邹大夫。邹大夫听了病人的病情后，立即放下手中的筷子，上了那辆车，同他们一起回到县医院进行抢救。刘正国跑上跑下，又请了几位有经验的医护人员来共同抢救。专科主任王大夫和邹大夫立即给病人用上氧气（那时没有呼吸机）和心电图等检测设备。刘正国又跑到食品厂买了一些冰块拿给医生给病人降温。他还托熟人、找关系为病人做担保，帮忙解决周万国的医疗费用等事宜。那天，他一直忙到深夜才拖着又饿又累的身体离开医院回家。在病人抢救的几天中，他都会在百忙之中抽出时间到医院去看望病人，安慰并鼓励周万国。在病人住院的一个多月里，刘正国到处找专家寻医问药。由于医生的精心治疗和刘正国无微不至的关怀，周万国的爱人从一个生活完全不能自理的高危病人逐步恢复了健康，逃离了死亡的边缘线，回到正常的家庭生活之中。每当回忆起这件事，周万国总说是刘正国厂长的帮助，他才保住了一个完整的家。

物理学中有"四大力学"——理论力学、电动力学、量子力学和热力学与统计物理。除"四大力学"之外，在人们的意念与行为之间也存在着一种力学现象。在某种意念的推动下，它也可以转化为人们的行为力，使意念能够支配的物体产生运动，不妨称它为"意念力学"。所谓的"精神变物质"就是在"意念之力"的作用下产生的，反之亦然。显然，刘正国对周万国的关心一定会转化为周万国的"意念之力"，这个力将使周万国加倍地做好本职工作。一些管理者不懂得"意念力学"的道理，所以，工作做得不是太好。刘正国虽然文化程度不高，但他深谙其中的道理——这是一个不需要数学演绎和理论推导的"力学规律"。

责任与担当

改革开放以来，特别是 1985 年中央一号文件下发之后，对农村产业结构调整、搞活农村经济起到了很大的推动作用。宜都县全家店村也兴办了很多村办企业，这不但吸纳了很多农村富余劳动力，也为村集体经济做出了贡献。同时，村办社会事业也有了资金上的保证。

1989 年年底，由村支部副书记周吉志主持，召开了一次村办企业会议。会上，周副书记首先传达、学习中央关于农村改革开放的有关文件，然后是催收各企业当年应上缴的村提留和管理费。在农村农业产业结构调整和发展初期，企业在上缴相关税费方面还不是很规范，国税等税种的上缴相对较好，但是村提留和其他认缴费用就不太好收，有时需要提醒和催缴。参加那次会议的单位和负责人有：酒精厂杨功荣、毛巾厂李荣柱、建筑公司肖士金、一砖瓦厂李启发、二砖瓦厂刘正国、水泥制品厂龚金达、汽配公司刘才茂、红春餐馆杨泽仁、红春招待所刘永兰、红春商店熊志会、电修厂杨鄂、装卸队邓绍胜、土窑辛绪娣、铁业社李云珍、理发店李云国，共计 15 位企业负责人。

学习了中央文件后，支部书记陈茂秀介绍了村资金的周转与开支情况：当年上缴企业管理费 10 万元，村民应上缴国家农业税 5 万元，村内水、电、路等基础设施维修费、五保户及困难户支出等项费用，总计 30 万元。希望各企业积极上缴相关费用。会上，刘正国首先表态，他说："村办企业是邓小平同志提出的建设有中国特色的社会主义的国家大计，我们享受了农村改革发展的红利，离土不离乡，办起了村办企业，发展壮大了集体经济。从事农业劳动的村民进了村办企业，解决了大批村民就业，提高了村民收入。我们这些泥巴腿子也成了企业的管理者。上级的管理费是必须缴的，水、电、路及其他开支也是必需的列支款项。我表态，二砖瓦厂应缴纳的 5 万元一次交清！"刘正国表态发言后，带动了其他企业，大家纷纷表态支持村里的工作，积极上缴应缴纳的款项。不到两个小时，会议就圆满地结束了。

自 1988 年 10 月起，陆城砖瓦厂的员工一度达到 123 人，年产值达 100 多万元，利税 10 万元，上缴村集体 10 万元。作为一个村办企业的负责人，刘正国对社会承担了应尽的责任，做出了应有的贡献。

一场恶作剧

在刘正国经历过的事情当中，有一件事令他记忆深刻。1989 年，时任宜都陆城电管所的一位所长到陆城砖瓦厂来收电费。由于砖瓦厂账上没有钱，所以交不上电费。工厂很怕电管所拉闸断电，电老虎是不好惹的！好在刘正国与这位所长的私人关系不错，最后谈妥可以宽限一段时间，等砖瓦厂账上有了钱就立马付清。作为交换条件，这位所长要求刘正国购买电管所一位职工家里杀的半头猪，说他家很穷，希望刘正国帮帮忙。这位所长关心职工利益是无可非议的，为了保险，就拿应交电费作为条件。事情还绝非如此呢！刘正国一想，反正食堂是要买肉的，就同意花 100 多块钱把这半边猪买回来。食堂炊事员吴首贵把这块肉做成了粉蒸肉。精明的四川民工一尝就说这肉是母猪肉，他们都不吃（担心猪肉有问题），卖出去的粉蒸肉全都退了回来。搞得吴首贵十分无奈，他说："早知道是母猪肉，我就多加点儿作料，让他们吃不出来了！"后来，负责保卫工作的周立康说，他不嫌弃什么公猪还是母猪，反正都是猪，他要把剩下的肉都端回去。刘正国要周立康出钱买下来，周立康说母猪肉要打折，钱就在他的工资里面扣。于是，周立康就端着两大盆肉往家走。路上，他碰到全家店砖瓦厂的木工曹诗发、电工杨文树和辛继生。几个人一合计，由周立康出肉，他们 3 人出酒，大吃大喝了几天才把那两盆粉蒸肉吃光，还连连夸奖道："好吃！好吃！"其实，周立康没有跟他们说那是母猪肉。那到底是一头老母猪还是一头病死的母猪，是否经过检疫，不得而知。如此的交换条件原本就不太妥当，幸亏周立康几个人没有吃出病来。

夷水之春

1992 年必将以思想大解放之年载入中国史册。改革开放第一轮思想解放是 1978 年党的十一届三中全会前后，在实事求是、实践是检验真理的唯一标准大讨论的春风沐浴下进行的。那一轮的思想解放推动了我国社会、经济的发展如江水，似万马奔腾，披荆斩棘、势如破竹般迅猛向前。经过 14 年的改革开放，实践中提出来的很多问题需要在理论的高度上予以阐述，如计划与市场的关系、"姓资"与"姓社"的问题、社会主义市场经济体制等，需要全党上下统一思想认识、统一行动，以便向着更高的高峰攀登。

　　这年春天，邓小平同志的南方谈话，为十月份党的十四大的召开提前做了一场思想发动工作。在十四大报告中，江泽民同志深刻阐述了建设有中国特色的社会主义的理论，提出了20世纪90年代改革和建设的主要任务并阐明了我国社会与经济发展的十大关系。这在全国奏响了改革开放第二春的"春之声"交响乐。

　　1992年12月，枝城市新一届市委领导班子伴随着"春之声"的乐曲上任了。如何承上启下进一步解放思想，指挥全市人民奏响"夷水之春"的地方乐章，夺取新一轮社会、经济发展的制高点，这是摆在新一届党委班子面前的首要任务。他们面对的是"七山一水二分田"的一个县级市，农业种植单一、工业经济水平低下、企业规模偏小，乡村工业更是捉襟见肘。哪里是撬动全局的突破口？

　　新的市委领导十分清楚，"夷水之春"的序曲必须以实事求是、解放思想为主旋律！1993年春，新上任的市委书记在全市干部工作会议上做了一个题为"更新观念，放手放胆，真抓实干，超常发展"的动员报告。他提出要"三个轮子一起转，重点抓村办"，要超常规发展乡镇企业，积极开展"三龙、四虎"与"百村十亿"的竞赛活动①；他还果断而响亮地提出"不换思想就换位子"的要求。到会的同志无不感到压力巨大。

　　如何贯彻执行市委会议精神呢？全家店村两委决定，贯彻会议精神就从打通思想梗阻开始。那么，全家店的思想梗阻在哪里呢？

　　一是怕。1982年之前，全家店村只有两家村办企业，到了1992年党的十四大召开的时候，又先后办起了酒精厂、毛巾厂、河粉厂、砖瓦厂、水泥制品厂、建筑公司等15家企业。但囿于思想保守，企业的投入和经营规模，以及个体经营模式都没有很大的起色。例如，由于城市化进程加快，对建筑材料需求旺盛，刘正国敏锐地察觉到了其中的商机。已经下海从事建筑工程的周吉志多次找到刘正国，商谈采取股份合作制合伙创办一家水泥预制品厂，以满足供不应求的建筑市场的需求。然而，当时的全家店已经有了一个村办的水泥预制品厂了，如果再建一个厂与村办的厂唱对台戏，在当时的社会条件下，村里的领导们不会让他们搞，他们也有后怕，怕政策变化，怕"秋后算账"，这就不了了之了。

　　二是乱。截至邓小平同志南方谈话之前，在村集体企业增多的同时，村办企

---

① "三个轮子"：乡、村、个体；"三龙"：陆城、枝城、松木坪；"四虎"：红花套、曾家岗、姚家店、五眼泉。

业也逐渐凸显出一些问题。例如，企业管理混乱、应收款不到账、三角债拖欠严重，导致资金链断裂、企业运转停滞，员工发不出工资；又如企业搞好搞坏与企业管理者的切身利益关系不大，亏损严重；规定上缴的税费很难收取，直接影响到村里公共设施建设和发展的需要，等等。体制乱、机制乱、管理乱、运作乱，归根结底是思想认识混乱。这些问题要求尽快建立并完善社会主义市场经济体制，相应的市场法治建设必须尽快跟上。

全家店村结合本村实际贯彻执行市委会议精神，效仿 1973 年我国八大军区司令对调的做法，采用"平行移位"的办法，把十几家村办企业的领导来了一次大对调。对这些村企领导们而言，这不是撤职而是换位子、留面子、加坨子。看上去是平行移位，实则是有"梯度"差别的，其中的势与度各不相同，有着轻重区别的，明眼人都知晓其中的用意。最耐人寻味的是，把供货方和需求方的负责人对调，供需双方因债务纠纷长期扯皮的现象发生了根本的变化。换位思考，不再仅仅是思维方式的变化，直接变成了物质空间的坐标变化，屁股决定脑袋，物质决定意识。然而，这还仅仅是有限维度空间里的变化。这一做法还是得到了陆城街道党委的支持。明眼人一定会看出，这些人事变动还仅限于村办企业领导人相互之间的位子变化。如果思想认识上没有变化，这也仅仅是一个形式上的变化，而没有实质性的变化。不管怎么说，这就破局了。至少打破了原有相对停滞不前的"低频振荡"的平衡格局。刘永生书记还有更进一步的筹划。

在这次谋划"调位子，换脑子"的过程中，刘正国是刘永生书记手上的一个重要筹码。但是，刘正国是一个有争议的人物。虽然他工作能力强、社会关系广，点子多、魄力大，但一句"滑头、不靠谱"就把他挡在了"门外"。他的入党问题在村两委会上通不过。出于对全家店村负责任以及长远的利益考虑，对刘正国的任用和今后的使用、安排，在新一轮思想解放中，刘永生书记有了开放的、大胆的想法。他认为，全家店思想解放的焦点就在用人的问题上。不过，他只能一步一步来。

全家店建筑公司经理

刘正国的路怎么走呢？安排他到哪儿去当家？他遇到了哪些事情？又是怎么解决的呢？今天说来，仍会让人震惊，连刘永生书记也难预料。刘正国的那些做法在当时的社会上引起了不少非议，有的人理解、夸赞，有的人激烈反对，甚至

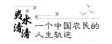
要"上家伙"！回过头来思考这些历史事件，不得不让人感到，刘正国那些震惊世人的举动所产生的社会效应，形成了夷水之畔上空爆响的一声惊雷，那是在新一届市委领导下，触发整个枝城市思想解放的导火索！

1993 年 1 月，刘正国从陆城砖瓦厂调到全家店建筑公司任经理。在全家店的村办企业中，建筑公司是一个烫手的山芋。党总支书记刘永生认为，解放思想就是调动人的积极性和创造力。刘正国在全家店砖瓦厂和陆城砖瓦厂的业绩摆在那里，启用刘正国任建筑公司经理是不二的选择。

刘正国到全家店建筑公司上任伊始，就开展调查研究工作。虽然他对公司的情况曾有所耳闻，但是他绝不偏听偏信，要亲口尝尝梨子的味道。他先是组织行政管理人员开会，听取汇报，了解公司现状，包括库存材料、来往账目及工程进展情况。然后，深入各工地现场进行实地考察。经过这一上一下的过程，他基本上摸清了公司的人员、生产、经营及财务状况。公司的主要问题就是资金问题，该收的工程款收不回来，该付的款无钱兑付，三角债十分沉重，账上只有 90 多元现金。

听说全家店建筑公司换了当家人，就有人上门来要账。这让刘正国深感"背柴上山——前紧（钱紧）"。如果不打破当前的僵局，终归会有一天拖不动，直到拖死。其中的一些问题是改革开放初期，我国建筑市场体制、机制运作不完善，建筑行业法治建设尚不健全造成的。这些问题从工程招投标开始，到土地、原材料、建筑工程质量、监理等，不少地方都不同程度地存在着。现在，建筑市场法制架构基本上健全了，大家的法治观念增强了，遇到问题要依法运作去解决矛盾纠纷。坦率地说，时至今日，一些地方仍然存在着招投标环节流于形式的顽疾。

在刘正国上任初期，有些人对他的工作能力是抱着"骑驴看唱本——走着瞧"的心态，还有一些人不相信他能解决那些老大难的问题。那个年代用什么办法能够解决建筑市场上的顽疾呢？真的不好说。有一些办法是拉关系、玩感情、靠烟酒，直到塞金钱，等等；还有就是靠自上而下的压力，打通关系来解决问题，这可不是一般人能做到的；最后就是走"阴沟屁眼儿——歪门邪道"。归纳起来，无非是硬道道、软道道和邪门歪道道。凡此种种，不一而足。一个泥巴腿子出身的农民没有那么多的软硬关系。那么，他能做到"情况明、决心大、方法对"吗？"杀猪捅屁股——他有他的绝招"！最后，他用了大闹某局局长办公室的方式收回了那些拖欠的资金，这在全家店及枝城市都引起不小轰动。

　　刘正国在要账时闹得动静挺大，并引起了相关领导的注意。枝城市委领导认为，一个典型破一题，一批典型活全局。要不失时机地抓住这个典型事例，利用这件事引导全市上下进行一次深刻的思想解放大讨论，进而推动全市社会、经济大发展。如何起、承、转、合，这不但需要高超的领导艺术，更需要一定的胆识和魄力。市委书记抓住了一件市场反响较大、民众积怨较深的事情做撬棍，出了一手实招——那是在"老子"头上动土了！

　　市工商局一位负责管理市场的干部经常吃、拿、卡、要，动不动开口就说"个老子"，横行霸道成常态了，甚至连摆摊卖菜的老农妇都不放过。市场上的人都蔑称他为"老子"。见到"老子"来了，连哭闹的娃儿都会老实下来。有人实名举报了这个"老子"。这件事震怒了市委主要领导，经市委、市政府研究，决定撤掉这个"老子"的公职，以震慑后面更多的"老子"。

　　市委、市政府谋划这些牵一发而动全身的几招，使大家认识到在"姓资""姓社"的问题上要防止"右"，但更要防止"形左实右"的现象。判断"姓资""姓社"的标准是"三个有利于"①。机关单位工作人员要以经济建设为中心，摒弃"官本位"的思想，服务于社会、服务于经济、服务于基层；政府机关各部门要为建立完善的社会主义市场经济体制多做贡献；"先知先觉创造机遇、后知后觉抓住机遇、不知不觉失去机遇"，早醒早觉悟、晚醒晚觉悟、不醒就落伍。经过第二轮思想解放的洗礼，枝城市奏响了以党的十四大报告为主旋律的"夷水之春"的和声序进。从此以后，枝城市机关、事业单位思想解放，机关作风大为改善，全市以经济建设为中心，一心一意谋发展、招商引资跨新程的崭新局面很快就显现出来了。

　　经过这一轮"夷水之春"的思想解放与改革发展，从 1997 年开始，全家店村办企业进行改制，实行了个人租赁经营承包制。村集体的收入模式也发生了一些变化，不再靠经营农产品或者靠办企业、管企业，经营产品来获取收益，而是转变为租赁企业、租赁商铺店面，经营资产来增加收入。

　　村提留不断增加，每年可达 100 多万，上缴陆城街道办事处 10 多万，上缴国家税收 80 多万。尽管村里对一些企业实行了"放水养鱼"（减、免税费）的做法，每年上缴的税费仍在逐年上升，实现了以工补农；减免了农业税、特产税；

---

① "三个有利于"：有利于发展社会主义社会的生产力、有利于增强社会主义国家的综合国力、有利于提高人民的生活水平。

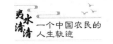

村里修建水、电、路的费用，完全由"存提留"来支付，不再需要农民来负担了；村容村貌也发生了根本的转变。全家店村全年上缴的税费在全市位居第二。

再来看看整个枝城市乡镇企业的情况。从1993年到1995年，枝城市乡镇企业连续3年翻三番。1996年，全市工业企业总产值45.8亿，比上年增长52.2%。其中，乡镇工业产值24.4亿，乡村集体实现利润3630万元，比上年增长48%，乡镇企业入库税金占全市财政收入的35.4%（不含个体），乡镇企业转移农村劳动力8.1万人，占农村人口的55%，乡镇集体企业发放工资1.9亿，农村人均从乡镇集体企业获得纯收入637元，占当年人均收入的35.4%。枝城市连续4年被宜昌市委、市政府评为发展乡镇企业"先进市"。

执掌全家店建筑公司二三事

野猪肉

就在刘正国离开陆城砖瓦厂即将赴任全家店建筑公司经理之时，发生的一件小事。

那年元月的天气特别冷。宜都王家畈毛湖淌村陈伯武等3个人带着大半野猪肉坐班车到宜都街上来卖。下午时分，他们带着没有卖掉的肉，准备在分路碑老车站乘车回家的时候，有几个小混混手持扁担，想抢走他们手中的肉。正在抢夺之际，正巧刘正国从那里经过，见此情形，他大喝一声道："住手！你们光天化日之下竟敢抢夺！他是我的老表，看你们谁敢动手！"都是几条街上的人，低头不见抬头见的，几个混混还知道点刘正国是个什么火暴脾气，真能跟他们干起来。看在刘正国的面子上，他们也就离开了。他们也不问陈伯武是不是刘正国的老表，就溜之大吉了。后来，陈伯武真的成了刘正国的干亲表兄弟了，互相来往了多年。这就算是他的"履新序曲"吧！

清理欠款

枝城市的新局面对站在改革开放风口浪尖上的全家店村，对踌躇满志的刘正国来说，打开了思想新境界、新天地，他满怀信心，鼓足干劲，放心、放胆、放手去开创一片新的未来。在这种形势下，收回全家店建筑公司被拖欠的钱款只是一个时间问题了。

建筑公司的一路人马由刘正荣和周吉英等人组成，他们负责到纺织局去收账。那是全家店建筑公司在 1986 年左右给纺织局建的办公大楼和宿舍，六七年时间都过去了，工程款还没有结清。之前，刘正荣等人虽然去催收过几次，都没有碰到刚上任的局长，找别的领导都推说做不了主。刘正荣想，我们天天来，就不信见不到一把手。终于有一天，他们在大门口遇到了外出开会的局长。这位局长表态说，一定会想办法结清拖欠的款项。刘正荣回来汇报了这个情况，刘正国根本就不看表态，只看行动。他对刘正荣说："你们收不到钱就别拿工资！"有了刘正国之前收款的例子，其他收款小组底气也足了，纺织局拖欠的钱款没多久就收回来了。

说实在的，从 1986 年到 1993 年这六七年间，正是我国物价指数变化较大的几年。假如，以 10 万元为应收款基数，按平均物价增长指数 5% 计算，6 年后应收回 13.4 万元，但实际只收回原数欠款，收回来的钱要贬值很多。这都是农民的血汗钱啊！

刘正国刚任全家店建筑公司经理的时候，新文化馆刚建起基脚来，由于公司的账上没有钱，这个工程面临停产。刘正国带着公司的人员前去查看，了解到这个情况后，他四处托人找关系，赊钢材、赊水泥，总算把文化馆建好了。可是，二三十万工程费用文化局一时也无法付清。刚刚接手文化局一把手的局长听说刘正国大闹某局局长办公室的事情后，觉得此事不可小觑，此人不可怠慢。文化馆工程要是下马就没面子；勉强搞下去，搞差了就输面子；拖欠工程款不给会丢面子；他整天左右为难愁面子。春节期间，文化局局长带着领导班子一行人前往刘正国家里去拜年，除了客套话之外，这位局长请求刘正国能宽限些时日，他会尽心去解决工程款的问题。文化局局长是个有文化的明白人，他知道，没有钱，态度又不好，再要官老爷态度，在刘正国那里是行不通的。他诚心诚意解决问题的态度，让刘正国这个钢棍子脾气软了下来。1998 年，文化馆把半栋楼抵给全家店村，这个问题得以圆满解决。后来，那半边楼还为红春的集体经济的发展发挥了作用。

直到 20 世纪 80 年代初，新中国成立后的 30 多年来，一些地方政府机关的办公用房已经老旧了，机关单位的家属宿舍也"欠债"不少，需要维修、建设，但他们没有钱来改善办公条件和住房环境。改革开放后，特别是我国财税体制改革后，地方财政收入得到逐年改善，但也不可能在年度财政预算中把这些费用全

部予以列支。于是，八仙过海各显神通，只要有一个部门新建机关大楼，其他政府部门就会相互攀比，想方设法"不落伍"。有的政府部门的领导是为了追求政绩，搞一些形象工程；也有一些是超前的建设项目；有的部门通过不动产置换变现；有的拉赞助，搞"菊花瓣"工程。不管是什么形式的建设投资，拖欠施工单位工程款的现象不在少数，这不仅仅是个别地区的现象。其中有不少是拖欠农村和农民的工程款。中国人民永远都不要忘记我国农村和农民在改革开放后，对国家和社会做出的这些不太为人知的历史贡献！

　　全家店建筑公司办公楼是1985年建的，一共4层，当时还是很气派的。1991年，五宜大道改造，把路面拓宽了近2米。建筑公司办公楼就在五宜大道边上，由于路基升高了，楼下第一层有一半到了路面下面去了。刘正国来建筑公司上任2年左右的时间里，这个状况都没有改变，他上任之后，总想着盘活这一部分资产。于是，他决定在第一层楼与五宜大道路面齐平的高度上加上一层预制板；同时，把原有的一、二层之间的楼板拆除，把二楼与一楼的上半部打通，形成新的二楼。低矮的一楼可用做贮藏室，建筑公司办公室集中到三、四楼去，在楼房后的外面搭建钢架楼梯上下。改建后的二楼层高加高了2米左右，高大宽敞，明亮气派，共计改建成18个门面。刘正国把这18个门面房按照平均月租金500元对外出租，一年可以收取10万元左右的租金。这就解决了每年上缴10万元村提留的费用。

　　刘正国在建筑公司带出了一个能打硬仗、深入一线、吃苦耐劳的干部职工队伍。他自己就是一个以雷厉风行作风而为人所知的人，他也要求所有的机关干部做事不要拖拉——夏天不能坐在办公室里吹电扇，冬天不能在办公室烤火取暖，没事一律都要到工地上去干活。

　　有一年冬天，公司承担清江矿务局宿舍施工任务，需要加班加点连续不间断地灌注水泥混凝土。他在会上要求公司出纳周吉英和会计周万国各带一队人马到第一线与工人共同夜战。冬天的夜晚寒风刺骨，但是干部、工人共同作战，大家心在一起，干在一起，劲头十足，确保了任务如期按质按量完成。这些传统自刘正国到建筑公司上任开始便一直延续了下来。

领导赊账

　　刘正国办事原则性强是出了名的，这也许是学习高登礼的风格吧！但他又不缺肖万春的灵活性，都是一个"庙"里的"和尚"，念的都是一本"经"，有继承也有发展。

宜都陆城街道办事处是全家店建筑公司所在村的上级领导机关。通常情况下，近水楼台先得月，办事处的领导来办事会容易一些。办事处的袁道才建房需要4万块砖，按规定是要一次性付清钱款才能提货的。因手头拮据，袁道才只能先预付一部分钱。他想找刘正国商量一下是否能赊账。刘正国当即表态不能赊账。袁道才说明了自己是陆城街道办事处的干部（花庙指导组书记），说话算数，不会不还的。他没有任何一点想借助自己的身份、地位来谋求私利的想法。刘正国不认识这位书记，要求看他的相关证件，袁道才就出示了自己的身份证件。刘正国这才给予了通融，还叮嘱他一定要在规定的时间内还清钱款。袁道才在公司财务科办好了相关的手续，才把4万块砖提走。最后，袁道才在规定的时间里把剩余的钱款付清了。

人才观

刘正国的学历不高，但他对人才有独特的管理方法，主要是看真本事。那时，全家店建筑公司专业技术人员共有6人。领导这样一班人马，刘正国靠的是他的工作经验和社会经历。这也是一门知识，这是一般专业技术人员所没有的知识。这就如同驾驶一辆轿车一样，除非自动驾驶，再复杂的硬件还是要会开车的人去操作。开车的人不完全或部分了解汽车的油路、电路、水路、气路，但开车人的驾驶技术本身就是一门知识。

但是，到建筑公司上任不久，刘正国就发现，有人看不起他这个泥巴腿子来领导这一帮技术人员。在一次会上，刘正国拍着桌子说："我刘正国没有读过几天书，这不是我笨，而是因为穷，读不起书！但是，你们这些读了书的人，还是要我签字才能拿到钱！我只要会写5个字就可以当这个经理啦！你们只管做好自己的事，工资就没得问题。"他接着解释道，这5个字就是"同意　刘正国"，意思是，在文件和报告上需要签的字就这5个。他认为，这5个字就是管理、就是权力。

刘正国刚上任不久的一天，公司的陆崇洋到办公室来找经理肖士金拿钱，看到坐在经理办公室的不是肖士金而是刘正国，二人对视了一下，陆崇洋不屑一顾地看了一眼刘正国就把脸转了过去。刘正国心里有事，不耐烦地吼着问了一句：

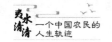

"搞花儿地（干什么的）？"陆崇洋说："我是来拿点儿钱的。"刘正国问："拿什么钱？"这个陆崇洋也不是个吃素的人，听到说话的人口气那么硬，便说道："你这是哪儿来的气呀？我又不找你拿钱，算啦！"说罢便转身下楼去了。刘正国觉得似乎不太对劲儿，便说了一句："伙计啊！你比我的脾气都还大些啊！"

陆崇洋走后，刘正国把工作人员喊来问清了这个人的情况，知道这个人的脾气很杠，在技术上还是有"两把刷子"的。就这样，他开始注意与陆崇洋的交往。陆崇洋在前任经理肖士金的手下就是公司的技术管理成员，主要负责机修车间的工作，在电器修理、电焊方面独当一面。

不久，陆崇洋结婚了。他觉得婚后家庭负担加重了，便去找刘正国。陆崇洋的想法是，看看刘正国是不是能帮他解决这个问题，如果不能解决，他就另谋出路了。他把这个难题交给刘正国了。刘正国说："你先不要说走的话，工资，我来想办法。公司的工资发放标准要报村里审批，一个萝卜一个坑，是按人数来定的。如果把你原来车间的人数减少两人，安排到别的岗位上去，上报的报表仍按原来的人数报上去，问题就解决了。但是，你要把这个车间承包下来，工作量不减，必须按时完成任务。其中的差额都给你，你的工资就可以从120元增加到360元。你还可以到外面去接事情做，但是，这个情况你只能跟我一个人说，不能让其他人知道。你要把去外面工作的地点告诉我，一旦公司工地的机械设备出现故障，你必须很快去修理好。"这样一个解决方案在当时实属无奈！

站在整个社会的角度来看，在乡镇企业人才奇缺的情况下，这样做不但可以留住人才，也可以使一个人的才能得到充分的发挥，对全社会的贡献更大。这样做，也可以增加科技人员和技术工匠的经济收入。陆崇洋不是没有想过单干的事情，他是脚踩两只船，在做各种人生的选项与试探。改革开放初期，一部分知识分子和技术能人在准备跳槽的时候，都会有这样的想法和做法。

陆崇洋对刘正国的解决方案抱着"骑驴看唱本——走着瞧"的想法。他想，你会写那5个字，难道我就不会写吗？我也可以当老板。不过，开始的时候，他觉得还是脚踩两只船稳当一些。在建筑公司干活的收入是稳定收入，旱涝保收；在外面接活干是额外收入，存在一定的不确定性。他想干一段时间再说。

刘正国留住人才的做法是基于他个人的经历和对市场经济的理解得出来的。他的这个方案在当时的国有企业或科研单位里是很难实行的，那里没有这个认识和操作的环境与土壤。改革开放后，有的单位的技术人员可以用技术入股来参与企业的管理和发展。但在改革开放初期，刘正国能实事求是地这样做，还是带有一定创新精神的。他的这个做法不是尽善尽美、滴水不漏的。但是，他看得起人才，留得住人才，最大限度发挥了他们的才能，使公司的运转正常进行，不但增加了技术人员的收入，也缓解了社会对人才的需求。

改革开放后，我国乡镇企业迅速发展起来，但突出的问题是缺少科学技术人才。我国大、中专毕业生本是国家培养出来的，按理说，他们是国家所有，单位托管，应该是人尽其才、才尽其用、人事相宜。但那时人才分布很不均衡，在一些国有企、事业单位，存在着工作任务不饱满、专业不对口或无事可做的大、中专毕业生，人员不能有序地流动。实际上，变成了"单位所有制、岗位终身制、无事等死制"。一方面，人才济济，另一方面，人才奇缺。很多工程技术人员希望能把学到的知识用来为社会服务，让学到的知识发挥更大的作用，实现人生价值的最大化，而不是虚度光阴、混吃等死。刘正国挽留人才的做法虽然是从本单位实际出发的，却有一定的启示作用。他这样做，虽然把陆崇洋这个人才暂时留了下来，但也埋下了矛盾的种子。这个情况在当时的体制、机制下是不可避免的。

尹华是全家店建筑公司主管生产的副经理，他在上班的时候常常找不到陆崇洋，觉得有点儿蹊跷，便去问刘正国。刘正国让他骑着摩托车去某某地方找陆崇洋，一找一个准儿。尹华批评了陆崇洋几次，陆崇洋只当是耳边风。这就让尹华与陆崇洋之间产生了一些矛盾。几次下来，精明的尹华就看出一点儿破绽来了，但一时还拿不出什么证据来，只能看看再说。

建筑公司的蒋士权是陆崇洋手下的一名技术工人，陆崇洋是部门承包人，他的出勤与工时由陆崇洋来定。有一天，蒋士权家中有事需要请假，陆崇洋不批，原因是施工机械设备出了故障需要抢修，否则，就会影响后续不间断的施工。但蒋士权执意要请假，陆崇洋只能同意，条件是他必须利用午休时间把设备修好后才能回家，这样出勤和工时就可以照算。

说来也巧，尹华就住在蒋士权家的旁边。蒋士权中午加班抢修好设备之后，两点回到家中，下午就没有去上班。这些都被尹华看在眼里，记在心上。月底，上交考勤与工时报表时，尹华看到蒋士权的出勤情况是全勤，还是一天满工。尹华便对陆崇洋说："你的工资报表有问题！"陆崇洋针锋相对地说："我的报表没问题！"见此情况，尹华就点破了说："蒋士权就住在我家旁边，那天下午他在家没去上班，你给他报了一天的工。"他俩原本就有点儿矛盾，这么一来，陆崇洋就和尹华杠起来了，他说："我这个主任算不算数？这一天工你必须签！你签了，

出了问题的话，从今天起，我就不在建筑公司干都行！"话都说到这个地步了，尹华是个明白人，最后还是把这个字给签了。不过，二人也就结下了梁子。

1997年9月，刘正国离开建筑公司，尹华接任经理一职。上任伊始，他便把陆崇洋下派到工地去干活，不再担任车间主任的工作。不到两个月，宜都城建局开展安全生产大检查，其中一项重要的工作就是要对所有的施工设备进行安全检查。接手陆崇洋的新主任技术不过硬，很难完成任务。尹华不得不把陆崇洋请回来。但是，碍于面子，他不便直接出面来做这项工作。他知道公司里的邓明全和陆崇洋的关系比较好，便请邓明全做中间人去做说和工作，这才把陆崇洋请回来，把公司的设备检修完毕，安全检查过了关。这也让尹华懂得了机修人才的重要性。

后来，刘正国下海单干那几年，把陆崇洋拉到自己的工程中去了。当他知道陆崇洋在陆城没有住房时，还帮他物色地方建房。建房所需的10万元建材费用是一个难题，刘正国就让陆崇洋先到自己的工程上去拖红砖，房子建好了再说。所以，陆崇洋和刘正国的个人关系就不是一般的好，知人知心。陆崇洋是个知恩图报的人，他们之间结下了深厚的友谊。这个情谊在关键的时候帮助刘正国解了大围。

刘正国在任的4年时间里，全家店建筑公司取得了空前的、历史性的成就。期间，建成了清江河矿务局宿舍、安居小区商品楼、宜都大酒店锅炉房、市染织厂大车间、教师宿舍、市文化馆，还对市林业局办公楼及宿舍进行了修建。全家店建筑公司在全市建筑行业中口碑较好，建成的企业、修建的厂房以

指导建设原林业局办公楼

及事业单位楼房和教师宿舍吸纳了不少农村剩余劳动力就业，改善了农民的生活，促进了社会经济的发展。

到检察院"喝茶"

改革开放前夕，刘正国从五峰县搞魔芋回来做魔芋豆腐卖挣了一些钱；改革

开放后，他又花 1.5 万元买了一辆二手解放牌大卡车搞个体运输，也挣了一些钱。他比普通人早几年就戴上了手表、骑上了自行车。1990 年，因为工作头绪多，他花了 1.36 万元买了一辆台湾产的"野狼牌"高档摩托车，在宜都街上骑来骑去，威风凛凛。这在小小的宜都县城里就够特别了，难免不引起人家眼红和嫉妒。在副业队当队长、砖瓦厂当厂长和建筑公司当经理的时候，刘正国以厂为家，做事认真、求实，但工作作风硬朗、霸气，得罪了一些人；有的人认为，他靠着全家店两个村办砖瓦厂和建筑公司发了不义之财；他大闹政府某"衙门"后，还真查出来一些问题，有几位领导被追责、免职；还有一些普通人说不清楚的原因。有人向枝城市检察院举报他有经济问题。

1996 年 3 月的一天上午，刘正国开着北京吉普到红花套去搞钢材。市检察院的两位办案人员从红花套把刘正国带到检察院，询问他有关建筑公司的账目问题。这次询问一直进行到晚上 12 点。第二天又询问了半天，下午 4 点把他放了，让他自己回去。刘正国认为自己光明磊落，有点儿不服气，要求检察院把他送回去。于是，检察院找了一部车把他送了回去。在检察院询问刘正国的同时，枝城市陆城办事处会同检察院的另一班人马在检查建筑公司的来往账目。结果显示，除了公司欠刘正国 3000 元之外，没有查出他有任何经济问题。

刘正国被检察院带进去"喝茶"，就有人解气，等着看笑话。后来，人放出来了，又有人说，刘正国要穿西服、打领带，上午要开着北京吉普在县城里兜一圈，下午还要骑着野狼牌摩托车再在城里兜一圈，想耀武扬威显摆一番，向世人表明"我胡汉三又回来了"。有好心肠的人说："看戏不怕台高！"劝刘正国就这么搞它一回，怕什么？嘴长在人家脸上，说什么的都有。但是，刘正国没有这样说也没有这样做。他认为，查账是应该的，对己、对公都有好处。这样做是证明自己清白的最好方式！

一年半之后，1997 年 9 月，刘正国决定辞去建筑公司经理的职务，下海单干。他找到了村书记刘永生提出下海的要求。刘永生书记说："你这个人下海，我做不了主，要陆城街道办事处领导同意才行。"最后，经枝城市陆城街道办事处研究决定，同意他辞职。于是，刘正国走进了他人生中最艰难也是最具挑战性的时期。

很难说，他这样做是因为检察院请他"喝茶"影响了他对人生道路的重大选择。改革开放前，人们都会选择职业稳定的国有和集体企业就业。然而，改革开放后，特别是邓小平同志南方谈话和党的十四大之后，人们认清了"姓资""姓

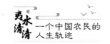

社"的区别是"三个有利于"。在构建社会主义市场经济体制中，在国家牢牢掌控决定国家命运的经济主动脉的前提下，实行有中国特色的"抓大放小"的做法，市场上开始出现一些中、小规模的个体私营企业。时间长了，人们也都不以为然，没有人再非议了。刘正国想过，既然经营个体私营企业不是走资本主义道路的唯一判定标准，那么，下海单干，自己挣钱，进出自由，那就不存在公私不清、挪用公款、吃里爬外、贪污公款、以权谋私的问题，何来检察院请"喝茶"呢？

况且，1997 年，全家店村成立了村办企业改制 5 人领导小组，村集体法人退出了村办企业。村办企业陆陆续续地转变为个体私人企业了，由经营者个人自主决策经营。这些应该是刘正国下海的大背景、主基调。下海单干是他经过 1 年多的思考之后做出的抉择，而做出决定的时间与上面所说的大形势、大背景有关，也与某些机缘和事例相关。那么，又是什么原因让检察院把他请去"喝茶"呢？他一时半会儿说不太准，但能模糊地感到其中的某些缘由。自己做的事情，怎么能说不清楚呢？他坚信自己走得端，行得正。在经济上，那是"小葱拌豆腐——一清二白"！在市场经济交往的过程中，由于市场发育尚待健全，特别是个人学习不到位、理解不准确的时候，有一些做法有可能不是太规范，那就交给市场的仲裁机关去判定吧！他认为，到检察院"喝茶"是正常的事情。一般的人一生都不会和公检法打交道，因而会认为去检察院"喝茶"问题就很严重！可是，在市场经济中摸爬滚打的企业家，要说从来都不和公检法打交道，那也不一定。他隐隐约约地感到这不是经济问题，可能是得罪了某一方的神仙，抑或是……但他没有证据，不能乱猜。他觉得，再在建筑公司待下去会影响他在公司里的权威，自己的威信会有一定程度的削弱，能力的发挥也会受到一定的影响。他的领导作用可能不再像以前那么强有力了。是否应该离开建筑公司呢？这是一个艰难的选择，是一个思考长达 1 年多时间的选择，是一个长夜难眠、不思饮食的选择，这是一个十分纠结的选择。总之，这是影响他人生走向的一个拐点。

人生之路顺风顺水固然是好事，但这种环境下成长起来的人往往经不起风浪。沧海横流方显英雄本色。在他犹豫不决、十分困惑的那段时间里，刘正国常常想起"为人心术正，不坑人，不害人，堂堂正正做人，规规矩矩做事"的刘氏家训。他也常常想起爷爷刘永秀在每年除夕守夜时对他们的教育："先做人，后做事。穷人要会做人，富人要会饶人。"他纠结的关键是，他曾经答应过全家店村的领导，要带领大家共同致富。现在，他不得不下海，这不是他的初衷！壮志未酬心已寒，辞职下海创新路。有时，他觉得这是懦夫的选择，与他刚毅的性格不符，他有些不甘心。在那之前，有关纪检单位查账也曾有过，属正常的工作监督，他觉得那是必要的。但这次检察院两天一夜的突击询问对他而言，那真是"大姑娘上花轿——头一回"，他有点儿"丈二和尚——摸不到头脑"了。

有的好心人在一旁议论说，如果在改革开放初期，他就选择搞个体经营，凭借他个人能力和社会关系，能挣得盆满钵满，比当集体企业领导有钱得多。只要守法经营，按时、足额缴纳税费，他就很自由，根本甭管别人说三道四，什么"领带、西装、北京吉普、野狼摩托车和胡汉三"，那都随它去！谁让他上了那个"官轿子"呢？坐上去了就得任人抬，由不得他啦！但那都是外界的议论。刘正国很清楚，那不过是7013那双"人"字泡沫拖鞋事件的重演。选择"辞官"在一定的程度上是赌气。下海就是要做出一个样子来，让那些嫉妒、诽谤的人看看，下海不是自己无能，搞不下去了才往海里跳的，恰恰是要证明自己的能力。他是抱着一种挑战的心理做出的选择：是骡子是马拉出来遛遛！苍天有眼、高山做证、清江洗白、众口为碑。山不转水转，终有大白的一天。

在去检察院"喝茶"的前两年，曾发生同样影响刘正国一辈子的大事！人们说不清这件事对他后来有什么影响，他自己应该是"哑巴吃饺子——心里有数"的。

1994年4月，41岁的刘正国在与刘成桂共同生活了16年之后，他们选择了离婚。

六、转　轨

下　海

1997 年 9 月，刘正国开始下海单干。

宜都市陆城街道办事处是市政府的派出机构，是政府的基层社会治理机关。改革开放后，我国各级政府的职能随着社会主义市场经济体制的逐步建立，也有了相应的转变。政府在社会主义市场经济中的职能和角色，发生了从办企业、管企业到制定市场规则并担当市场服务员和裁判员的转变，甩掉了政府大包大揽的包袱，转变到为市场经济的发展提供宽松的外部环境，建立、健全市场运行的法治环境，解决市场运行、发展带来的社会问题。政府对企业的态度是：你唱戏，我搭台；你竞争，我裁判；你发展，我支持；你发财，我收税；你倒闭，我同情。

那时，刘正国所在的建筑公司还是集体企业，所以还有"婆婆"在，他的辞职需要向上报批。在刘正国辞职下海不久，全家店的村办企业就开始全面实行个人租赁经营承包制了。他早走了一步也是出于无奈。至于他辞职的原因，众说纷纭。有人说，他是被迫下海的；有人说，他想下海发大财；还有人说，他早就该下海了，现在都富得流油了！外人能说出一些来，但真正的原因就说不太清楚了。那时，刘正国还不是党员，市纪委不管他的事。检察院有时来查询、问话，一起"喝茶"，他觉得那个味道不好！看到一些人开始单干，于是他便萌生了下海单干的念想。这些是明摆着的，更深的原因就说不清了。

刘永生书记在"夷水之春"的思想解放大潮中认真学习、紧跟潮流，对刘正国的使用、培养不是没有打算的。他辞职下海，让村书记刘永生左右为难。他想，山不转水转，把刘正国放出去让他飞，他还是在全家店和荆楚大地的上空飞翔。我国的市场经济并非自由市场经济，刘正国下海不过是到空间更为宽阔的笼子中飞，那是社会主义条件下的市场经济。刘永生自觉地摆正自己在市场经济中的位置，明确了自己的职能和责任。

在刘正国下海后，发生了一件一般人难以理解，但又十分抓人心的事情。

1999 年 10 月，他在宜都松木坪镇承包"松木坪交警中队办公楼"建造工程。他了解到，附近的江家湾煤矿有一位"易经大师"，能够从名字上看出一个人的命运来。出于好奇，也是由于下海两年来市场变

二儿子刘青成（中，2003 年）

数增多，命运多舛，不像在体制内那么稳定。他很想看看这位测字大师的水平如何，自己未来的命运如何。于是，他在一家餐馆里摆了一桌饭菜，请那位大师前来赏光、算命。说到刘正国这个名字时，大师说这个人以后会飞黄腾达。在场的人至今都十分崇拜这位大师。他们怎么也想不到，人间竟有如此智慧的大师！没有人能点破其中的奥妙，他们绝对相信大师的神机妙算。乐得信其有，绝不信其无。

我国的《易经》是先人智慧的结晶，它是基于天、地、人的基本元素来进行逻辑推理的科学。由于我们的祖先没有英文字母这样的符号来做推理演绎的代号，而是采用一些图形表示卦、爻来进行推理演绎。因此可以说，《易经》是"图形符号逻辑学"。刘正国在当地是有一定知名度的。我们无法知晓在饭局之前，测字先生有没有听说过刘正国的家庭情况，甚至去做过"功课"。可以说，测字算命这样一些活动或多或少都带着某些金钱目的，不能当真！听他的神说还不如去听一段德国作曲家罗伯特·舒曼的《梦幻曲》（Träumerei）来慰藉一下茫然、虚幻的心灵。

刘正国原有的社会关系和协作网是他下海的资本。刚开始的时候，仅凭这些"软资本"也只是有了部分的充分条件而绝非必要条件。下海后，真是步履艰难，不堪回首。在他下海创业两年多的时间里，修建宜都市一个国家机关某工程项目的那段时间是他最艰难的时期。

那年春节前夕，该单位主管财务的刘金贯到了腊月初才给付一笔工程款，刘正国就把这笔工程款发给了施工工人做工资。刘金贯原本承诺腊月二十六再付一笔工程款，结果没有兑现。因此，刘正国无法给工人兑付工资。对分包方的拖欠款主要是红砖、水泥、钢筋、预制板等原材料款和瓦工、木工、钢筋工、水电

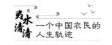

工的工钱，这些钱款都要在春节前结清。他把希望都寄托在发包单位刘金贯的身上。

之前，刘金贯向刘正国借1万元，刘正国的账上没有现金。临近春节，连工人的工资都无法兑现，哪儿来的钱借给他呢？结果，到了腊月二十七，有五六十个工人到刘正国家来找他讨账，刘正国没钱给他们结账。这些人就说，那就不走了，横竖一起过吧！于是，从中午开始在他家吃了一天饭，大部分人一直在他家待着不走。腊月二十八早上六七点钟，刘正国趁着天还未亮，从后院翻院墙出去借钱，想着一定要在腊月二十九之前把账结清。想得容易，做起来难。春节前，一般都是往里进钱，很少有向外借钱的，他只好两手空空地回到家里。围在他家里，已经等了两天一夜的人眼睛都熬红了。看到刘正国不知从哪里冒出来了，立刻把他围了起来。刘正国大声地对他们说："大家要听我说！你们也知道，他们（发包单位）没有跟我结账，如果结账了，我不会把钱捂着不给大家！大家跟着我做工程，也不是一两天了，喊了我那么多年的三哥！大家上有老下有小、拉家带口的，很不容易，都想带着钱回家快快乐乐地过个年。今天一大早，我是翻院墙出去给大家借钱的，还是没有借到。现在，我也走投无路了。要是听我的，今天我没得钱给大家。我刘正国保证，不会差在场人员的一分钱，来年五一之前要是不把钱还上，就翻一番。我刘伢子说话算数！"他又对工头们说，"工人是你们招来的，你们没钱给他们，才带到我这里来的，以此来证明不是你们的问题。你们是相信我，才跟我一起做事的。要是信得过我，就每个部门留一个负责人来谈怎么结账，其他的人先回去，好好过年。要是不听的话，你们就瓦匠拿瓦刀，木匠拿斧头，卖钢筋的切一段钢筋拿来，卖砖的把砖块拿来，都来跟我拼命！要钱没有，要命有一条！"在场的包工头和工人都沉默了。

要说五一节前把钱款结清，刘正国心里到底有没有底呢？要说没底吧，那也不一定，凭他的个人魅力和社会关系，那也是资本，他不会不知道这个底数；要说有底吧，眼下也确实无着落。他是个实在人，不会不知道这个实际。他用的就是缓兵之计，当务之急是先要把这些人稳住，过了年再说。当场跟着刘正国一起搞工程的项目经理，包括江叔良、陆崇洋等人也帮忙说情并做担保，这才把几十个人劝说回去，平平安安地过了个年。这事儿似乎还没有完结。

腊月三十上午10点钟左右，刘正国的儿子刘俊远远地看到工人陆甲行骑着车子过来，停在离他家不远的地方，车子的笼头上还挎着一个购物袋。那时，天还下着毛毛雨，站在雨中的陆甲行瑟瑟发抖地望着他家的大门。尽管刘俊还是个小孩子，但他知道此人的外号叫"陆麻木"，那是因为他能喝酒，喝醉了就"麻木不仁"了，所以得了这个雅号。他告诉父亲，"陆麻木"来了！刘正国走过去问他有事吗，陆甲行对刘正国说："三哥！我确实不想来。家中有老有小，都年三十了，家里一点小菜都没有。三哥！你无论如何都要搞点钱给我回家过年。"听后，刘正国二话没说，破例从节后工程启动资金中拿出 500 元来给陆甲行回家过年。

从这件事里，刘正国悟到，其中的关键人物是刘金贯，他既分管财务又分管工程，那是两条腿穿到一个裤筒里去了，"被窝里放屁——独吞"啦！虽然，刘正国和这个单位领导的关系都很铁，他原本认为，只要和上面的领导搞好关系，事情就好办，他哪里知道，县官不如现管！

生死碑

1998 年初夏，清江流域山洪暴泄，直接冲击宜都陆城西正街外佑圣观巷下面的清江堤岸。从上游流下来的清江河水在宜都陆城佑圣观下面，猛然拐了一个近乎 90 度的大弯，再流向东北方向，与 1 公里外的长江汇合。宜都陆城的佑圣观是 800 里清江最后一个转弯处。根据流体力学的原理，在这个

佑圣观巷外高坡

近乎 90 度拐点的南岸处洪水流速最大，对堤岸的冲击力也最大。佑圣观地势较高，下面是一个大约 15 米高的黄土高坡。那时，坡的下方，清江堤岸已经垮塌了一段，洪水若是掏空了佑圣观下面的土基，15 米高的黄土坡随时会坍塌，坡上几十户人家将面临家毁人亡的危险。同时，也会对紧邻的西正街带来连锁反应。这个过程可能是缓慢的，需要一个积蓄能量的时间，但也可能是瞬间发生的地质灾害。形势十分严峻！

1999 年初，宜都市委、市政府决定，在大水过后的枯水季节立即着手修建佑圣观水利工程。具体工作由分管农业、水利、抢险和防汛的一位副市长负责。

宜都市政府以陆城街道办为发包单位对全社会发包佑圣观水利工程项目。陆城街道办党工委书记负责具体工作,旗下成立了3个专班小组,由时任农办万副主任担任组长,王正能担任水利站站长,王大富任堤防中心站站长。这3个专班是陆城街道办事处的派出机构。

当时,很多人都不敢、不愿搞这个项目,认为工程难度大、风险大、时间短、油水不大甚至会亏本。刘正国承接了这个项目。作为工程负责人,他在该处立下了生死碑,决心要高质量建好堤岸护坡,誓死保卫宜都人民的安全!他把这块生死碑砌在了岸边的护坡上,就像他在7013工程中砌在墙上的那块长石头一样,把他的决心和誓言永远留在祖国的山水之中。

佑圣观水利工程的总体要求是,堤岸护坡基底宽为4.8米,层面宽1.8米,高7.1米,护坡11.8米。护坡是选用宜昌市南津关拉来的800方毛石做浆砌石,与混凝土灌浇成一体。

他带领300多人参加堤岸的抢修工作,学习九道河水库抢修大坝核心槽的施工方法,把施工人员分成三班连轴转,日夜不停地抢修。一班由外号为"李水货"的带队,二班由覃老儿(长阳县的老石匠)带队,三班由李正放带队。

佑圣观水利工程必须在当年6月雨季来临之前完工,满打满算也只有短短4个月的时间。因此,除非是极其恶劣、完全无法作业的天气,他们都要风雨无阻、不间断地施工。时间紧、任务重是他们遇到的第一个难题。他们面临的另一个难题是,所有砂石、水泥、填料等原材料必须通过船只水运到施工地点,再由人工搬运上岸,人工作业量非常大。

设备开始进场时,就遇到了大雨,工人是在边涨水、边砌石的情况下进行施工的。在调运设备进场时,刘正国的脚受了伤,他便拄着拐杖到现场去指挥。设备进场的前一天下起了瓢泼大雨,水泥搅拌机必须冒着大雨提前进场拖运到位。大雨倾泻,江水跟着就涨起来了。有一台搅拌机被淹没在一段10米长的进场路上,水深有1.5米。刘正国以一不怕苦,二不怕死的精神,不顾脚伤,带头跳入初春冰冷刺骨的河里去抢拖设备。他叫木工左老二(左发胜)下来帮忙,左发胜也跟着跳进了冰冷的水里。左老二在水里用撬棍撬动设备往前移动,上面的工人用绳索拉着设备前移。水下撬,地上拉,这样一撬一拉地,总算把搅拌机拉到了施工现场。这个场面恰巧被前来视察工程的副市长看到了,他夸奖道:"这个小伙子这么下蛮!"不过,这位副市长没有看到前面刘正国带头跳下水去的那一幕。尽管他们竭尽了全力,还是有一台搅拌机没有来得及抢出来,直到水位下降后才露出水面，再拖拉到位的。

　　整个工程的第一步就要在枯水期把水下基础打牢。这就要清理干净河床边缘的土石方，直至露出河床底部的红砂岩石层（地质结构层），这样上面的土石方基础才会牢固。除了杨兆培（外号"杨百万"）的挖土机可以进行机械作业外，他们没有机械钻孔设备。在岩石上施工，全靠人工用铁锤、钢钎、錾子凿孔作业。

　　刘正国懂得，要想跟时间赛跑，合理安排施工流程很重要，而不是一味地增加劳动强度、延长工作时间去做低效率的工作。施工中，当毛石垒到7.1米高时，就达到了脱离洪水危险的高度。如遇到雨大涨水的时候，可以进行堡坎里面回填鹅卵石和砂石混合料的工作。此时，施工队伍可以转到地势相对较高的坡岸进行砌石作业。这样的作业流程能够使施工稳步推进，有条不紊，合理有序衔接。

　　那时，负责工程组的组长万副主任经常对刘正国的施工作业提出不同意见。例如，在开挖基础的时候，发现有陈年的建筑垃圾堆放物，万组长要求要把底部向里掏空两米。刘正国凭借自己丰富的经验认为，这样掏空底部会引起滑坡，这不但会影响到坡顶上面居民的安全，也无法保证下面施工工人的安全。万组长却坚持向里清根开挖。这样就产生了矛盾。为了安全起见，刘正国说："要

佑圣观工程石料运输

佑圣观水利工程

佑圣观水利工地护坡

佑圣观工程施工

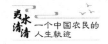

不你来负责！你不顾我们工人的死活，就不要在不懂的情况下瞎指挥。"刘正国怕耽误工期，撂下了一句狠话："你是一个三不懂的人：不懂技术、不懂图纸、不懂施工作业，又没有文化！要想工程顺利完工，有你没我！你留在这里，我走！"他激动得身体发抖，随手掏出一支香烟放在嘴上，本想使自己镇静下来，可是，打火机在他的手上不停地颤抖，火苗总是对不准烟头，气得他索性把嘴里尚未点着的香烟用力摔在地上。他这话说得是够重了。其实，这件事本是"秃子头上的虱子——明摆着"的！刘正国是工程的法定代表人，当然是他来承担工程质量的法律责任！后来，陆城街道办就把万组长调走了。3个月之后，只留下踏实肯干的王大富继续与刘正国合作。

工程队的刘华锋不光负责工程预算，还要安排好工程队工人们的生活。尽管当时的生活比起刘正国在九道河水库工地的生活要好很多，但是，深有体会的刘正国还是想方设法去改善施工工人们的生活。他安排刘华锋每天早上要挑着一担足够370多人吃的包子送到工地来犒劳大家。所以，刘华锋是工地上很受欢迎的人。

通过齐心协力，克服了重重困难，历时4个月，在雨季来临之前，他们圆满地完成了佑圣观水利工程施工任务。向宜都市委、市政府和全体宜都人民交上了一份满意的答卷。

回忆起当年的情况，刘正国不无感慨地说，不管当时的条件有多么艰苦，也不管赚不赚钱，排在第一位的是要用高质量的工程建设保证宜都人民的安全。要不惜一切代价，克服一切困难，保质保量提前完成任务，走在洪水的前面。

说起那块砌在江边护坡上的生死碑，还有一个来历。为了表达确保工程质量的坚定决心，他借用了一位领导的"坐骑"，和王大富一起到宜都香客岩去定做了这块石碑，以此做终生质量保证碑。碑上刻着"红春建筑公司，承建人刘正国"及年、月、日。他承诺，如果此段护坡出了质量问题，他私人掏钱重建。当时，30多万元的水利工程款均未能提前拨付，都是工程队垫付或赊欠的，工程验收结束后才结账。直到现在还有几千元没有结清，就算是他对工程质量的后续保证款吧。

在刘正国下海两年多的时间里，他直接承包建设了以下几个工程：

1997年宜都市社会保险局

1998年宜都市看守所

1998 年宜都市公安局宿舍楼维修、交警大队宿舍楼维修、交警大队新建门面

1998 年宜都市八字桥停车场

1998 年宜都十里铺邮电分局

1998 年宜都市公路工程公司和公路段加油站

1998 年宜都市电信局维修

1998 年宜都市电信曾家岗邮电分局

1998 年宜都电力局维修

1998 年宜都中笔变电站维修

1998 年宜都市枝城镇交警中队

1998 年宜都红花套运管所

1998 年宜都市八字桥大沟整治

1999 年宜都市松木坪镇交警中队

1999 年清江河佑圣观段护坡抢险工程

1999 年宜都文峰公园修建大弥勒佛

1999 年人民银行球场

2000 年宜都市民政局殡仪馆改造

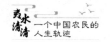

七、转　化

入　党

　　由于改革开放后，市场中的各种经济成分多了起来。在一个空间不大、没有什么外来资本注入的村子里，集体企业和个体企业同时存在的情况下，二者之间的管理运作模式和收入差距是存在的。如果掌管村集体企业的人思想认识和觉悟水平不是很高的话，那就必然存在着"干好干坏一个样"的现象。更有甚者，那些揣着私心干集体企业的人会错误地认为，反正是村集体的资产，把吃喝玩乐的钱巧立名目在集体的账目下报销了，集体企业即使亏损了也可以把责任推得一干二净。甚至还会吃里爬外，不顾员工死活，不顾集体财产流失，这样的企业不垮台才怪呢！

　　1990 年，全家店村办枝城市毛巾一厂破产倒闭了，接着又发生了一系列的连锁反应。截至 1995 年，村办的全家电商店、红春加工厂、红春餐馆、招待所等，连年亏损，已经走投无路了，不得不包给私人。

　　在"夷水之春"思想解放的过程中，枝城市各级党委、政府和企业认清了"姓资""姓社"的判断标准——企业的产权形式不是判断资本主义和社会主义的唯一标准。1993 年 8 月 8 日，枝城市首家私人股份有限公司——枝城市华月股份有限公司在松木坪镇江家湾成立，时任市委书记到会剪彩、讲话，表示祝贺。

　　1997 年，在刘正国下海不久，全家店村办企业开始改革转制，成立了以刘永生书记为组长的改制 5 人领导小组，对全村村办 16

村办企业经济合同

家企业进行清仓盘点、登记造册、建立台账，决定这 16 家企业按照改制方案，一律改制为"公有私营"租赁模式并与承租人签订了租赁协议。在刘正国下海之后，仅仅两年的时间，包括村办酒精厂在内的十几家村办集体企业全都转制了。

1999 年上半年，刘正国作为工程承包人，带领 300 多人日夜奋战，抢修佑圣观水利工程。他把"生死碑"砌在清江最险段的堤岸上，以此来表达誓死保卫宜都人民生命财产安全的决心。他的表现得到了宜都市陆城街道办和村里的好评。

一方面，是村办企业的现状，另一方面，是村书记刘永生对成长中的刘正国的表现和能力的认可，他很想让刘正国回到村里来工作。他早就对刘正国寄予很大的期望了，相信他对村里的发展能做出更大的贡献。刘永生认为，虽然刘正国还"嫩"了点儿，但是可以通过教育培养，赋予他更重要的担子，让他在实践中锻炼成长。他把这个想法向陆城街道党工委做了汇报，得到了街道办党工委的支持。然而，他的想法一时半会儿还无法得到村两委里其他人的认同。一些人认为，那刘正国连个党员都不是，要是把他放到一个重要的领导岗位上去委以重任，那不是一步登天了吗？一个更为重要的思想障碍是，要发展一个个体户老板入党，那还得了啊！深谋远虑的刘永生打算分几步走。能不能走得通呢？

首先就是刘正国的入党问题，不是党员就很难参与村里的一些领导工作。早在 1991 年 6 月 18 日，刘正国还在陆城砖瓦厂担任厂长期间，他就写过一份入党申请书。根据他之前的表现，例如，他积极认缴村提留费用，支持村里的工作；在砖瓦厂深夜的暴雨中，刘正国不顾个人安危，叫周立康拉住捆在他身上的绳索，冒着滂沱大雨跳进激流中打开闸板放水，保住了窑炉不熄火，保护了集体财产未受损失；在佑圣观水利工程中口碑甚佳，等等。这些都足以说明，他是可以作为一名入党积极分子来培养的。上一次，他的入党问题未能获得村总支通过，其中一条重要的理由是，大家认为他"滑头"，不太靠谱，担心他的立场不稳。那以后，刘正国

时任宜都市委副书记周志坚（右一）、陆城街道党委书记陈红林（右二）、时任全家店村党总支书记刘永生（中）到经商代表刘正国家中调研

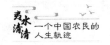

就再也没有写过入党申请书了。他想，只要自己思想上入党，按照党的要求去做，好好完成上级交给的任务，对得起老百姓就行了，留在党外一样工作。

1999年，宜都佑圣观水利工程即将结束的时候，根据刘正国多年来的表现，刘永生找他谈入党的事情，希望刘正国先到村办的红春集团公司任副总经理，作为兼任总经理刘永生的助手，管理村办企业改制和尚未改制的几家村办企业的管理工作，暂不进村领导班子。刘正国的顾虑是，他自己干了那么多年的一把手，要在别人手下做事，恐怕甩不开膀子，怕是做不好工作。因此，他还是想回去做自己的事情。可是，刘永生认准的事是不会轻易放手的。为此，他在家里时常唠叨这件事情，有时还吃不香、睡不好。他的夫人龚英达知道了此事之后，为了分担丈夫的忧虑，私下里找刘正国谈了两次话，启发他的政治觉悟。这让刘正国的内心重新燃起了加入党组织的熊熊烈火。他们终于做通了刘正国的思想工作。刘正国表示，不但要自己致富，更要带领大家共同富裕。于是，只读了两年书的刘正国请人按照他的口述写了一份入党申请书初稿，他再认真地誊写了一遍，郑重地交到了刘永生的手中。

1999年6月14日，刘正国正式加入中国共产党。

红春实业公司副总经理

1999年10月，全家店村党总支换届选举，刘永生力推刘正国做村总支委员候选人参选。由于总支委员肖士金已经在村里分管工业多年，刚刚入党的刘正国无法和他竞争，所以就落选了。刘正国觉得，既然落选了就回去干自己的工作吧。

1999年12月，在刘正国下海两年之后，担任了全家店红春实业公司副总经理。这个副总经理可不是那么好当的。村办企业改制是一个新事物，头绪很多；村集体的经济收入模式随之变化，需要适应；宜都市土地局、财政局和城建局都欠着村里的资金；剩下几家村办企业也收不到什么钱，村集体的账上没有钱。时值年底，连购买年终表彰大会上发放奖品的钱都没有，更别说那些计划列支的项目。实在难堪呀！

刘永生要求刘正国上任后，立即着手到上述机关单位去催款。他给刘正国下达了硬指标，必须收回15万元欠款。他对刘正国说："你只有完成任务了，才能给村干部和老百姓一个交代。"

对刚上任的刘正国来说，这是一个时间紧、任务重的大难题。春节前上门讨债，他不是没有经历过。几年前，他对大闹某局长办公室的情景还记忆犹新。此外，那年腊月二十八，因发包方拖欠工程款未能兑付工人工资，他被围攻、堵门、翻院墙、求爷爷告奶奶和刀光剑影的玩命场面都还历历在目。不过，此时的刘正国非彼时的刘正国了，硬任务、死命令对他而言既是一个挑战也是一个考验。他的硬汉子形象已在宜都出了名。他要做出一个样子来让红春的老少爷们儿看看他刘正国是块什么料！

刘永生虽然给刘正国下了死命令，但多少还是有点放不下心来。他很清楚，已经是腊月二十八了，要想把这些钱都收回来，难度很大。未承想，凭着刘正国的关系和名声，他硬是从 3 个政府部门收回了 15 万元。可还是不够呀！刘永生想好了一个万全之计，在年关即将打烊的时刻，他拿着自己的身份证敲开了姚店区信用社的大门，恳请贷款 5 万元。这才勉强度过了春节年关。

到 20 世纪末，经过 20 多年的改革开放，全国的城乡面貌已经发生了巨大的变化。随着城市化的进程加快，城市中心不断地向外延伸扩展，社会事业和市场经济对土地的需求与日俱增。然而，在刘正国受命担任红春实业公司副总经理之时，全家店还是 20 世纪 80 年代之前农村的那种原始风貌，山还是那座山，田还是那块田，农民还是过着日出而作、日落而息的农耕生活。

改革开放后，宜都城市的整体面貌在悄然地发生着变化。当时，宜都陆城街道正在修建长江大道，路基已经开挖了。刘正国敏锐地意识到，这条路将会是城市新城区东西走向的一条繁华街市。于是，他有了一个"土地变黄金"的想法，提出把从村民杜少华的住房到向荣超的住房之间大路旁的一侧对外出让，做宅基地，一处宅基地收取基础配套费 6 万元。按照规定，这个地段的土地用于楼房建设，需要缴纳 150 万元的"三通一平"城市配套费。这对全家店村而言是很不现实的。刘正国就去找分管城建的副市长反应村里的诉求。经过多次请示和汇报，最后只交了 15 万元的城市配套费。从此，全家店村就有了自己发展的第一桶金。这便是撬动全家店村社会经济发展的杠杆和启动资金。

以地生财是刘正国手上的一个筹码，他的眼里还盯上了另一个地方，那是原来全家店二组，位于五宜大道旁的堰塘，面积约有 1 亩地。宜都市政府批准该地建高楼出售，可用于增加村里的集体经济收入。后因市政府搬迁至对面的人民广场处，所以暂停兴建。

刘正国还提出了一个方案，他想从清江二桥红绿灯起到红春公园的道路两

边，引导村里有能力的人到路边去建房子。在建好的3间门面房中，要拿出1间交给村里管理，用来发展集体经济，村里以免收宅基地土地使用费予以补偿。不过，刘永生未采纳这个方案。虽然他的这些方案有的成功了，有的被否决了，但是，整个全家店这盘棋开始被盘活了。刘正国的思路活跃，呈开放式多点散发、变换链接、多维度视角的态势。但是，他接受、服从党组织的领导，执行党组织的决议，不被书记采纳也绝无怨言。

2000年，全家店村有耕地1000余亩，其中西湖垸内的800亩耕地，因长期种植粮油作物使土壤肥力减弱，效益下降。同年12月12日，经村民代表大会讨论，村党总支和村委会研究决定，将其开发为千亩椪柑生产基地，计划投资200万元来建这个基地。同时成立宜都市红春椪柑开发有限责任公司，负责

椪柑基地

管理该基地。12月14日，宜都市陆城街道办事处拟定了《关于建立宜都市红春千亩椪柑基地的请示》报告，向宜都市人民政府请示立项，获批。2001年，红春实业公司向陆城街道办报告，申请将椪柑基地纳入国家农业综合开发项目。宜都市全家店村成了陆城街办的试点单位之一。

项目上马，责任上肩，层层落实，任务到人。2001年正月，时值寒冬腊月，寒气逼人，工作进展得较为缓慢。春节过后一上班，陆城街道办事处就派工作人员到现场检查工作。他们发现道路、排水渠道都没有按序时进度建好、到位。时任陆城街道的党工委书记听到汇报后大发雷霆，带领组织委员等班子成员到全家店西湖垸现场检查指导工作。这位书记毫不客气地说："谁不积极推进工作就撤谁的职！"全家店刘永生主动承担责任，表示一定抓紧工作，按序时进度完成任务。时任红春实业公司副总经理的刘正国当场表态，一定在一周内，在前面施工的基础上全部完成西湖的道路、排水渠道工程的剩余部分。从那天起，刘正国自加压力，忙前跑后、加班加点，终于在正月十五之前把道路和排水系统全部建好。时任村委会主任向荣超又到湖南去购买了椪柑苗木，赶在3月之前全部种好。树苗栽种好之后，刘正国又担负起苗木的守护工作。他每天开着他那辆桑塔纳轿车往基地跑，日夜值班守候，防止苗木被盗，就像守护自己的孩子一样，生怕出一点点问题。

度过最艰难时刻的刘正国紧跟宜都城市化进程的步伐，把目光转向土地开发利用。2002年，刘正国了解到，浙江的一位房地产开发商要求在红春兴建"名都花园"。经协商，刘永生代表村委会与开发商签订了总计508亩的土地使用转让协议，以5万元/亩的价格出让土地使用权，供开发商进行连片整体开发。

作为一名主管经济工作的村干部，刘正国在担任红春实业公司副总经理后，对学校教育工作也十分重视。虽然他自己没能受过很多学校教育，但他不想让自己的经历在孩子们的身上重演。由于宜都基础教育改革，小学布局调整，村里不再管理村办小学了，刘正国却并不因此对学校撒手不管。听说"陆城五小"的微机因无力维修要上交，包括刘正国在内的村干部立即达成一致意见，每年由村里支付4000元维护费，一定要把电脑给孩子们留下来。新学期开学，刘正国便带着村干部到学校去了解落实情况，并在教师节给学校的老师们送去了3000元的慰问金。后来，经村领导班子研究后，再次拨款10000元用于学校微机升级，升级后，该校三至六年级的学生每周都可以上一次电脑课。

全家店村党总支书记、村委会主任

2003年9月，"村改居"时合影

红春社区"两委"班子合影（2017年）

2003年5月，宜都市陆城街道党工委任命刘正国为全家店村党总支书记。同年9月18日，"全家店村"改名为"红春社区"，实行"村改居"。9月25日，刘正国被选举为红春社区居委会主任。至此，刘正国是书记、主任一肩挑。这一年刘正国50周岁。政治上，他已经成熟了，社会经验丰富。他在社会主义市场经济的浪潮中摔打揉搓，培养出了坚韧不拔、钢铁一般的意志。他所经历的人间疾苦，非常人所能比拟。他明确承诺，要带领大家共同致富。他是这样说的，也

是这样做的。这样的人来驾驭一个社区的社会、经济工作，上级党委和人民群众是信得过的。这也是刘永生对他的精心教育、培养，几步走的最终目的。

接纳刘正国这样老板型的企业家入党，当社区书记、主任，社会上还是有一些议论的。一个普遍的看法是这些人的党性问题，也就是这些人是否适宜做无产阶级先锋队中的一员。一般都承认他们是社会主义市场经济的弄潮儿，是其中的先知先觉者。如果他们能够做到承认党纲、党章，听党的话，执行党的决议，遵守党的纪律，永不叛党，带领大家共同致富，那么，党员的身份与个人财富的多少就没有直接关系。无产阶级先锋队的成员不都是无产者，我党、我军历史上很多著名的领袖和将领并不都是无产者出身。中国共产党的党章中也没有规定"滑头"（灵活、机智）的人不能入党。

2003 年 12 月，刘正国当选社区居委会主任

2003 年 12 月，社区居委会主任选举大会在原陆城五小举行

时任宜都市委书记在一次党员大会上明确提出，要在宜都培养出至少 5 名资产过百万的村书记以及更多的老板型的村干部。这在政治上给予刘正国很大的支持。

改革开放后，大力培养、选拔和任用知识化、年轻化的干部走上党和政府的各级领导岗位。在宜都市陆城街道 19 个村、社区书记中，多数是年轻干部。大胆起用年纪较大的刘正国担任红春社区书记，充分展示出宜都市委和陆城街道党工委独具慧眼、不拘一格、实事求是遴选人才的政治胆略。启用刘正国，是"夷水之春"思想解放的成果。

要说刘正国的党性和领导能力，那是没话说的，他是坚决执行党的决议的一头"犟牛"。他常说，村子里的事，他只按市委书记、市长和街道书记两级党委的决议来办。如果有人为了某些事找他拉关系、打招呼、套近乎、请客送礼，那就找错人了。他的回答都是老一套："你去问问市委书记或市长吧，看看他们同意不同意！"这几乎是六亲不认、不近人情了。他解释道："听书记和市长的就是按文件办事。很多事情都是经过反复研究后得出结论，再制定成文件下达的。这又不是小孩子过家家，不是随口说说的事情，怎么能说改就能改的呢？"

全家店"村改居"就意味着，村里的农民变成城里人了。虽然不是所有的人都愿意做城里人，有的人还是习惯农村生活，但是多数人的梦想变成了现实。光是身份转变了还是不够的，不再靠种田吃饭的农民拿什么来养活家人呢？这一直是刘正国思考的问题。中国革命的主要问题是土地问题和农民问题，"耕者有其田"是多少个世纪以来革命者们追求的目标之一。现在，从表面上看，世世代代的农民转变为城市居民，没有了土地。那么，我们革命的目标达到了吗？刘正国曾经承诺要带领大家共同致富，他在努力地实践也在不断地探索，以什么样的途径才能够使大家达到共同富裕呢？社会上有各种各样的议论，至于结论只有借用那句名言："实践是检验真理的唯一标准。"

"村改居"以来，有几十家市一级重点项目落户红春社区。社区结合自身的区位优势，改变农业生产传统的思维模式，积极推进城市化进程，大力发展城市第二、三产业，先后兴建了红春停车场、红春金属加工市场等。

那时，最常见到的问题就是征地、拆迁、盖房子。刘正国认为："这些事牵涉农民的根本利益，我们要给村民谋福利、解决问题，就要平衡各方的利益诉求。单独一方要求通融就会破坏原有的平衡格局，损坏其他方面的利益。我们的工作要做到公平、公开、公正，才会使各方面都满意。"按照党的决议和要求来做并注意平衡社会各方利益是他行事的原则。

首要的问题是，如何把征地拆迁安置和经济发展紧密地结合在一起？由于拆迁征地的情况越来越多，难度很大，占用了社区领导班子很多精力。如果前面的拆迁户安置不好，必然会给后来的征地拆迁工作带来更大的麻烦，新旧矛盾交织在一起，那就崴泥啦！尽管土地需求紧张，发展经济必需的土地还是要安排的。他看准了商机，就是要紧密结合征地拆迁安置，修建一条街和一个综合停车场。

那时，宜都南清纺织厂因扩大再生产，需要征用原六组、七组、九组的土地和房屋，一些坟地也需要迁墓腾地。宜都建设规划部门计划在原六组的区域内建设一个小区用于安置搬迁户，但村民们对此安置方案不满意。

刘正国考虑，拆迁安置后，拆迁户们要有较为稳定的经济收入，不但不能减少收入，还要有持续的、更多的发展机会。他仍然想选择一个较好的地段，规划

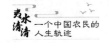

建设一条街，让拆迁户在那里经商、置业，为他们提供良好的硬件设施来发展。拆迁安置的村民可以把街道两旁房屋的一层当门面房，用作商品经营或出租。兴建这样一条街，既解决了城市发展的问题，又使得被征地的农民家家有门面、户户有收入、年年有财源。经济发展了，居民们安居乐业了，社会才会稳定。

新建的这个街区要实现"三个转变"：转变农户"散居状态"，转变农民的"种地观念"，转变农村的"经营理念"。刘正国形象地把这个转变叫作从"种庄稼"到"种房子"。地征了，把原来用于堆放农具等物品的附属房屋维修了，用于出租给外来人口居住，这是发展"租房经济"，实现从农业到第三产业的转变。这样做后，土地出租效益数倍于农业生产效益。

位于红春社区三组的周边已经有很多家市一级的企业在此落户，流动人口大幅增加。凭借区位优势，被征拆搬迁的居民可把一楼当作商业店面，既可自主经营也可租赁经营，二楼、三楼的住房可用于出租。这样就解决了被征拆居民的经济来源问题。

经过反复对比与思考，刘正国提出一套新的方案，计划在离古老的"钱家店街"不远处，位于六组（现红春三组）的地方，建设一条与人民大道相连接的支路，沿袭"钱家店一条街"，改叫"红春一条街"，占地48亩，可安置拆迁居民145户。由于地段好，升值空间大，定会受到征地拆迁户的欢迎。这也是为了留住钱家店的历史记忆，传承宜都古老的民俗文化。宜都市政府批准了这个方案并负责解决"三通一平"的建设问题。

2004年，红春社区建成了一条宽8米、长300米的"红春一条街"，可容纳安置150户征地拆迁户。随后又不断地向街道两边纵深发展、扩建。到了2015年，这里共有185户居民业主，常住人口740人。"红春一条街"成了宜都市陆城城区的一个新地名、新景观、新的人流物流集散地。

在"红春一条街"修建期间，沿着原人民大道一侧有一个大约4亩的地块，村里规划在此修建一个农贸市场。但根据宜都市的整体规划，要在这里配套建设一个公园。为此，刘正国向市里提出置换地块的要求，以便解决农贸市场的用地问题。他看中了莲花堰红绿灯二桥加油站后面，靠南的红春二组的一块地方，他想置换这个地块。他向有关市领导做了汇报，市里研究后，此项目获批。然而，社区的干部和部分村民代表对此做法不理解。

于是，刘正国把部分村民代表带到浙江省台州市路桥区实地考察学习。通过学习外地先进经验，大家的思想解放了，赞成了刘正国的做法。于是，村里又在市建设规划的名义下与姚店乡莲花堰村签订了 3 万元／亩、共计 24.2 亩的土地征用协议，在此兴建一个综合停车场（现红春金属加工品市场）。后来，这里成了村集体经济收入的一个主要来源地之一。

"红春一条街"建成之后，市一级在此安家的项目逐步增多，先后安置了南清纺织厂拆迁户 40 户，首佳陶瓷厂 12 户，宜华一级路三江村拆迁户 3 户，东阳光一号地解放社区拆迁安置 16 户，杨守敬小学、宏基公司、东阳光三号地、枝城楼子河村拆迁安置户等 74 户。

在此期间发生了一件耐人寻味的事情。

为了肥水不流外人田，刘正国把上述施工工程的劳务部分交给本社区的人来做。工程结束时，承包商觉得自己吃亏了，没有赚到多少钱。他怎么能有刘正国那样精明老到呢？刘正国从青少年时代就和建筑施工工程打交道，工程预决算那是透熟。他会让利给承包商，但不会有很大的油水。承包商没有赚到很多钱，有些愤愤不平，便带着凶器想找刘正国扯皮。社区里的人听说此事后，一个传一个地来到刘正国的办公室，大家围在那里聊天、抽烟，不明实情的人说不清是怎么回事。刘正国也感到有点不对头，便问他们有什么事。前来的人告诉他："有人要来找你的麻烦，他还带了刀子，我们是来保护你的！"刘正国听后笑了起来。他什么场面没有经历过？讨债、要钱，刀光剑影的场面都没有吓倒他，这一次还能闹腾到哪儿去呀？他不信那个邪，对大家说："有什么麻烦好找呀！一切都是合法、合规的，所有工程都是按合同来执行的。"他看大家还不走，就对肖士金副书记说："你去告诉那个承包商，我有最硬、最大的后台！我的后台是中国共产党，我的权力是 4000 多位居民给的，是老百姓选出来的。所以，这里我的权力最大。有话好好说，如果想通过武力让我答应他提出的无理要求，那我还当什么书记呀？一个人怎么能没有半点正气，没有半分骨气呢？"

在基层工作过的人都知道，有些事情黏黏糊糊的就搞不好，讲究工作方法也是在原则、是非清楚的情况下来做的。稳定是各方利益平衡的结果。刘正国在一次居民大会上很直白地说："你们选我当主任是大家的福气！如果整个班子选好了，能够全心全意为百姓办实事，那就是大家的福分！"很多农民就喜欢他这个性格，不兜圈子，不绕弯子。

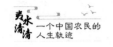

心系民生

改革发展要抓两头、两头抓。抓两头带中间，"两头抓"是一头抓发展，另一头要抓百姓的后顾之忧。抓发展要让大家看到希望，而解决百姓的后顾之忧则可以起到稳定人心的作用，更有利于推动发展。刘正国深谙其中的道理：一个地方的执政者，如果不把社会问题的解决当作"主义"来抓，能说他们是在真心地搞社会主义吗？要把资本保值增值过程中带来的社会问题当作"主义"来抓，那才叫真正的社会主义。社会上"一老一小"的问题就是地地道道的社会事业问题。

刘正国上任之后，以经济建设为中心，大力发展经济。在经济发展取得一定成绩的同时，他十分重视解决社会人口老龄化的问题，这就稳住了人心。社区两委班子成员根据社区人口现状，着力解决老有所乐、老有所依、老有所养、老有所葬的问题。这就要先解决"钱从哪里来"的问题。社区从房子入手，把房屋租赁出去，增加居民的收入，让房子变成居民的提款机；社区还拿出一部分公积金，为被征地居民解决老有所养的问题，对500多个参加社会养老统筹的人给予一定的补贴；社区100%的居民都参加了合作医疗，看病住院可以按比例报销，实行"众人抬一人"的互帮互助的合作机制。

"老有所葬"是中华民族的孝道，是重要的社会事业组成部分。红春社区内原有100多座坟墓，迁坟是一件比较麻烦的事情。随着城市化进程不断进展，这是不得不解决的问题。刘正国提出来要在较偏远的地方建一个永久的公墓，供后人瞻仰、祭扫。

那时，宜都五眼泉乡招商引资，引进的马来西亚陶瓷厂是占用红春社区土地建厂的。刘正国就与当时五眼泉工会主席黄昌鼎联系，希望能在五眼泉征用10亩地用于修建社区公墓。他们一起对周围的环境进行考察选址。最后，选址在美丽的渔洋河边，风水上佳的响水洞村。在征得响水洞村谭照望书记的同意后，将有关方案报送到宜都市民政局，未获批准。刘正国去找市委副书记汇报、请示后，终于在陆城街道所辖的社区中，成为第一个获准由社区修建公墓的基层单位。他们在响水洞村共征地12.71亩，每亩50元，山上的树木按每亩2500元支付，合计32410.5元。

从响水洞村到新建墓地的道路不通畅，谭照望书记希望刘正国帮助村里修建一条水泥路直接连通主干道。双方商定，由响水洞村提供土地，红春社区负责修路，他们一拍即合。

2003 年 11 月，红春社区在五眼泉镇响水洞村征用的山坡上建成了一座新的墓地，并迁坟安葬 495 座。红春社区投资了几十万元修建的通往墓地的水泥路也建成通行。这给当地农民交通出行和乡村的经济发展带来了益处。

2010 年，根据墓地的实际情况，响水洞村的墓地扩展受到了一定的限制。于是，社区又在姚家店新桥河村征用了 45 亩山坡地，投资 70 多万元用于道路平整等基础设施建设，建成了一个新的墓地。这里已经安葬了近 400 位故去的老人，使得老有所葬的问题得到了进一步解决。

土地置换在城市化进程中不失为一个好的办法，既解决了社会问题，又解决了资金问题。刘正国常常说："不要牌子，不要面子，只要老百姓能过上好日子。"红春社区很多人都知道他的这句名言。

八、重绘山河　再谱新曲

2005 年 10 月 8 日，中国共产党十六届五中全会通过了制定"十一五"规划的建议，提出要按照"生产发展、生活富裕、乡风文明、村容整洁、管理民主"的要求，扎实推进社会主义新农村建设。建设社会主义新农村是党的十六大以来，党中央为解决农业、农村和农民问题做出的重大战略部署，"三农"问题解决不好直接影响全面建设小康社会战略目标的实现。

那么，在全家店村有没有新农村建设的过程呢？应该说是有的。但是，由于全家店村紧邻宜都城市边缘，新农村建设还没有起步多久或者说还在规划的时候，就与宜都市城区的城市化同步进行了。因此，严格地说，红春社区是伴随着宜都市迅猛发展的城市化进程迅速地改变自己面貌的。从时间节点来看，这里的社会主义新农村建设和城市化进程的分水岭应该是 2003 年 9 月，从"村改居"，即"全家店村"改为"红春社区"那时开始的。其实，在那之前，全家店村的规划与建设就已经纳入宜都市城区范围总体规划建设之中了。

城市化进程是一个多维度、多学科的社会经济问题。一般人很难说清楚这些理论。这也是刘正国的前辈从未遇到过的新问题，时代的重任压在了处于改革开放实践第一线的刘正国这一代人手里。如何在这种新形势下改变红春社区世世代代赖以生存的山山水水呢？没有现成的答案。创新也不是基于无源之水、无本之木的肆意空想。刘正国有他的一套想法和做法：一头紧跟党中央的部署，坚决执行市委、市政府和陆城街道党工委的决议；另一头切实关注百姓的根本利益，坚守可持续发展的理念，在战争中学会战争。首先，要社区领导班子统一思想，集中大家的智慧，拧成一股绳，共同担负起这个前所未有的、艰巨的历史任务。这不仅仅是作风民主的问题，也是应有的科学工作方法。

红春社区溯源

说起全家店这个地名的来历，还有一段故事。传说清朝末年，在宜都县陆城西南，几个本土乡民在此开了几家店铺，逐渐形成了半边街。一天，从湖北松滋县逃难来了一户钱姓父子，拉家带口落籍在这里。钱老汉的儿子钱贵憨厚、勤劳、孝顺，儿媳妇方氏贤惠、孝顺、做事麻利。他们生有两个女儿，大的叫春香，时年 6 岁，小的叫春莲，4 岁。这二女长得秀丽、水灵、乖巧。3 天后，钱家父子在这条半边街上做起了油条、麻花、包子、肉皮清炖绿豆汤的生意。当地的一些老人常到这里来喝茶、聊天、品酒，好不热闹！有人赠笔墨"钱家店"，这条街便从此得名。

转眼 10 年过去了，钱贵的两个女儿也长大成人，生得亭亭玉立、娇嫩欲滴。好多人上门提亲，终因高不成、低不就而未果。

社会上一恶棍，欲强逼钱家两个女儿成婚、纳妾。这个恶棍逼死了钱老汉还撂下狠话说，两顶轿子已经备好，5 天后上门接人。钱贵迫于无奈，三十六计走为上计，趁着天黑，携家带口坐船沿长江而下，往荆州方向漂流而去。

为了怀念钱家人和人们时常光顾的那个小店，当地人便把这个地方叫作"钱家店"。这里不仅是繁华的街市，也是本县几个乡的人进城和通往五峰县的必经之路。其实，钱贵逃离之后，这一带就没有一户人家是姓钱的了。那么，钱家店又是怎么演变的呢？

1865 年，清同治四年"钱家店"为有史可考的宜都行政区划之一。那时，宜都境内分为 14 铺，钱家店为一保，属莲花铺管辖。直至民国时期，钱家店一直属莲花堰乡管辖；

1954 年 9 月，"钱家店"改叫"全家店"，成立了全家店初级农业生产合作社，归属姚家店区管辖。因本地话"钱""全"同音，也许，这是为去资本主义化而做的改变；

1961 年 4 月，"全家店村"属姚店区"红星人民公社红春生产大队"，简称"红春大队"，下设 10 个生产队；

1981 年 9 月，"红春大队"更名为"全家店大队"；

1984 年 2 月，人民公社撤销后，"全家店大队"改叫"全家店村"，属姚店区莲花堰乡管辖；

1985 年 11 月，姚店区"全家店村"划归宜都县陆城镇管辖，更名为陆城镇"全家店村"；

2003 年 9 月，"村改居""全家店村"改成宜都县陆城街道办事处"红春社区居民委员会"，合并成 7 个居民小组。

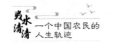

我国很多地名的演变都有着一段历史故事，后来成了民间传说，说得深一点那是文化、是历史。经过一次社会变革就有可能改一个名字，这些名字串联起来便是社会演变的历史碑刻！

历史的进程来到了刘正国的面前。他要面对的现实是，自 2005 年以来，红春社区共有 1750 亩土地被征地拆迁，有 390 户被征地拆迁的农民需要解决生计问题。如何让这些拆迁征地的农民搬入理想中的新居？而不是把矛盾上交，甚至留下后遗症，不断上访；被征地拆迁农民的身份如何转变以适应新的环境？他们的吃饭问题如何解决？未来的规划与建设的蓝图如何勾勒？文化的继承与发展如何衔接？等等。

自 2003 年 5 月，刘正国担任红春社区书记伊始，这一方山山水水就交到了他和红春一班人马的手上了。如何在这个山清水秀的地方画出最新、最美的图画，这是绕不过去的历史试卷。可选择的答案是：建高楼大厦组成"水泥森林"的"现代化"社区；画出一个地块，无为而治，让征拆户自由建房；建设带有地方特色的水乡园林花园。抑或是其他选项。

学习动员　　考察调研

自 2002 年开始，按宜都市政规划，市一级重点项目和工程相继落户全家店村。特别是 2003 年"村改居"之后，大量征用土地和房屋搬迁，尽管在 2003 年征地拆迁的补偿标准已达 2 万元 / 亩，但是，社区内的一些农户失去了世世代代赖以生存的土地，那种失落和茫然的心理是拆迁补偿费短时间内无法抚平的。红春社区"两委"积极配合市政府做好征地拆迁工作，尽量向上争取优惠政策。同时，严肃法规、纪律，保证补偿款如数发放到被征地拆迁的各家各户。然而，最根本的问题是如何更好地解决被拆迁居民的生计，短期内做到收获大于损益，从长计议，能有更好的收获预期。社区"两委"多次开会研究，同时，还多次召开居民代表大会，听取意见和建议。大家一致认为，分散安置不如集中安置好，至少千百年来形成的乡里乡情还维系在一起；为了达到缓解矛盾和可持续发展的需要，应该把社区内较好的地段拿出来集中安置，形成土地的规模效应。于是，他们选择在城乡接合部，位于古老的钱家店附近，统一规划、统一设计、统一建设、统一管理，建设"红春一条街"。把它建成功能完善、生活方便、有利经商、便利交通（包括停车场）的宜居、宜业的城市骨干道路。

　　2003 年，按照上述思路规划建成的"红春一条街"是刘正国在农村城市化进程中第一个成功的尝试。这给了他一个启示，在城市总体规划的前提下，要妥善处理好方方面面的利益关系，特别是要处理好被征地拆迁农户可持续发展的问题。他认为小打小闹、拆东墙补西墙的建设安置方式所带来的经济效益、社会效益不如土地集中利用的规模效益明显。特别是那种小打小闹、小农经济的思想，不利于本土文化的传承与发展，一定要把本土文化融进新的社区建设中去，"种房子"要种出特色来。

　　接下来的规划和建设如何搞？他的头脑里已经有了一个渐进清晰的模式。刘正国设想，要规划建设一个兼具居住与民俗文化的区块，建成一个将文化、商贸、旅游观光与休闲、购物融为一体的民俗文化村。从建成的一条街进而到规划一个富裕、集成的区块。但那毕竟是头脑里的设想，这么大的事，他知道不能草率地决定下来。如何把个人的意志变成集体的意志，他有想法也有办法，就是思想动员、集体讨论、实地考察，达到齐心协力的目的。

　　2005 年 3 月，刘正国带着红春社区副书记肖士金、会计刘永平、司机刘才玉和熟悉交通的居民陈绪清一行 5 人，开着刘正国的东风雪铁龙私家轿车前往重庆、四川考察调研。那时，社区的经济条件有了很大的改善，红春社区居民已经拥有几十辆小轿车了。因此，开车出行是常有的事。

　　他们考察的目的是，在成功建设"红春一条街"的经验基础上，要建设一个规模更大、富有文化特色的红春居民小区。此外，随着交通道路建设的飞速发展，各种车辆，特别是私人轿车的增多，需要建设一个具有综合功能的停车场。最后，还要建设一个红春社区综合办公楼。这都是大的设想，具体方案如同十月怀胎，一朝分娩，要在调查研究的基础上形成最后的规划、建设方案。

　　他们的第一站是重庆的磁器口。据载，磁器口始建于宋真宗咸平年间（998—1003），是一个具有 1000 多年建镇史的民俗文化古镇，拥有"一江两溪三山四街"独特的自然风貌，一条石板路，千年磁器口，被称为重庆里的"小重庆"。这里沿街店铺林立，在排列密布的餐饮小吃店、茶馆、酒馆里的人们大摆龙门阵，海阔天空，"咂叭咂叭"抽着水烟袋的老汉们以及双目紧闭、用 5 个手指掐算着板眼，一板一眼地哼唱着四川清音的老喉老嗓，所有这些都无不抢夺着他们的眼球，抢占他们的双耳。巴蜀文化、宗教文化、民间文化和红岩文化给他们留下了深刻的印象。那些牌坊横梁和立柱上的精细雕刻融入带有明清特色的古建筑中，精致绝伦。路边的石阶直接选用本地大块的鹅卵石砌成，沿着地势高低

错落起伏。路两边街市的招牌与红灯绿彩跟着绵延浮动，似彩色巨龙在舞动，述说着传颂千古的历史故事和人物风情。这些五彩缤纷的街市、变幻无穷的灯影和不绝于耳的人声、叫卖声，让刘正国一行人目不暇接、耳无空闲，无不感慨古代匠人们的高超技艺与商贾们的精明实干。

重庆之行，意犹未尽。离开重庆，本想打道回府，可听说成都大邑安仁镇刘文彩庄园很有特色，刘正国下决心，无论如何都要去刘文彩的庄园看看。任凭别人说什么"游山玩水""吃喝玩乐"，去成都是铁定的了。

刘文彩庄园占地100多亩，建筑面积21055平方米，现存房屋180余间。整体呈现的是典型的川西坝子建筑风格，其中也兼有徽派建筑的特点，同时还融入了西方建筑艺术。庄园始建于1923年，经过20年的时间逐步建成。1997年正式更名为刘文彩博物馆。看到这里部分徽派建筑风格，刘正国感慨万分，唤起了他对过去苦难生活的回忆，五味杂陈、心潮难平。此话怎讲？说来话长。

刘正国一行人参观刘文彩博物馆的意外收获是位于博物馆旁边，由樊建川兴建的商业一条街。这位樊建川是一位奇人。1991年，他就担任四川省宜宾市常务副市长了，1993年5月为收藏而辞职到成都打工，1994年创办建川房屋开发有限公司，同时，收藏抗日战争、解放战争、抗美援朝和"文革"时期的纪念品。2005年，他在四川安仁镇创建了占地500亩，建筑面积近10万平方米的民办"建川博物馆"，目的是"为和平收藏战争，为教训收藏'文革'"。参观建川博物馆，那是真正敲击到了刘正国的灵魂。他想，樊建川的收藏品主要是战争和动乱年代的物品。他自己的农耕生活经历、劳动工具以及家乡的民俗文化也有很多值得收藏。几年前，他就开始收藏一些农耕生产、民间生活与民俗文化的纪念品。看到樊建川的收藏品，他的内心产生了极大的共鸣。不要小看这次撞击灵魂所产生的火花，那是无数心思和千万元付出的一道闪光。规划建设一个民俗村并糅合一个民俗博物馆的构思，在他的脑海里逐渐清晰了起来。

成都之行的回程路过重庆梁平县（今梁平区）。那里有一个大型的长途客运站，从这个客运站乘坐去往广东的长途大巴，中途需要在宜都休整。于是刘正国便产生了结合红春社区建设，规划一个停车场的构想。他们想去那里看一看，了解一下有什么可以链接和借鉴的地方。

怀着对遵义会议和中国革命转折圣地的神往，也抱着对遵义会议会址建筑风格的了解，他们决定去遵义。再从遵义进入湘西凤凰古城，参观那里的古民居建筑。这次考察学习历经3个省，用了半个月的时间。

前面谈到，刘正国看到成都大邑刘文彩庄园的徽派建筑特色之后，十分感慨！这是为什么呢？

原来，新中国成立前在宜都县跑马岗（现红春社区）有一户大地主，叫陈节枝。他的住宅和宜都其他地主、富农的住宅都是清一色的徽派建筑风格，这种建筑风格给刘正国的感觉就是富有、高贵、淡雅、神秘。

这正是：

大宅院

粉黛马头防火墙，

门当户对四面方。

深宅大院天为井，

大门紧闭粮满仓。

刘正国想，新中国成立前有钱人住的都是徽派建筑。现在，我们这些原来的穷人都富裕起来了，为什么不可以住上原来地主、富农和有钱人住的那样的房子呢？刘正国是喝清江水长大的，他不会像广东沿海的一些城市选择欧洲巴洛克风格的房屋建筑。所以，红春新的社区房屋建设风格选择徽派建筑特色就源于此。至于具体的细节，诸如牌楼形式、梁柱雕刻、门窗式样等，他们结合其他外出考察机会，到江西婺源，安徽宏村、歙县等地学习过。

红春社区一行人从重庆等地考察回来后，刘正国代表红春社区，结合社区的实际情况和初步设想向宜都市陆城街道党工委做了汇报。陆城街道非常重视这个汇报，经请示宜都市委、市政府，决定于 2005 年 6 月 2—5 日，在时任陆城街道副书记、常务副主任张红新的带领下，组成由宜都市住建局副局长余洪（负责建设规划）、副局长邓大庆（负责园林绿化）、市规划局局长孔国庆和红春社区的刘正国组成学习考察团，赴重庆、四川考察。考察重点仍然是重庆磁器口古镇，包括磁器口 12 条街巷的规划布局、建筑风格、历史沿革、商业网点、文化传承与特色等。

离开重庆后，他们又驱车前往四川广安瞻仰邓小平故里，追思伟人足迹，缅怀伟人的丰功伟绩，学习邓小平故里的景区规划与建设。广安市委、市政府要求规划建设部门，按照"保护、发展、美化、繁荣"的方针进行建设与修缮，保留邓小平曾经生活、劳动、居住和学习的环境特色，要把参观的人们带入 100 年前

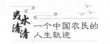

的时空和人文的情境中，去体验伟人的成长过程。邓小平故里已成为开展中国特色社会主义教育、爱国主义教育和革命传统教育的重要基地。这里的规划建设，特别是园林绿化对后来红春民俗文化村的规划建设及绿化、美化起到很大的启发、学习作用。

从重庆回来的途中，他们又考察、学习了万州的城市建设和古玩市场。对万州古玩市场的经营模式和管理方法有了一定的了解。这对后来的红春民俗村的市场化运作与文物展示提供了可供学习和借鉴的经验。

这次考察与上一次考察起到了上下统一认识，城市总体规划与社区详规协调一致的作用。他们学习了城市化进程的模式和榜样，更加坚定了集约化、规模化的拆迁安置方法，明确了走传承地方特色文化发展的道路。

2005 年 10 月，红春社区党总支组织召开建设新农村动员大会，宣传贯彻党的十六届五中全会提出的要求，结合红春社区的具体情况，仿照乌镇、凤凰古城的建筑风格，建设构思中的"红春民俗文化新村"等重大问题，在党员干部中开展"当好带头人，建设新农村"的主题活动。

2006 年 4 月，红春社区组织全体党员和居民代表到全国闻名的新农村建设示范村——湖北嘉鱼官桥八组去参观学习，联系实际，解放思想。在充分发动的基础上，社区"两委"提出"经济文化齐发展，稳定和谐建新区"的发展目标。以"兴建红春民俗文化村"为具体实施目的建设规划，在社区内广泛讨论、酝酿。

红春民俗文化村

一个逐渐清晰的规划轮廓在刘正国的脑海里形成了。他想规划建设的"民俗文化村"既能集中安置一些拆迁户，又是一个具有鄂西南地域特色的商贸、旅游、文化一条街。由于钱家店村已改名为红春社区，所以，他给这个尚未出生的"伢子"起名为"红春民俗文化村"。

借鉴重庆磁器口、成都樊建川博

红春民俗文化村选址

物馆和湖南凤凰古城的风格、形态，如何做到既不邯郸学步，又要紧密结合红春实际，突出本地文化特色，既有传承又有创新？这个文化村是社区实行迁户腾地、集约利用土地的方式进行新农村建设的一个新项目、大项目，规划解决上千居民的居住问题。总体架构分为商业贸易区、居民居住区、民俗博物馆展览区和田园山水绿化区等部分。采取统一征用土地、统一风格设计、统一配套设施，建成一个独具鄂西南地域风味的清江流域民俗文化村和带有明清时期徽派建筑风格的风情小区。

设计构想在小区正门修建一个端庄、大气的青石牌坊。小区内的田园山水尽量采用农村废旧、遗弃的石材建造。园内的民俗博物馆亦采用徽派井院建筑模式，布局方正规整，三面环水，坐北朝南，高低错落。博物馆内所有门窗、木质栏杆、檐角、基石，均须古香古色，与周围民居建筑风格相互映衬、相得益彰，浑然一体。

带着初步构想，刘正国向红春社区"两委"班子汇报了考察汇总和自己的想法。他特别强调不能照搬照抄，要注重提高规划设计的文化内涵和品位，还要让拆迁安置户有可持续发展的空间。班子内进行了热烈的讨论，大家越讨论越清晰，似乎看到了未来红春民俗文化村清晰、雅致的轮廓。考察和汇报会统一了班子成员的思想认识，前期的准备工作是成功的。同年6月，红春社区"两委"召开社区全体党员和社区居民代表大会，通过讨论、表决，正式决定建设红春民俗文化村。在此基础上，社区制定了《民俗文化村新农村建设项目的计划》，经宜都市陆城街道办事处上报到市委、市政府，得到了宜都市委、市政府的充分肯定与支持。

2006年6月16日，时任宜都市委书记和市长出席了在陆城街道办事处召开的由各部委办局以及红春社区刘正国、肖士金等十几人参加的现场办公会，会上相关参会人员汇报了宜都市城郊新农村建设的相关问题。首先，与会人员听取了红春社区党总支书记刘正国关于新农村建设工作的情况汇报。会议认为，城郊村既是农村，又区别于农村，具有一定的特殊性和复杂性。其次，会议肯定了近年来红春社区积极探索城郊村社会、经济发展的精神，农民的生活质量、居住环境和精神文明建设都有了很大的提升，取得了一定的成效，今后的发展思路也很好。最后，会议决定，要把红春社区作为一个试点单位，办好这个示范样板，引导其他城郊村的新农村建设。会议肯定了规划建设红春民俗文化村项目的思路，认为符合迁户腾地、节约土地、集约用地的要求；会议同意红春社区关于红春民

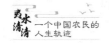

俗文化村和民俗博物馆的建设项目、停车场项目和建设红春社区综合办公楼项目；同意红春民俗文化村利用原陆城砖瓦厂旧址进行建设；同意把新建的红春停车场纳入陆城地区定点洗车、修车和客运车辆"一站两点"的始发地进行建设。

　　2006年，在刘正国基本构想的基础上，红春社区花了10万元，请广州的一家设计院给计划建设的红春民俗文化村和民俗博物馆做了一个总体规划。他们原打算再做一个建设设计详规，商谈中了解到，仅仅一个小小的广场设计费用就要30万元。也许是设计单位要价过高，或者是按照广东沿海地区的建筑设计估算，开价不符合内地的实情。刘正国听了这个报价之后，就此作罢。这是很正常的，建房子的事情，他是老手了。千百年来，农民建房子从来没找过建筑设计院。因为，计划建设的红春民俗文化村以低矮的楼房为主，都是些民居风格建筑。这与设计建造高层甚至超高层大厦不同，那是需要用计算机的自动设计软件来计算各个受力点的力学分布及抗震能力分析，还要考虑结构力学与材料力学相关联的理论问题，还有什么稀奇古怪的外观风格、式样等，那些"洋枪洋炮"在这里用不上。他爷爷给他们兄弟分家时，他的第一套住房，从原材料开始，直到最后建成，都是他一手操办的。改革开放后，他做队里副业队队长以及任全家店建筑公司经理的时候，也常常和建房子打交道。况且，他们对徽派建筑风格进行过调研、考察。因此，没有建筑设计院的设计详规，刘正国一样能搞。他就不信自己建不好民俗村的这些房子！

　　精打细算是他的特点，他要把钱用在刀口上。在选定规划建筑图纸后，具体选材他都结合了鄂西南民俗文化传统。例如，民俗村内的池塘护坡，可选择的材料是水泥、条石、毛石或其他石料。他绝对不会用水泥护坡；如果选用方整的条石，成本过高，要1600元一个立方米；如果用毛石砌成，虽说不是太贵，但缺少文化内涵。他选择的是农村废弃的石磙，采用石磙护坡，一个立方米只要600元。那时，在农村有大量的废弃石磙可供利用。他这样做，既经济适用又保护环境，还具有千百年来的农耕文化底蕴。又如，用农村废弃的石磨来铺设街巷和广场，也达到了一举多得的效果。把石磙砌在护坡上，把磨盘铺垫在路面上，把文化留在人们的心中。人们看到了石磙和磨盘就犹如看到祖辈们辛勤劳动的情景。他是把散落在民间过时的、丢弃的劳动与生活器具集中到民俗文化村来，不是圈于小小的展厅内，而是回归以蓝天为穹顶的大自然博物馆。类似的情况还有很多，真是百闻不如一见啊！

种庄稼 "种房子" "种文化"

一件迟早要发生的事情，更加坚定了刘正国要规划建设具有特色的红春民俗文化村的信念。

一天，几十个妇女把刘正国团团围住，找他要田种庄稼。因为拆迁后的农民没有了土地，世世代代的农耕生活一去不复返了，她们有一种莫名的失落感；面对既熟悉又陌生的城市，她们茫然不知所措；迅猛的城市化进程，让原本还是面朝黄土背朝天的农民一下子变成了城市居民。他们的思想还没有做好准备，无农事可做了，觉得空荡荡的。他们有这个要求是很自然的。刘正国对他们说："按照政策规定，政府已经给你们拆迁补偿到位了。你们已经是城市居民了，要转变身份以适应好新的生活环境。"接着，刘正国把这个问题想了很久，也用通俗的语言讲给大家听，他说："我们没有种庄稼的田地了，但是，我们可以在这块土地上'种房子'，把闲置的正屋和偏屋装修好，用于出租，收房租。现在，很多市直的开发项目都落户在我们红春社区，来了很多外地人。他们要住房、要吃饭，孩子还要上学，这就是财源。"这些也是刘正国外出考察时一直思考的问题。如何使被征地的农民不因失去土地而返贫，还要让他们过上可持续的、更加富裕的生活？利用拆迁补偿费修整好房屋，从从事农业生产转到从事城市第三产业，以适应农村城市化进程。这不失为适应身份转变的一个好办法。

对于征地拆迁带来的方方面面的问题，社会上不是没有议论的。前面说到，有一些人认为中国革命的主要问题是土地问题和农民问题，"耕者有其田"是革命者为之奋斗的目标之一。现在，被拆迁的农民却失去了已经拥有的土地，革命先辈的努力和牺牲是不是化为泡影了？我们的社会是不是倒退了呢？这是个理论问题，更是一个实践问题，是一个可以被实践检验为真理的问题。

刘正国"种房子"的理念，已经在经营产品、经营产权、经营资本这3个阶段中，跨过了经营产品（农产品）的阶段，进入了经营产权（房屋不动产）的阶段。后来，在"种房子"的基础上，他又进一步提出"种文化"的构想，也就是说，再从经营产权发展到经营文化的跨产业的转变，实现从农业到文化产业，从第一产业到第三产业的跨越。第三产业在国民经济中的占比是社会文明进步的标志之一。这种理念上的变化也是顺应历史发展的必然选择。我们先看一看改革开放前后全家店村的实际情况。

据1971年统计，红春大队原有耕地面积是2784亩，人口2099人，人均耕

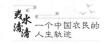

地面积为 1.33 亩。改革开放后，据 2013 年统计，红春社区仅有耕地面积为 326 亩，人口 4245 人，人均耕地面积 0.077 亩。显然，这样的土地资源是无法用来进行农业生产的。因此，刘正国提出的"种房子""种文化"提高了土地单位面积的比较效益，既是用形象的语言说出农民能听得懂的道理，又准确地道出了在农村城市化进程中，农民身份需要做适当转变的深奥理论。刘正国带领着红春大队的农民完成了一个华丽的社会身份的转身。

这种递进的认识变化是否正确呢？首先是逐渐缩小的人均耕地面积已经无法通过纯农业生产方式来养活农民。农村中不断出现剩余劳动生产力，必须做适当的转变，以提高土地单位面积的比较收益。其次，要看农民的身份是否得到了彻底的转变，他们的生活水平是提高了还是降低了，他们的各项社会保障是否都落实了：原来的农民变成城市居民后，是否享受到了城市居民的福利待遇。从现象上看，这是一个问题，但细究起来，看看他们的实际生活状况就会找到答案。

坦率地说，原有的城市居民尽管享受着城市里诸如孩子上学、医疗保险、社会保障的便利和实惠，看似优于当地的农民，但是不少地方老的城市居民，除了有固定的工资收入、退休养老金和其他的社会保障之外，他们的实际生活水平远远不如类似红春社区城市"新居民"的生活水平。这些"新居民"都参加了新型农村合作医疗，也有能力购买各种商业医疗保险；孩子上学也都是一视同仁的；社区还为老人养老给予一定的补贴；他们的住房大多比较宽敞，还有一些可用于经营的不动产。一些老的城市居民没有这些条件。再看看他们的孩子穿着的靓丽服装和房前停靠的各式轿车就清楚了。

城乡"二元化"的差异是在发展中进行调整的。改革开放后，我国很多地方的城乡差别已经不是传统概念上的那种差别了，经济发达地区出现了城乡"倒差别"的现象，也就是说，除了村镇建设发生了巨大的变化之外，很多农村的农民或"村改居"后的"新城市居民"的生活水平已经优于城市原来的老居民了。形成这种状况的部分原因是，一些农村的乡镇企业、民营企业或特种养殖业十分发达，即使这些地方农民的工资性收入与原来的城市劳动者的工资收入相当，他们还有其他财产性的收入。例如，在一些山区，农民拥有很多山林、竹林、果林、茶园或水塘，他们利用这些资源兴办农家乐旅游或其他形式的经营项目。这些财产性的收入是相当可观的，在他们总收入的比例中超过了农业收入。仅从收入差异来看，富裕地区的城乡差距表现出城乡"倒差别"，这在我国东南沿海地区十分明显。

　　红春社区"村改居"后，很多人利用拆迁补偿费和自己原有的部分积蓄或者以自己的不动产向银行抵押贷款，置办第三产业，"种房子""种文化"或者发展第二产业"种工业"，抑或是"种植"其他什么产业，总之是"种经济"，以此来增加他们的财产性收入。由于在"村改居"之前，人均耕地面积逐年减少，农业收入在他们总收入中的占比已经很少了。所以，"村改居"之后，他们总的收入水平基本上提高了。

　　城乡"二元化"的社会形态会在农村城市化进程中，在社会不断地进步当中进行着动态调整，此消彼长、彼消此长地共同向前。这种交替式的发展，呈现出时间性和地域性的时空差异。因此，在社会主义初级阶段，城乡之间没有绝对的平衡，没有永恒不变的、均等的"二元化"社会形态。"一元化"的高级社会形态是人类社会发展的终极理想。实际上，更重要的、更长的、更具体的是那些连续变化的、不间断的、漫长的过程。

正国民俗博物馆

　　那么，刘正国"种文化"的设想又是怎么产生的呢？

　　这是一件小事触动了他的人生闸门，随之而来的是源源不断的收藏巨流。2003年6月的一天，刘正国在宜都街上办事，无意中看到一群人正围着一个破旧的量米斗砍价，他便停下脚步挤过去想看个究竟。他拿起这个米斗仔细地打量着：这

正国民俗博物馆

是一个上小底大的四棱台形状的木斗，稳重、大方。上面开口宽约25厘米，开口处装有木把提手；底部宽约33厘米；斗深22厘米；木板厚约1厘米。四条棱锥和底部4边各用5个燕尾榫结合，再用薄角铁箍紧。4个侧面各写有："公議較準""宜都米業公所""民國拾六年丁卯八月置"的繁体字样；另一面有专用logo烙印。斗的内外表面涂有透明桐油，保护木板不受潮，也保护字迹不受损，不被任意涂抹。

　　宜都县米业公所的米斗应该是官方监制的器具。自秦代统一度量衡以来，米

鸟瞰博物馆中庭　　　　　　　　　博物馆中庭

斗的标准容积随朝代变更。虽有变化，但均是在官方监管下制作与使用的①。新中国成立初期，在一些地方还广泛地使用这种米斗。刘正国小的时候见过这种量米的器具。此时，他拿在手里，感到特别亲切。他的脑子里闪过了小时候难得到米店里去买一些米回来，家里能吃上一顿"光米饭"就是过年的感觉了。因此，这个米斗总是和那些美好的记忆和期盼相伴。后来，随着磅秤和电子秤的推广使用，没有人再用计量体积的米斗来做重量计量的量具了。科技发达了，米斗就成为商业计量的纪念品，成了具有收藏价值的物品。

那时，卖家开价150元，枝江的一位买家就要出手150元将米斗买走。正在此时，刘正国从身上掏出200元把这个米斗买了下来。他像抱着刚出生的宝宝回到家中，兴奋得久久不能自已。

从这个米斗的收藏开始，他便走上了收藏古董的漫漫之路。在去成都大邑刘文彩博物馆和樊建川博物馆之前，他已经有了一些收藏品。看到樊建川博物馆里的那些藏品，他自然而然地产生了共鸣，就像一个被激发的光量子在谐振腔中来回震荡、不断放大，激发出无数个同步、同相位的光量子，最后，积聚成能量巨大的激光束发射出来一样。不平静的心潮起伏伴随着他后来考察的全过程。他虽然没有樊建川的那些收藏品带有

米斗

① 经粗略的测量与计算，这个斗的体积约18.7升，1升米大约1.5斤（10进制），这个斗可以装28.05斤米。这个理论计算和实际称量28斤大米的结果基本一致。

战争和"文革"时期的特点。但是，他的收藏品带有宜都县及其周围地区农村生活、农业生产以及农耕文化的历史和演变的鲜明特征。借鉴成都大邑的经验，他想在红春民俗文化村里自费筹建一个民俗博物馆。

这样一来，规划中的红春民俗文化村的面积包括这个民俗博物馆，就要约300亩土地。提出这么大的土地需求，实属无奈。虽然他压了又压，已经压到最小面积了。既然提出来了，他就准备力排众议，坚持到底。不管外人如何说三道四，他认准了"没有文化的人要办文化"这条路。

果不其然，上面的审批部门认为红春民俗文化村（含民俗博物馆）占地面积太大，尚无用地手续，须上级主管部门批准方能实施。但是刘正国认为，凡是待迁入红春民俗文化村的居民都持有合法的用地手续，只是因为规划设计与审批过程拖了1年的时间，使得原来迁入地址发生变更，这才更换了建设地址。所以，不存在未批先用的现象。再者，新选的地块原本就是陆城砖瓦厂取土后形成的一块洼地，已经废弃，属非农业耕地，不违反相关的政策规定。话又说回来，有关的主管审批部门也是按文件规定办事的，他们还对刘正国好心相劝说，这个项目是违法的，弄得不好就要被抓起来！看来是要"上家伙"了，说得那么吓人！刘正国似乎是个"弹簧人"，他认为有理的事，你越压，他的弹力越大。他铿锵有力地说："我是为民办事的，不是为我个人。我要是被抓了，为民坐牢也是值得的！"真是公说公有理，婆说婆有理。

说归说，做归做。对铁了心要建民俗文化村和博物馆的刘正国来说，不用扬鞭自奋蹄，马不停蹄地准备规划设计图纸，不厌其烦地跑项目审批、筹措建设资金、组织人力物力，等等。2008年3月，他再也不想等了，毅然决定红春民俗文化村破土动工。他放出狠话，出了事由他一个人负责。

说来也巧，当建设项目施工如火如荼进行时，宜昌地区召开经济工作会议。时任湖北省委书记罗清泉同志带领参会的省、市、县领导到宜都来考察东阳光公司等大项目。时任宜都市委书记宋文豹在车上向罗书记汇报了关于红春民俗文化村迁户腾地安置项目的进展情况。罗书记听后，当场就表扬了刘正国，说这么好的项目为什么不可以搞呢，要大力宣传和鼓励他。刘正国听到这个消息后，压力瞬间释放了，他决心鼓起更大的勇气，鼓足干劲做好这个工程。

2009年11月5日，时隔1年之后，罗清泉书记再到宜都来考察，到红春民俗文化村建设现场视察指导工作。罗书记对红春民俗文化村利用城中村的优势，迁户腾地，推进新农村建设表示赞赏。同时，肯定了红春社区"发展集体经济促

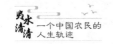

和谐，发展民营经济保稳定"的理念很好！

2010年5月28日，正当民俗村和博物馆按照施工计划抓紧建设之际，刘正国接到陆城街道办领导的一个电话通知，说两天之后将会有一个"大领导"要到民俗村来视察工作。刘正国感到纳闷，湖北省委书记罗清泉、省纪委书记黄先耀和常务副省长李宪生等领导，先后都到这里检查指导过工作了，这次要来的"大领导"会是什么人物呢？尽管他对建设施工工作已经尽心尽力了，各项工作还说得过去，但他的心里还是有点惴惴不安。他问街道办这位"大领导"是什么人，回答是，中共中央书记处书记、中央纪律检查委员会副书记何勇同志。这个消息对刘正国来说，无疑是一个巨大的动力。他兴奋、激动，内心充满了期盼与激情。回想起民俗村和博物馆从构思、调研考察、规划设计、立项、审批、筹措建设经费到施工建设，他倾注了大量的精力，有时几天几夜不能合眼，各种矛盾错综复杂，交织在一起，他只能把个中的苦水往肚子里咽，委屈和劳累压不垮这个吃过大苦的硬汉子。他多么渴望这个项目能够得到群众和领导的理解和支持啊！在过去的一段时间里，省、区、市的领导都亲临现场指导工作，现在何勇书记又要来，这无疑是对他们建设民俗村和博物馆最大的支持。他内心的苦衷与压抑一下子都烟消云散了，决心要用实际行动来迎接何勇书记的到来。他要借何勇书记到来的东风，再加一把力，加速建成民俗村和博物馆。

当时，民俗村的基础设施建设尚未完善。刘正国立即召集红春社区"两委"班子成员到施工现场直接分派任务，按照进度要求，一定要在两天之内把民俗村内各处能抢建的基础设施都建成。那时，从刻有"清江古镇"的民俗村牌坊到博物馆主干道路边人行道的石板铺设都还没有完成。刘正国要求不但要在两天内铺设完成，还要把道路两边的卫生打扫干净。这个主干道相当于民俗村大门牌坊通往博物馆的"迎宾大道"，刘正国十分重视这条道路的施工质量，生怕别人做不好。他直接到现场指挥、监督，有时还自己动手操作。

虽然具有民俗特色的"磨子街"上，用石磨铺就的路面已经铺设成型了，但是，位于"磨子街"口上具有标志性的巨石上的刻字尚未完成。刘正国要求雕刻师一定要提前一天雕刻完成，给油漆上色留下足够的时间，以便红色的油漆干透。这块巨石约有两吨重，刘正国自己指挥吊装机，花了一两个小时才吊装到位。

2010年5月30日早上7点，刘正国带着一班人早早地就等在红春民俗文化村牌坊门口。何勇同志是在时任湖北省委书记罗清泉和宜都市委书记宋文豹的陪同下，到宜都来考察三峡全通涂镀板工业园区、宜都市东阳光公司以及红春民俗文化村的。在考察项目中，何勇同志只选择了红春民俗文化村为代表，对宜都新农村建设和城市化进程进行考察。

何勇同志参观了民俗村的磨子街、古戏台、小广场，听取了刘正国的工作汇报。由于博物馆布展尚未完成，所以，只参观了博物馆的建筑外观，并与刘正国合影留念。

总规划建设面积 300 亩左右的红春民俗文化村和一个总建筑面积为 4467 平方米、展厅面积 3667 平方米的民俗博物馆，从 2008 年 3 月动工兴建，历时两年8 个月的时间，终于在 2010 年 11 月建成。此外，在 2006 年 6 月 16 日的会议纪要中，另外两项决议：建设红春社区综合办公楼（即现在的红春社区党群服务中心）和一个综合功能的停车场，之后也都顺利完成了。

在综合办公楼选址的问题上，大多数居民和部分社区领导班子成员都主张建在位于五宜大道旁，原红春建筑公司的地块上。他们的理由是，方便居民办事。但刘正国认为那个地段适宜用来发展集体经济，所以，他主张在社区二组建设新办公楼。事实证明，他的主张是对的。2009 年，将原建筑公司的厂房改造后，用于仓储房出租，包括原来的门面在内，每年出租收入达 30 万元，比改造前增加了 15 万元。在这些规划建设上，尽管遇到了一些困难和矛盾，刘正国都坚持把经济建设放在第一位，妥善地处理好被征地拆迁农民的生产、生活利益。建成的这些项目增加了集体经济的收入，很好地发挥出社会、经济效益。

坐落于古夷水之畔、长江之滨的红春民俗文化村初露芳容，规模恢宏、别致雅静、古香古色、令世人耳目一新。红春民俗文化村无疑是改革开放后，宜都市最耀眼、最具特色的城市规划建设的杰作之一。

鸟瞰红春民俗文化村

红春民俗文化村牌坊

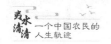
　　大观之红春民俗文化村，村前矗立着刻有"清江古镇"4个大字的青石牌
楼，六柱五门。凝视"清江古镇"牌楼，造型端庄大气，结构紧致厚重，传世长
存。上面刻有历史故事、人文风情、花草虫鸟。众生灵栩栩如生，静于瞬间，精
雕细刻，挺立于石柱横梁之上。6根立柱上分别刻有3副对联：

　　鸿览古今云月；村藏天地灵秀。

　　鸿探幽居古香一色；村怀众庶广厦千间。

　　富民鸿业千秋旺；尚德村风万古淳。

　　轻步缓入青石牌楼，映入眼帘
的是清一色的青砖黛瓦，花红树绿，
赏心悦目。举步右行，见一落地巨
石，上刻3个红色大字"磨子街"。
足踏磨盘，轻步前行，只见路面皆
用直径相同、刻纹规则的圆形石磨
铺就而成，恍若听到农舍间磨盘转
动的声音，闻到香飘四溢的米香、
豆味。走在石磨之上，步稳行健；

红春民俗文化村风景别致园林

秀街两厢，玉宇琼阁，雕花刻凤；顾盼神飞，雅趣盎然。人们仿佛行进在历史的
长河之中，徜徉在古老村舍的门前、池塘之畔。把散落于民间的物品集中展现在
人们的面前，把历史集成于今日，摆在人们的眼前、足下。令人不得不佩服挨家
挨户收集这些石磨的坚韧毅力与规划设计者的匠心运作！

　　信步前行，过汉白玉石拱桥，玉桥水清，池静桥拱，迂回缭绕。春兰幽香，
夏荷粉绿，秋桂馥郁，垂柳丝丝，鲜花斗艳。观荷花莲池，石磙护岸，小桥流
水，荷藕满塘，鸭戏荷下，鱼翔浅池。单是那护岸的旧石磙就有数百只之多，采
于农舍，来之不易，工者费心，观者悦目。

　　再观池中，两个巨大的"孔明天车"摩天转轮静置水中，形衬蓝天，倒影婆
娑。微风起时，缓缓转动。岸边绿树成行，灌木低矮似岗，乔木高耸入天，古树
参差，相互映衬。竹影摇曳，橘柚高挂，绿荫卧地，草似地毯，形如绿浪，流水
腰柔，缠缠绵绵。四季花艳，美哉悠哉！古巷、翠竹、庭院、秀阁、碧水、拱
桥，仿佛来到苏州、扬州的江南园林。毫不夸张地说，红春民俗文化村的规划与

建设绝不输江、浙一带的新、老园林，堪称典范！

放眼望去，隔池岸边，一座偌大的端庄庭院门前，双狮静卧，两门对开，门额匾书"正国民俗博物馆"。建于居民村中之博物馆，村含古韵，水包玉珠，另辟蹊径，再展天地。

鸟瞰正国民俗博物馆，环抱于红春民俗文化村之中，三面环水，居于岛中，似河蚌含珠，水蕴珍宝。整体建筑，四方规整，坐北朝南，颐指东西。中心似"回"形，边厢、廊道环围四周。3 个天井，东西排开，一大二小，大者居中，左右对称，两厢簇拥。中央天井，上开四方，地设八面，寓意"四平八稳"。马头防火墙稳妥排列，翘檐傲视，雄姿静仰。

信步过桥来到一小型广场，方可进入正国民俗博物馆。这个博物馆总投资3000 多万元，于 2010 年注册成立。这是由刘正国个人多方筹资建成的民间博物馆，馆内收藏有历史藏品、革命文物、民俗展品，计 3 万余件，均已悉数登记。内设民俗文化精品展、农耕馆和红色记忆展。馆内开办有红色课堂、科普课堂、民俗文化课堂家风家训课堂等公益场所。特别开设了青少年儿童课堂，常年面向社会开放。

在中国共产党成立 100 周年前夕对外开放的"正国红色藏品展览馆"融入了刘正国的大量心血。这个"馆中之馆"的面积有 500 平方米，共展出藏品 600 余件。正国红色藏品馆以"初心百年·宜都见证"为主题，以百年历史跨度为主线，设置了"峥嵘岁月愁""日月换新天""改革开放路"和"奋进新时代"4 个展区。这里成为党员群众和广大青少年学生的爱国主义教育基地和党史学习教育基地。

正国民俗博物馆的最大特色是集中反映了地处鄂西南的宜都及其周边城乡的民俗民风、农耕文化和革命历史。其地域主要包括巫山山脉东南延伸末端、贵州高原大娄山东北延伸末端和湖南武陵源北延伸末端的清江流域，这一带是古"巴国"府地（湖北长阳县渔峡口镇）所在地，带有明显的清江地域文化特点。这里的主要原住民是汉族、土家族和苗族及其混居后代，清江是他们的母亲河。

红色藏品馆

在正国民俗博物馆的"耕耘农具展厅""非耕耘器具展厅""清江渔猎工具展厅""土家家具展厅""绣品展厅""木雕展厅"以及"精品床展厅"等18个展厅内，所展出的劳动生产与生活起居物品，展示了与中原文化、长江流域文化密切相关的巴楚文化特征，同时带有巴人廪君蛮和板楯蛮人崇敬巫鬼、崇拜女神、敬奉白虎和敬重土王的精神文化特征。展厅内所展示的劳动器具、生活用品等竹木制品种类繁多，制作精细、结实、实用，无不带有这个地域民俗文化的特征。

我们无法对这些博大精深的展品做详尽的描述，只能挂一漏万，列举一二来介绍一下。

步入博物馆正厅，一幅长1.89米、宽1.29米的毛主席身着军装的巨型丝织肖像矗立在面前。毛主席微笑着用右手向大家招手致意。肖像下方织着"伟大的导师、伟大的领袖、伟大的统帅、伟大的舵手，毛主席万岁"25个大字。这幅肖像仿佛把人们带回毛泽东时代，使人们置身于那个历史潮流之中。

正厅右侧墙壁上挂一长2.8米、宽1米、厚5厘米的巨型匾额，在金底浮纹背景上，雕刻着遒劲有力的4个黑色凸起大字"花龄同庆"。此匾主人为清末宜都枝城乡绅吴周荣夫妇。吴周荣与德配陈老夫人同龄，时六十大寿。六十为花甲之年，书者刻

花龄同庆

意将"花甲之年"誉为"花季年华"，用双关语意"花龄"来奉承二老，美誉为"花龄同庆"。再看落款为"进士出身二品顶戴河南即补道五知南阳顾嘉衡"，这就不一般了。在清代九品十八级的官吏中，那是副国级的封疆大吏。顾嘉衡为何给宜都枝城的一位乡绅题字送匾呢？这与顾嘉衡和著名的宜都金石学家、书法家杨守敬先生不无关系。这二人曾于19世纪末共同编纂《荆州府志》，于1891年木刻发行。之后不久，顾嘉衡便仙逝了。我们无法考证顾嘉衡作为"即补道五知"和"捐纳补道"方面与"花龄同庆"的题匾在金钱上有什么交往，这就算是一个谜吧！考古本身就是解谜的过程。

沿博物馆前行，来到"耕耘农具厅"。恩格斯指出，"劳动创造了人本身"，真正的劳动是"从制造工具开始的"。从出土发掘的文物来看，我国历史上经历了刀耕火种时代，到了新石器时代晚期出现了"耒"的耕作遗迹。先秦时期开始

运用耒耜耕作，春秋战国时期出现了铁犁。

土地耕耘是一个最基础、最重要的农作工序。在正国民俗博物馆的"耕耘农具厅"中，展出了适用于水田耕作和坡地耕作的各式各样的犁、耙、耖等耕作器具，展品展示了鄂西南一带使用的木犁、窝犁、狗胯子犁、二翻犁和铁犁。其中，窝犁适用于水田耕作，而收集于恩施一带的狗胯子犁则适用于山坡地耕作；二翻犁是用于坡地制沟的。这里还展示了一具当地20世纪70年代以后使用过的全钢铁制成的铁犁。

翻耕的土地需要用蒲磙、啄磙整平，再用木耙、木耖、铁耖、五耖子将耕耘细化，展厅中展示了所有这些农具。一种叫"掩脚板"的农具，是专门用来整理田沟边土堤的。耕地整平、细作之后，才能插秧、播种。

在平整好的水田里，有专门用于收集秧苗的"秧马"，农民可以坐在上面，从秧田里把秧苗集中起来，再拿到水田里去栽插。这里还收藏了用于除草、收割、运输、翻晒、脱粒的各种器具，如薅锄、弯薅锄和镰刀、镰子，后者方便水稻收割；扦担、木掀、月板、铁板掀、木筢子、扬杈等，是专门用来收割、运输和翻晒农产品的农具。可以说，鄂西南地区整个农作物生产的主要工具在这里都展示出来了。

在馆内"状元厅"和"官方用品展厅"分别展出了两顶轿子："状元轿"是中了状元的人乘坐的轿子，"县官轿"是七品官员乘坐的轿子。二者的区别在于，前者是全木质结构，大气、端庄，而后者只是竹编小轿，单薄简陋，气质一般。可见，古时的人们尊教崇文蔚然成风，官轿也是分等级。

在"官方用品展厅"里还陈列着官员们的官服。这些服装尽管陈旧、褪色，仍然看得出那时的官员着装规矩、一致。现在，除了武警、公安、海关、税务等机关的服装较为规范、统一之外，一般政府机关对着装没有统一的要求。有少数政府机关的年轻人上班时的穿着五花八门。

在二楼一面房门墙上，挂着"巴人满顶床展厅"的字样。走近一看，整个房间只陈列着一张床，用玻璃门封闭保护了起来，足见这张床是多么珍贵。这是一个二进双阁全封顶的整体床，外面边框上方是精细的人物故事雕刻，左右两侧是镂空的花纹图案。一进深65厘米，左右各置一矮柜，高约40厘米，内可放置一些物品。推开镂空的双扇卧室门，便是一个三面不透风的木板隔层，正面木板上方有厚约30厘米的悬挂壁柜，由5个抽屉组成，内可放置一些衣物、器具。床的宽度为1.5米，长2.1米。双扇门关闭后，塌卧空间十分私密。"满顶床"是

明清时期富贵的巴国人家的卧具。此床收集于湖北省长阳县麻池乡，第二次国内革命战争时期，这里是湘鄂根据地之一。1931年2月，贺龙元帅在麻池乡成立了中共长阳县军事委员会，县苏维埃政府就设在现麻池村田启庙家。据当地老人回忆，贺龙元帅当时就在此居住，睡的便是这张床。

展馆内大院南边，"正国红色藏品展览馆"的展品中，有两张收集于宜都的日本军用地图，引起人们的注意：这两张均是比例为五万分之一的等高线地图。等高线地图上所提供的信息是军事指挥员制订作战计划、调动军事力量、指挥作战的必备资料，也是火炮射击诸元装表的基本依据。即使配备了肩架式光学体视测距仪的战斗测量部队，仍然需要依靠等高线地图或水平仪、经纬仪来确定炮目高低角和射击方位角。

熟悉大地三角测量的人都知道，即使是在今天，用水平仪、数字经纬仪或用带有锥体反射镜合作目标的精密激光测距仪来进行这些测量作业，假设一个作业班由十几个人组成，在一个县域的范围内，绘制完成这样的等高线地图，没有足够长的时间是难以完成的。图上标明的是昭和十三年完成制图，应该是1938年。由此断定，这个测量作业的起始时间应该是在抗日战争全面爆发前一两年。这还仅仅是在湖北西南一隅收集的资料。可以推断，那时在全中国有说不清的日本军事测量人员在进行这种罪恶的战前作业。这足以证明日本侵华战争是蓄谋已久的！

在这里还收藏有缴获的日本军刀、饭盒、水壶、纪念章、电话、照片、望远镜和油印机等。如果日本当局要否认侵华战争的罪恶，那么，对这两张军用地图做何解释？对这些缴获的日本军用物品又做何解释？

有侵略就有反侵略。宜都有无数的热血儿女为了抗击日寇、解放新中国献出了自己宝贵的青春和生命，如赫赫有名的独臂将军贺炳炎上将便是宜都松木坪镇江家湾人士。

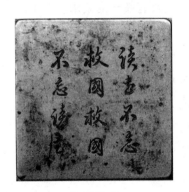

胡敌墨盒

在"正国红色藏品展览馆"内的"初心百年　宜都见证——庆祝中国共产党成立100周年"的藏品中，收集到宜昌第一位共产党员、宜都第一任中共党支部书记胡敌（1898—1928）烈士的一个铜制墨盒，上面刻有"读书不忘救国　救国不忘读书"的字样，这是一个中国青年知识分子读书报国名志的珍贵藏品。1919年，在北京法政大学读书的胡敌参加了五四爱国学生运动，深受五四思潮的影响，走上了革命道路。1921年，大学毕业后，他在北京参加了工人运动，1923年7月在北京加入了中国共产党，同年12月返回家乡宜都，以教书为掩护从事革命宣传活动。1924年，他动员家人变卖田产，创办了一所新式学校——冠英小学。1926年9月，他创建了中共宜都县党支部，任书记。同年12月，他筹备成立了宜都县总工会、农民协会、妇女协会、商民学会等群众组织。

同一时期，宜都陆城龙窝20岁的青年共产党员江崇本从湖北宜昌第三师范学校毕业回到家乡，与胡敌任书记的中共宜都县党支部取得了联系，在云盖寺小学以教书为掩护，宣传组织并参与了当地的革命运动，壮大了宜都的革命力量，做出了很多铭刻历史的业绩。

1927年5月8日，胡敌等人被宜都县城土豪劣绅刘沛之、李镜如等人纠集的夏斗寅驻宜部队逮捕，后被移交到川军，押至重庆木洞关押。1928年农历七月十五日，胡敌在重庆木洞英勇就义，年仅30岁。1986年5月16日，湖北省人民政府追认胡敌为革命烈士。江崇本也于1928年农历七月十五日在重庆木洞英勇就义，年仅22岁。

今天，当我们看到这个墨盒上面刻着的"读书不忘救国　救国不忘读书"12个大字时，面对100年前的中国年轻知识分子胸怀远大理想、深入工农群众，把理想与实践结合在一起，身先士卒、死而后已、矢志报国的英雄壮举，不得不在心中升起崇高的敬意！

在展厅中，一个赫然醒目的名字——"刘正万"映入了人们的眼帘。他是土生土长的红春（钱家店）人，是红春第一名共产党人。1927年刘正万参加革命，1928年任宜都安福寺饥民斗争委员会主任，1931年任宜都第二游击队队长。新中国成立初期，曾任宜都县人民代表大会代表。1985年病逝，终年84岁。下面简述一下刘正万的革命经历：

——1927年8月，徐国炎、刘正万等40多名骨干入党，成立了宜都县4个中共地下党支部（统称"猫子会"），徐国炎任书记、刘正万任会长。根据湖北省委"八七会议"精神，制定并组织了"秋收暴动计划"；

——1928年初，时任中共鄂西特委委员、鄂西游击总队参谋长的段德昌和王天鸿、陈诚等人来到宜都安福寺，策划商议成立"饥民斗争委员会"，刘正万任主任，让有文化的汪先勤做组长，协助刘正万工作。这次斗争是要领导饥民分地主豪绅的谷米。斗争委员会制定并组织学习了"保守秘密、严守纪律"的

"十二条"。段德昌还特别强调不准贪污私吞，要齐心协力逼地主豪绅赈粮。由于刘正万出色地发动工作，参加斗争的规模，从开始的百余人发展壮大到3万余人参加；

——1929年，刘正万带领120人到江陵龙家台，参加湘鄂西苏区领导、湘鄂西红军创建者之一周逸群的培训班，亲耳聆听周逸群授课，培养了宜都武装游击队骨干力量，其中大部分都成为后来宜都安福寺一带武装暴动的中坚力量；

——1931年，中共湘鄂西特委给中央的报告中说，"京（京山县）、荆、钟、松、枝、宜均为游击区"，刘正万任宜都第二游击队队长，他坚持在长江两岸的宜都和安福寺一带打游击。那时，长江重要的交通道口已被封锁，刘正万凭借良好的水性，用潜水的方式游走于长江两岸之间，真可谓游击队里的长江蛟龙。

在组织饥民斗争的过程中，宜都县徐家咀的徐秉臣是时任中共宜都县委书记徐国炎的太公，徐国炎指派刘正万去徐秉臣那里赈粮，全无徇私情之说。

那时，宜都瑶华场的地主豪绅朱纪年看到有组织的饥民涌来，连忙往刘正万手里塞钱，求刘正万把人引走，被刘正万当场拒绝。朱纪年又哭又跳地投了水。刘正万等人把朱纪年从水里拖了上来，谷米照分。

但是，刘正万手下的组长汪先勤违反了"十二条"纪律。在一个大户赈粮时，私收了8担米的钱，中饱私囊。后来，经报批核准，上面派游击队五峰籍的干部张柏鹏来，用一支短枪把汪先勤处死在邓家老屋董和修屋边的林子里。

刘正万是直接参与、见证中共鄂西党组织领导的各个时期革命运动、抗日战争与解放战争的老革命之一。由于在一次执行任务后得了一场重病，在家休养了一段时间，刘正万与地下党组织失去了联系。直到新中国成立，他也没有公开自己在"猫子会"里的身份。但是，钱家店的百姓都知道刘正万对革命的贡献，他在大家心目中的威望很高。新中国成立后，他曾担任乡农会主席、跑马岗乡调解委员会委员。他本人从未去找过党组织讲条件、要待遇，他认为革命成功了，自己没有什么文化，生活得很幸福，他没有更多的奢望。年纪大了之后，红春大队安排他做保管员的工作，他管理集体财产铁面无私，经他手的财物无一差错，他的工作博得了大家的好评。

在"初心百年　宜都见证——庆祝中国共产党成立100周年"的"红色藏品展"中，湖北荆江分洪工程展示了宜都英雄儿女一段功盖千秋、彪炳史册的辉煌业绩。毛主席为这个世界闻名的工程题词——"为广大人民利益，争取荆江分洪工程的胜利"。当时，参加这项工程的有10万军人、16万民工和4万工程技术人员，其中宜都就有 1.65 万人参与，占 30 万军民的 5.5%，占民工总数的 10.3%。他们共完成土方 70 万余立方米。该工程于 1952 年 4 月 5 日全面动工，在长江洪水季节到来之前的 6 月 20 日胜利完工，比要求完工的时间提前了 15 天，其速度之快令中外水利界赞叹不已！1954 年夏，长江特大洪水严重威胁到荆江地区的安全。宜都又调集各类木帆船 1206 艘次赶赴灾区，共抢运石料 18116.85 吨，防汛器材 122.9 吨。

荆江分洪工程施工的艰难程度难以言表，民工们常常要站在齐腿深的烂泥里施工，越是用力，身体越往下沉，人陷得越深，犹如红军过草地那样。在那种条件下施工，民工们感到十分疲劳，然而，战胜困难的毅力更加强大。钱家店村包括刘正国父亲刘传福在内，先后有刘昌毕、刘昌礼、陈绪仁、袁时雨、杨宗玉、胡仁春、杨功怀、刘永才、周存富和李祖德等人参加了荆江分洪工程建设，他们是宜都 1.65 万人中的代表。

在荆江分洪工程中，宜都还涌现了一批英雄模范。宜都县华驳社（宜都航运公司前身）第一任船长周明全驾驶帆船、货轮在长江上为工程抢运物资，立下了汗马功劳，被授予"航运英雄"的称号。宜都县楼子河村肖光佩以姚家店乡副乡长的身份带队参加工程建设，表现优秀、贡献突出，在荆州市矗立的"荆江分洪工程纪念碑"上刻着的 928 名英模名字里，肖广沛（光佩）位列其中。

社会效益

宜都红春民俗文化村和正国民俗博物馆的建成，带动了宜都市城区西南一隅的社会事业发展和房地产市场开发。以清末民国初宜都著名的历史地理学家、金石文字学家、目录版本学家、书法艺术家杨守敬先生命名的"杨守敬小学"选址在红春民俗文化村马路对面，该校占地面积 35 亩，建筑面积 11486 平方米，总投资 2685 万元，于 2009 年秋季建成并开始招收学生，成为宜都市颇受欢迎的一所小学。

宜都市档案馆、宜都市电力局、宜都市公安局、宜都市陆逊中小学等政府部门和事业单位相继在此周围选址、建设；以宜都"名都状元府""德邻院"等住宅小区为代表的一幢幢高层住宅楼拔地而起，成为宜都市的新景观之一。围绕着这些政府机关、社会事业单位，宜都房地产开发项目不断增多。周围的宜华大道、跑马岗路、三家铺路等相关的交通设施建设，似投石水面的波纹不断地向外

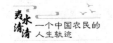

拓展。整个宜都的城市面貌也跟着发生了很大的变化。这些建成街道两旁的商业店面鳞次栉比，文化氛围日益浓郁。这些建设不但解决了很多被拆迁征地农民的就业安置问题，而且极大地活跃了城市居民的精神文化生活，推动了一方社会经济的发展壮大。正是"布下一粒子，走活一盘棋"。

正国民俗博物馆虽然是湖北省西南一隅一个带有地域性的民间民俗博物馆，但是在教育培养我国下一代人，在洗刷人们灵魂、振奋中华民族精神方面，起着很多国家及省、市级博物馆不可替代的作用。它的地域文化特色是国家及省、市级博物馆的补充，共同形成一个文化梯队，是老百姓家门口的博物馆，是必不可少和相得益彰的精神、文化园地。

红春民俗文化村、正国民俗博物馆已成为宜都市对外宣传、展示鄂西南以及清江流域独特文化历史的一个难得的窗口，它改变了宜都市的城市面貌，展示了湖北西南一隅的历史风情风貌，熏陶着古老的荆楚人民的心灵。

这正是：

红春民俗文化村

民俗村，荆楚春，夷水岸边文化人。
少年惆，早生熟，洋芋魔芋，几多情愁。
揉，揉，揉。

粉黛墙，马头仰，千年古物馆中藏。
布一子，蕴一市，玉蚌含珠，人间华世。
势，势，势。

人间正道是沧桑

一个只读过两年书的中国农民创办了一个民俗博物馆，而且，把改革开放后，中国新农村建设和城市化进程用最形象、最深刻的语言表达成从"种庄稼"到"种房子""种文化"，描述被征地拆迁农民从经营产品、经营产权到经营产业的华丽转身，这真是非同一般的绝妙！学历并非衡量一个人文化水平高低的唯一尺度。刘正国在实践中探索与认识的过程不是一两个字能说清楚的，也许，这些形而上的东西比起那些有形的建筑实体硬件更有价值吧。

收藏古董和有一定价值的物品，在初始阶段，可能是出于爱好、兴趣等，但是到了收藏的高级阶段，便产生出一种与人共享的理念来。若是能从收藏品的有形再到无形，升华成一种文化精神，起到教育人、影响人、鼓舞人和凝聚人心的一种无形力量，那便是超脱普通人性的高级形态。特别是文物收藏与现实中安置被拆迁征地的农民和城市化进程结合在一起，把民俗文化村建设与民俗博物馆布局巧妙地揉搓在一起，把古老的地域文化与时代的发展紧密地结合起来，意义非凡。

在收藏的初始阶段，刘正国的付出与操劳是常人无法想象的。然而，人们觉得他有点儿不靠谱。虽然改革开放之后，他赚了一些血汗钱，但购买藏品是烧钱的事情，一时还看不到社会效益。社会舆论和家庭矛盾所产生的巨大压力有时是公开的、直面的，更多时候都是背后的指指戳戳、说三道四。他明白，他忍了，因为他的业余时间都用来走南闯北，收集藏品。辛苦、疲劳同收获时的兴奋与喜悦交织在一起，他享受于其中。他没有时间去做无谓的纠缠和解释。

在收集藏品的过程中，刘正国也收获了自己的幸福。2013年，他与甘肃籍的女子郭丽花相识、结婚并生下了一个可爱的女儿刘柳妍。

其实，在创建博物馆期间，还有比那些闲言碎语更操心、更难办的事情，除了五味杂陈带来的心理压力之外，也让他遇到了一些欣慰的事情，品尝到了人间正道是沧桑。

创办私人博物馆最大的实际问题莫过于资金，这是一笔不小的开支。资金实力薄弱的人要想玩这玩意儿，谈何容易！自有资金只能解决部分问题，必须向银行贷款，还要有还本付息的能力，这才能玩得转；另外，与建设相关的房屋税和土地使用税便随之而来。自2009年至2017年年底，刘正国应交的房产税和城镇土地使用税合计101万余元，其中的滞纳金就有四五十万元之多。这是一个不小的数字，压力巨大！

在那段时间里，刘正国设想着利用第三方力量来解决问题。2015年，刘正国筹划与湖北峡江集团合作，以缓解博物馆资金窘困的压力。合作单位和上级主管部门要求在正国民俗博物馆内新增建设"农耕馆"，这是湖北峡江集团提出的合作条件。这个要求也符合刘正国的心意。关键是要筹措不少的资金，前债未清，又添新荷，不堪重负啊！截至2018年1月，在博物馆和刘正国个人的账户上，总共不过1万多元余款，离当年上缴税金的期限只有几天了。为此，他急得

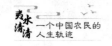

团团转。

2018 年元月的一天，一向傲骨铮铮、万事不求人的刘正国想到了宜都一位企业家朋友，他想给这位朋友去个电话，请他帮忙。他几次拿起手机输入了几位电话号码，但又犹豫着放下来。他有太多的顾虑，觉得这位朋友不一定能帮得了这个忙，那 101 万元毕竟不是一个小数字啊！最后，他还是鼓起勇气拨通了这个电话。

"徐总，兄弟有个事情要麻烦您哦！您在办公室吗？我去拜访您。"

"欢迎书记来访！您是稀客！"

这位徐总是宜都市一家民营企业——华阳化工公司的老板徐明华，中共党员，年轻的宜都籍企业家。这是一家经济效益较好的高新技术企业，在宜都市是一家纳税大户。

接到徐总的邀请后，刘正国就带着会计刘艳急匆匆地赶到了宜都市华阳化工厂办公大楼徐明华的办公室。寒暄之后，他便开门见山地说："兄弟，几年来，我的博物馆累计要上缴房产税和城镇土地使用税 101 万元。现在，离最后上缴的期限只有几天的时间了，我的流动资金一时周转不过来了，您能不能借给我这些钱？我在腊月三十之前一定还给您。如果失言，我腊月三十来给您下跪！您看……"乍一听，这个表态似乎太轻率了。一名共产党员岂能为了自己的私事卑躬屈膝呢？何况他还是共产党基层组织的一位书记！对一名共产党员而言，下跪是一个十分庄重的仪式。一名中国共产党的党员在自己故去的父母前面、在为国牺牲的战友身边、在党旗和国旗下面下跪，那是一种神圣的仪式，是一种高尚的情操。在没有太多把握的情况下，刘正国做出屈人之下的表态，实属无奈。在当地，"下跪"是常常用来展示诚信、遵守诺言、一言九鼎的通俗而极致的感情表达。他没有更令人信服的选项了。

徐明华是一个诚信、爽快的人，他马上就把公司负责财务的廖经理叫到办公室，询问公司的账目。在得知公司账目上可以挤出 100 多万元后，他们双方共同签署了一份借款协议。廖经理还告诉刘艳，徐明华嘱咐，如果把还款时间定在春节前，只有 1 个多月的时间，恐怕刘正国筹措还款会很紧张。所以，他要廖经理主动把还款时间改到 2018 年 5 月。借款协议签订之后，刘正国千恩万谢地离开了华阳化工厂的大门，如期把房产税、土地税连带滞纳金一并缴了上去。1 个多月后，宜都市政府相关部门根据有关政策，做了变通，对正国民俗博物馆的"两税"办理了全部退税的优惠待遇。

春节前两天，刘正国就把这 101 万元还到了华阳化工厂的账上去了。

刘正国的夫人郭丽花是西北人，做得一手好的羊肉汤。那年春节前夕，刘正国托人在西北购得两头羊发到宜都来，他让郭丽花熬制了一锅上佳的西北原味羊肉汤，专门送给常年帮助他的一些朋友。腊月三十晚上，刘正国带着一位书法家专门撰写的一幅字和香气四溢的羊肉汤送到徐明华家中。徐明华全家正在吃年夜饭，大家相互祝福，除旧迎新。徐明华十分感谢前来送礼的刘正国说："您太客气啦！"

刘正国前来拜年，一是表示感谢，二是为自己绝未失言而来。他特意选择在腊月三十这个时间点，不是上门下跪，因为两天前他就还清了所借钱款，还送上西北原味羊肉汤。他想用这些行动来证明自己是说话算数、讲信用的人，是一个靠得住的人。

徐明华能把 101 万元借给刘正国，那不仅仅是对刘正国个人的信任和支持，也是对刘正国"种文化"的理念与做法的赏识、理解和支持。他觉得，能够在自己的家乡建造那么大的一个民办博物馆，是一件很不容易的事，一定会碰到各种各样的困难，"一个好汉三个帮，一道篱笆三个桩"。这也反映了宜都的有识之士对一件意义深远事情的态度。

在后来的一段时间里，正国民俗博物馆曾一度运转困难，员工的工资不能按时发放。徐明华偶然得知此情况，便个人出资向博物馆捐赠了 5 万元。这是正国民俗博物馆收到的第一笔捐赠款。后来，刘正国又向徐明华借过 20 万元，徐明华都爽快出手，帮助刘正国渡过了几个难关。一位成功的企业家，不但能对当地百姓的就业和政府的税收做出贡献，亦能对当地的社会事业有巨大帮助，那么，他人生价值的含金量就有很大的提升。

此外，刘正国的几位朋友得知他资金短缺后，也纷纷伸出了援助之手。其中有陈世贵的 30 万元、杨士芬的 30 万元、李金洲的 30 万元，廖兴山的 20 万元，等等。这些款项多是几年后才还清的。这些帮助他的人都把这个博物馆当作宜都本地的"大熊猫"，当作宜都人民的"独苗苗"。这是他们对家乡的热爱，也是对荆楚文化的敬重。真是众人拾柴火焰高，人间正道是沧桑。

文化之舟　破浪前行

改革开放后，规模较大的民办博物馆在一些地方悄然兴起，为了鼓励、引

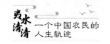

导、保护并规范这些民办博物馆的运作与发展，我国有关部门相继出台了相关的政策文件和实施细则。但在我国，这毕竟还是新鲜事物。

按照党的十四大的精神，要在我国建立一个完善的社会主义市场体制，这就需要界定市场与非市场主体的属性。国家相关部门对不同的主体在法律、管理、税收等方面都是不同的。定义属性，用几个"是什么"就可以说清楚。然而，实际上还没那么简单。

2010 年 8 月 19 日，正国民俗博物馆在宜都市文化局注册登记为"民办非企业"单位。这个词有点绕口，"民办"是不错的，那是刘正国个人创办的博物馆。那么，下面一个词为什么用"非"而不用"是"来定义呢？让人有点雾里看花。简单地说，"非企业"就是非营利单位。然而，按照国家税收管理办法规定，刘正国仍须每年上缴"两税"——房产税和城镇土地使用税，这是铁定的。在规划建设博物馆期间，刘正国向银行贷款 300 多万元，每年还要还本付息。此外，还有不少的私人借款。上面几项加起来就是一个不小的数字了，个人花巨资投资的民办博物馆不盈利，还需要还贷、付息、缴税，加上管理和运营的费用，这么多的钱从哪里来？

2013 年是刘正国的六十大寿，祝寿之后的烦恼也随之而来。高兴与烦恼二者是"与门（在逻辑电路中指的是一种逻辑门）"的关系。也就是说，按照相关规定，2013 年以后，银行不再给刘正国贷款了。这个意思就不用明说了，那是"王八屁股——龟腔（规定）"。农民都知道，庄稼种下去，没有水、肥就只有等死！"种文化"也是一个道理，只出不进，只能找死。如何死里求生，破浪前行？

早在 2002 年全家店村总支书记选举之前，刘正国就向老书记刘永生实事求是地汇报、请示，若能当选村书记，他下海单干的工程项目就交给一位亲戚去做，希望每年可以从工程获利中收取一定的分成，算是公司的无形资产收益。为此，刘永生代表村支部向上级党委汇报了这个情况，宜都市陆城街道党工委同意了村总支的决定。这是宜都市委和陆城街道党工委在"夷水之春"中思想解放的成果吧。这个做法后来解决了博物馆的一部分管理运行经费。

此外，他又同自己的侄子刘华峰商量，以刘华峰的名义向银行贷款，以解决部分资金需求，由他来偿还利息。5 年时间里，刘华峰帮忙在银行贷了 40 万元。刘正国的大儿子刘俊也设法在银行贷了 20 万元。在博物馆的建设规划中，需要建一个仓库，他只能向朋友筹借这笔资金。朋友们都慷慨解囊，出手相助：熊珍严 40 万元，涂海波 30 万元，董江林 30 万元。有了这几位朋友的借款，东拼西凑，刘正国才勉强维持、艰难前行。

2016 年 12 月 8 日，宜都市陆城街道出具请示报告呈送宜都市委、市政府，请求市人民政府给正国民俗博物馆一定的资金扶持。2017 年，陆城街道办又向市政府呈送了《关于减免正国博物馆房产税和城镇土地使用税的请示》报告。

关于上述的"两税"，存在着"两无"和"两难"的窘境。"两无"说的是，一是无免税权。按照国家相关规定，省级以下税务部门无减免税收的权限。说实话，像宜都正国民俗博物馆这样的项目，即使是省级以上的税务部门，也不可能破例给予税收减免，这种情况只能由地方政府自我消化。二是无目录。税务部门是按照具体对象来确定税率并加以征收的。在相关的税收细则中，查不到民办博物馆税收目录和征收的税率。这是新事物，无法操作。"两难"是指办馆难，不办也难。宜都市领导考虑到正国民俗博物馆是宜都市的一张文化名片，每年免费接待社会各界万余人次前来参观，运行成本较高。这个博物馆一旦倒闭，将无法向近 40 万宜都人民交代。真是进难退更难，左右都为难；下难上也难，不进事更难。

最后，市委、市政府领导批示，由宜都市财政局每年整合文化教育资金，支持 20 万元；宜都市陆城街道办事处每年支持 10 万元。关于"两税"征收部分，宜都市财政局提出来，在正国民俗博物馆缴纳的税收本级留存部分，由市政府给予等额扶持。

这正是：

喊天喊地

税制杠杠硬，

喊天天不应。

税目无处寻，

喊地地不灵。

银铺铁律金，

天地日月星，

人间蕴真情，

宇宙行永恒。

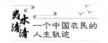

九、践行诺言　壮志未酬

践行诺言　壮志未酬

2018年12月12日，红春社区居委会换届选举，刘雨佳任社区居委会主任，刘正国不再兼任红春社区居委会主任；2021年5月12日，市委、陆城街道党工委下文任命刘雨佳为红春社区党委书记，刘正国改任党委第一书记。

红春社区"两委"班子

刘正国50岁任全家店党总支书记，68岁改任党委第一书记。作为全家店先富裕起来的人，在刚当选为全家店党总支书记时，他向全家店的全体党员和百姓承诺，要带领大家共同致富。18年来，全家店有了哪些变化呢？

2003年5月，他任村党总支书记，同年9月，全家店村就改为宜都市陆城街道红春社区，也就是说，他任职是和全家店村"村改居"大致同步，即他的职业生涯是伴随着全家店由农村转变为城市的起步阶段和发展壮大的过程，伴随着全家店村的农民华丽转身为宜都市市民的过程，伴随着全家店的农民从"种庄稼"到"种房子"再到"种文化"的过程。这个转变是中国社会历史转变的一个局部，是中国农村巨变的一个缩影。全家店的农民也随之发生了巨大的变化，这是前所未有的转变。在上级党委的领导下，刘正国在参与这段历史转变的过程中，也改变着自身。他从一个双腿沾满泥巴的农民，转变成为一个党和国家基层组织的领导者、创业者，一位民族文化的传承者和推动者。历史将会铭记这个变化，也不会忘记他的贡献。

刘正国领导了宜都市几条主要城市道路的修建施工工作；他立下生死牌，带领民工抢修清江佑圣观防洪工程，保护了宜都市民的安全；他直接领导社区副业公司建厂、建房、搞副业，壮大了集体经济；他继承并创新了古典建筑风格，在宜都城市西南一隅建成了颇具徽派建筑特色的红春民俗文化村和民俗博物馆。可以说，他是宜都市的一位现代"城市美容师"。宜都是湖北省较早获得全国"百强县"称号的城市之一，宜都红春民俗文化村和民俗博物馆的建成，为宜都百强县的荣誉增添了一抹文化色彩，助推了宜都经济、社会、文化共同发展，提升了比翼齐飞的动力。

如今，我们置身于这个变化的现实之中，享受着这些巨变带来的成果。当我们带领孩子们徜徉在大街上，流连于商业网点之中，享受着舒适优雅的休闲生活时，是否会点赞曾经为此挥洒汗水的组织者和建设者们的功绩呢？参观民俗博物馆时，我们会惊叹于祖先的劳动创造和革命先烈的无私奉献，可否想起这些硬件的缔造者呢？我们是否会为这些建设者的创业精神肃然起敬呢？

刘正国回想当年刘永生在村办企业遇到困难的时候说："现在村办企业相继倒闭，矛盾不断，人心涣散。希望你这个在城里赚了大钱的能人回到村里来，帮我带着村民一起致富。"村书记的一席话让刘正国眼前一亮。那几年，他确实挣了一些钱，但是，他觉得钱的多少并不能完全和人生的价值画等号。不少老一辈革命家的家庭也很富足，他们并不缺少金钱，然而，他们仍然抛家、弃产，毅然决然地投身于解放全中国人民的战斗之中去。刘正国想度过一个更有价值的人生，让人生价值最大化。他说："在财富的后面继续加零，也只是数字的变化，并不能增加数字的意义。我想带领大家共同致富，丰富自己的人生。这样做更有意义，更有价值！"从那时起，他全心全意地抓集体经济的发展，一心一意为红春社区居民服务，帮助困难群众解决问题。

18 年过去了，红春社区的百姓在经济上得到了哪些实惠，精神面貌又有哪些改观？

2003 年，刘正国主政那一年，红春社区的总收入 1.9745 亿元，居民人均收入为 3450 元；2020 年，尽管受疫情的影响，红春社区的总收入仍然达到 7.996 亿元，人均收入为 31327 元（不包括其他个人税后收入）。可以计算出，18 年来，红春社区集体收入的年平均增长率为 8.57%；居民个人收入年均增长率为 13.86%。可见，集体收入的增幅较大，个人收入增幅大于集体收入增幅。据不完全统计，2020 年红春社区居民共有小轿车 620 辆，货车和吊车 17 辆，有的人家还拥有两部汽车；居民住房舒适、宽敞，不少人家都有可供出租的房屋；社区居民老有所养、少有所学、壮有所用、病有所医，居所环境整洁、空气清新，百姓

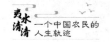

生活幸福、精神饱满，社会繁荣安定。回眸过往，刘正国向党和人民交上了一份满意的答卷。

68 岁在基层社区担任党委第一书记这个职务，那是老当益壮啦！刘正国很清楚"第一"意味着什么，如何在这个位子上做好工作，如何让新任的年轻书记刘雨佳能够继承那种奉献精神和实干的工作作风，在接下来的时间里，既不能撒手不管，又要扶上马、送一程；既要到位又不越位。这对刘正国来说又是一个新的考验。他认为这就像种地一样，常有地力不足需要调整种植作物的时候。身教更重于言教。

2021 年 6 月 30 日，在庆祝中国共产党成立 100 周年前夕，宜都市委、市政府的领导到红春社区检查、指导工作，在听取了红春社区党委第一书记刘正国关于红春民俗文化村景观湖水质问题的汇报后，第一时间就到现场去察看，发现由于湖里长时间没有来水补给，湖内水质严重富营养化，浮萍已长满湖面，严重影响民俗村整体环境，有碍观瞻。这位领导立即通知市相关部门负责人到红春社区参加现场专题会议，研究解决办法。经过对现场几个部位的实地查看，综合与会各部门的意见，确定了整改方案。这位市领导要求红春社区必须在两天时间内完成湖面残败荷叶、杂草及浮萍的清理工作，以清洁、美丽的全新面貌迎接中国共产党成立 100 周年。这位市领导在会上关切地问道："这么热的天，红春社区能在两天时间内完成清理工作吗？"刘正国果断地回答道："我们一定完成任务！"

会议结束后，刘正国立即组建了清理工作专班，明确了任务与分工并提出具体要求和完成任务的时间。但他心里很明白，两天的时间实在太紧，正值潮湿、闷热的梅雨季节，要想完成这项任务，不是表态时说得那样简单。当他第一时间联系劳务公司负责人，说明限时清理湖面工作时，对方以高温、闷热作业难以实施为由而推脱了。一时间找不到清理的工作人员，这使社区的一些人犯了难。

正当大家一筹莫展时，刘正国斩钉截铁地说："找不到人，我们就自己搞！"于是，他召集了社区两委班子、组长、网格员和实业公司工作人员，还动员了部分居民志愿者到红春民俗文化村小广场集合，要求大家开展一次庆祝中国共产党成立百年、党史学习教育理论联系实际的活动。所有的男同志下到湖里清理湖面，女同志在湖边负责把清理上来的杂物转运至垃圾箱。分工布置完后，68 岁的刘正国带头跳进湖水里，其他的工作人员见状也都纷纷跳下水去。顿时，湖里泛起的恶臭味夹杂着鱼腥味扑鼻而来，令人反胃作呕！大家在湖水里，推船的、扯草的、清淤的，个个精神抖擞、干劲十足，汗水和黑臭的污水混在一起，高涨的热情与湿闷的炎热交织在一起。他们加班加点干到深夜，终于，提前一个小时漂亮地打完了这一仗！

看到这些又累又饿的年轻人，刘正国感到十分欣慰！这不仅仅是他感到自己以身作则在起作用，更看到这些年轻人有一股主动的、苦干实干的精神。他为能带出这样一支能打硬仗的队伍而高兴。他自掏腰包买来香喷喷的羊肉串，大家顾不得全身的汗和脸上的黑泥，津津有味地吃起来。在灯光下，微笑的黑脸庞上露出了洁白的牙齿。

次日天刚亮，刘正国就来到湖边检查清理后的湖面，同时查看排水、进水效果。由于注意力太集中了，他完全没有注意到一只乱窜的流浪狗突然将他的脚后跟咬了一口，顿感钻心的痛。正在此时，他接到一位社区工作人员的电话，要他赶到现场，说湖边一处出水口和进水口的管道没有对接好。他立刻赶到现场，看到大量污水从连接处外溢，沟边臭气熏天，水面上还漂浮着几只腐烂发臭的死老鼠。他没有来得及多想便跳进污秽的水中，将两边的管口对接好，又把所有的出水管和进水管的连接处检查了一遍，确认没有问题他才放心回家。此时已经是下午了。晚上，忙了一天的刘正国感到腿部发痒并略微红肿了起来，这才想起来早上被流浪狗咬伤的事情。他立马给社区工作人员打电话，询问晚上在哪里可以注射狂犬病疫苗，这才躲过了一劫。

事过之后，年近七旬的刘正国道出了一句心里话："这次被狗咬了一口，没有及时治疗，还在污水里泡了几个小时，硬是拖了 3 个月才好。确实是岁月不饶人啊！"刘正国带着年轻人干，干给年轻人看，在言传身教的活动中传递出的能量是绵长、经久的。这种传、帮、带的实际行动，形成了一种无形却有形的风气和惯性，引领了年轻一代的追求和前进方向。他也在这种引领中焕发着青春的活力。

百姓的口碑

刘正国始终把红春社区的百姓放在心中，他总想着能为社区居民多办一点实事、好事，尽力多为需要帮助的居民解决一些实际困难。据不完全统计，10 多年来，他先后为困难群众个人捐款资助就达 10 多万元。在他的心目当中，雷锋助人为乐的形象时时刻刻都在放射着光芒！

时任宜都市陆城街道党工委书记杨超同志说："刘正国是街道 19 个村、社区

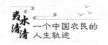

书记里年龄最大的。他热心社区工作，把百姓的事情放在第一位。在刘正国任职的十几年时间里，他的工作一直受到老百姓的认可。他是一位受大家爱戴的好书记。"刘正国鞠躬尽瘁、一心为民，也得到红春社区百姓的点赞和好评。他先后被评为宜都市劳动模范、宜昌市劳动模范；2011年，他被评为"宜昌十大民选新闻人物"。

除了清江岸边护坡上的那块"生死碑"之外，在百姓心目中还有一块看不见却总能感觉到的口碑，百姓的口碑是他们心中的一杆秤，是金杯银杯。

宜昌、宜都劳模奖章

2013年宜昌劳模奖状

有的人说，刘正国相当"霸气"，但这个工作上的硬汉子也有一颗菩萨心。早在1993—1997年间，他担任全家店建筑公司经理的时候，就对红春六组村民黎昶垣和邹世洋等许多家庭倾注了很多关爱的心血。黎昶垣原配夫人是精神残障人士，后来意外死亡。之前，他们育有一女，也被鉴定为精神残疾人，这个家庭非常困难。刘正国一直把这个家庭的困难放在心上，每年都会拿出一些钱送到黎昶垣家中，还在生活的各个方面予以关心、帮助。

红春六组的邹世洋是烈士遗属，体弱多病，一个儿子无正式工作。后来，邹世洋因意外中风，卧床不起。刘正国多次上门慰问。邹世洋去世的时候，他又送去1000元慰问金，家人感激不尽。

2003年5月，他任村书记之后，在经济社会发展的同时，他又是如何把党和政府的温暖带给那些困难群众和弱势家庭的？所有这些，红春社区的百姓最有发言权。我们不妨回头看一看、捋一捋。

2004年，红春社区8组居民朱百乔的儿子未征得二老的同意，就把房子卖了，使得两位老人无处居住。老人找到刘正国求助。刘正国先把二老安排在宜都分路碑农贸市场暂住。2005年，农贸市场改、扩建时，刘正国又安排二老住到社会福利院去。2007 年，红春社区办公大楼从分路碑搬到宜华大道后，需要一个门卫，刘正国第一时间就想到朱百乔，把他安排到那里工作。这样既给他解决了住房问题，又增加了他的收入，使他们的生活得到了保障。

不但如此，朱百乔的一个姨妹失联十几年，他只记得妹妹叫朱开元，在湖北黄冈，由于经济困难，无力去寻找。他看到刘正国是个热心人，说话算数，便向刘正国吐露了想找回亲人的意愿。未承想，没过几天，刘正国便通知他一起到黄冈去寻找亲人。这是专门为他安排的车子，同去的还有社区的其他干部。凭着旧时的模糊印象，他终于找到了失散多年的妹妹。他对刘正国和社区的干部有说不完的感激之情。

2004 年，社区六组杨功荣家境贫困想要干一番事业，但没有门路。刘正国提出来帮助他家养猪。但因缺少资金，杨功荣的信心不足。刘正国便联系租用停产的"长冲地砖厂"的厂房并为杨功荣做担保，投资 6 万元与杨功荣合办养猪场。第一年就出栏生猪 2408 头，获利 4 万多元。在扶上马、送一程之后，刘正国就主动退出来，交由杨功荣自己经营管理。后来，生猪养殖规模逐步扩大。有一天，养猪场抽水泵突然出现了故障，4000 多头生猪的饮水成了大问题，刘正国得知后立刻赶到现场。他发现，由于通道狭窄，送水的消防车无法通过。于是，他多方联系，找到一辆车，连夜运送 8 车水才解燃眉之急。在刘正国的悉心关照下，杨功荣的养猪场越办越好。

2005 年腊月二十九，刘正国来到 70 多岁的杨宗祥家中。杨宗祥是退休的武警老战士，他的老伴儿高婆婆是新中国成立初期的妇女主任。一进门，他就问："婆婆，要过年了，还缺什么吗？"高婆婆知道是刘正国来了，就说："刘国伢子，大过年的，你怎么来了啊？"

"我就是来看看您和爷爷的！快过年了，还有什么年货没有办呀？"此时，刘正国突然发现高婆婆的视力似乎有问题，便问道，"婆婆，您的眼睛怎么啦？"

"刘国伢子，我这是白内障，已经有 1 年多了。人老了，看不到了。"

听到此话，刘正国的心里一阵难受。他看高婆婆虽然有 70 多岁了，但身体依然硬朗，精神很好，难道就在黑暗中度过余生吗？高婆婆不知道医学发达了，白内障已经不算疑难杂症了。在农村，很多农民因病致贫就是小病拖出大病的。刘正国对高婆婆说：

"婆婆，正月初八上班，我来带您到医院去看眼睛！"

"看什么看呀！'七十三，八十四，阎王不叫自己去。'黄土都埋到脖子了，我

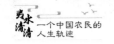

还能活几天呀？我不去看，看也看不好。人家是一个白天一个夜晚过日子。我只在夜里过，倒也眼不见、心不烦，蛮好的！"

"现在科技发达了，白内障不是大病了，一定能治好的。我来帮您解决医药费的问题。现在日子这么好，您和爷爷享福的日子还在后头呢！把眼睛治好了，看看家乡的新变化吧！"刘正国耐心地向高婆婆解释。

正月初八上班后，刘正国召开了一个简短的会议，布置好春节后的各项工作就直接到高婆婆家里，把她带到医院去了。他自己拿出 1000 多元钱为老人办理了住院和治疗费用。高婆婆很快就重见光明了。那时，红春社区 100% 的居民都办理了合作医疗，加上刘正国的慷慨资助（补足报销之外的部分），高婆婆没花多少钱就出院了。重见光明的高婆婆逢人便讲："刘伢子是个好人，是共产党的好干部！"

2009 年，居民陈西芹夫妇靠贷款买了一辆货车跑运输，由于资金周转不过来，一时糊涂借了高利贷。购车后，运输行业不景气，还贷压力陡然增加。在迫不得已的情况下，陈西芹拿着房产证找到了刘正国，希望刘正国帮他把房子卖掉以解燃眉之急。刘正国听后说："你们年轻人创业是好事，社区应该支持。但是，千万不能碰高利贷，那个东西像滚雪球一样会把人弄得吃不消的。你们的困难社区来想办法。房子卖了一家老小住到哪里去呢？"最后，刘正国建议，用他们家的宅基地做抵押，社区给他一笔周转资金，这才渡过了难关。刘正国觉得光这样做还是不够，他利用自己在运输市场上的关系，当场联系朋友给他们的货车找到了运输业务。这样既解决了周转金的问题，又帮忙寻找到运输市场的客户。他们觉得刘正国考虑周全、做事到位，急村民之所急，想村民所想，真不愧是人民的好公仆。

2010 年，36 岁的居民李国华患上了白血病，作为一家的顶梁柱几近崩塌，这个家庭眼看就要垮了。刘正国知道了，就急忙赶到李国华家，了解了具体情况之后，他就联系宜昌市的专家，预约好了时间，开着自己的车，带李国华去看病。看着刘正国忙前跑后的，李国华忍不住哭了。他逢人便说："刘书记也是快60 岁的人了，还为我的病来回奔波。刘书记还为我垫付了所有的诊疗费、检测费，我都不知道如何报答书记的大恩大德！"

2012 年，对红春社区的居民辛祖刚来说，是他一生中最严峻的一年。他家四辈人中，婆婆患骨癌，父亲患直肠癌，儿子面临高考，稍早前投资的水产养殖又亏了本。在走投无路之际，他只得把水产养殖设施低价转让，自己去给别人打工开货车。6月5日下午两点，他驾驶的货车在杨守敬大道清江商城门前与一辆摩托车相撞，摩托车驾驶员当场死亡。家庭困难外加车祸，这真是祸不单行，福无双至。这让辛祖刚产生了一死了之的闪念。

刘正国知道此事后，到辛祖刚家了解情况。他安慰辛祖刚说："我是书记，你是社区居民。你们家的困难就是我家的困难，你的事就是我的事，我来帮你迈过这道坎。"刘正国还鼓励辛祖刚要振奋精神，面对现实，积极配合交警大队处理好此次事故。

刘正国又多次上门做死者家属的工作，并与公检法和交警大队沟通协调，同时他帮助辛祖刚积极筹措了38万元，在法定的时间内，给死者家属赔付到位。辛祖刚在刘正国的帮助下，既承担了法律责任，又人性化地安抚好了逝者家属，这就取得了对方的谅解，死者家属没有再起诉辛祖刚。

此外，刘正国还向有关部门申请，帮助辛祖刚的父亲和婆婆办理了低保，使得辛祖刚濒临崩溃的家庭重新看到了希望。他们感谢刘正国救了他们，称赞刘正国是共产党的好书记。

2014年，"汉达"项目需要拆迁红春社区二组的那块土地，正好是刘正万墓地旁的一片竹林。刘正万的后代刘心发找到了刘正国。刘正万是红春百姓心目中的英雄，更是刘正国敬仰的革命先辈。他对刘心发说："万子老（刘正万）是个老实人，对国家解放事业、新中国成立，对宜都县和全家店做出过很大的贡献，也是我们红春第一个加入中国共产党的党员。他拳脚好、水性好，深受红春人民爱戴。你回去把迁坟事宜安排好，我刘正国个人出钱给万子老立个碑，刻上党徽，让老人万古流芳！"刘正国说到做到。刘心发把刘正万的坟迁到新桥河公墓之后，刘正国个人出资3000元为刘正万立了一块碑，矗立在刘正万墓前。

红春社区居民阳宝庭是1985年生人。由于家境较好，阳宝庭从小到大就没怎么吃过苦，那是蜜水里长大的孩子，因此，比较娇惯、任性。2015年，30岁的阳宝庭开始了一段曲折的人生经历。那一年，他驾车撞人致重伤，又恰逢他的父亲突然重病卧床不起。为了不让父亲知道这件事后引起不必要的操心、烦神，他就重新购买了一辆一模一样的车开了回来。购车费用和赔付伤者的医药费加起来不菲，他选择了透支信用卡来支付这些费用，高利息滚动让他背上了沉重的债务负担。这还不算完！在他出车祸不到1年的时间里，他的母亲刘建华又被查出了癌症，须住院治疗，真是雪上加霜啊！在万不得已的情况下，他向他的二爹开口借钱，但二爹家境也不是太好。于是，他的二婶想到了党组织，决定去找刘正

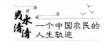

国帮忙。刘正国知道这个情况之后，十分担心！他想，如果阳宝庭失去了双亲的话，将会难以承受。于是，他便设法帮助阳宝庭先筹措好给母亲治病的医药费。刘正国提出医药费的来源能否由红春社区提前征用他二爹承包的土地，把预支的征地补偿款用于他母亲治病，等他挣到钱之后，再偿还给他二爹。采用这个办法实属无奈，似乎有点严酷，这必须征得他二爹的同意。最后，他二爹全家都同意了这个办法。

2018 年，阳宝庭又因斗殴把人打伤，被公安机关拘留。阳宝庭的二婶再一次找到刘正国。考虑到阳宝庭的本质不坏，只是娇生惯养、任性才惹的祸，再加上家里的老人病重，卧床不起需要有人照顾。为此，刘正国多次去公安机关，希望本着治病救人的精神，力求不被判处实刑。在刘正国的努力下，最后，阳宝庭被判决为缓刑、监外执行，没有影响到他的生活和照顾家庭。

这一次又一次的帮助着实感动了阳宝庭，他把刘正国当成自己的再生父母。由于刘正国的帮助，他的生活才慢慢回归正轨。改变后的阳宝庭还为社会做了很多公益事情。后来，每逢春节和刘正国的生日，阳宝庭都要打电话问候，以表报答之心。刘正国对他说："我不求你的回报，只要你吸取教训，自己过得好，就好！"刘正国对他说："能帮则帮，心怀善良。这是祖辈对我的教导，按祖训做我力所能及的事情。"现在，阳宝庭正在努力打工挣钱，力争把欠下的债务还清。他还要结婚生子，要给妻子、孩子一个安稳、幸福的家庭生活环境。

红春社区的何鑫潞劳教解除后无事可做，刘正国无偿资助他 8000 元，帮他购买了一辆机动三轮车（麻木车）跑出租，解决了他的生活问题。

红春社区六组的何世新靠三轮车跑出租维持全家生活，还要供一双儿女读书，生活拮据。刘正国拿出 1 万多元帮他家维修、改造房屋后出租，使何世新家的收入大大增加，缓解了这个家庭的经济压力。

2018 年 4 月 22 日，一场猝不及防的暴雨袭击了宜都，连续一天不间断的倾盆大雨使得宜都城区变成了泽国。红春社区下辖的五宜大道四巷地处红春民俗文化村的低洼地带雨水倒灌，房屋一楼和街市店面都被淹没了。从暴雨开始的那一刻，刘正国的心就被吊起来了，他惦记着那些危房和被大雨围困的孤寡老人。那天一大早，他就到社区各组巡查。当巡查到五宜大道三巷、四巷时，面对被洪水围困的街巷，他愁眉不展、忧心忡忡。此时，阳台上有人招手呼救，这求救声像一记重拳猛然砸在他的心头。他了解到，巷内有一位 50 多岁的妇女突发疾病，虽已报警，但因雨水太深无法及时援救，警察已经调运冲锋舟前来驰援。时间一分一秒地流走，时间就是生命，时间就是命令。刘正国见此情形，二话没说，立马向呼救的方向涉水前行。他甚至忘记了身上携带的手机和汽车钥匙都已浸在水里了。已经是齐腰的水深，有的地方水深到了双肩。他顾不得这些，果断地砸碎窗门，抱起病人就向外走。那时，刘正国已是一位65岁的老人了。他抱着这个病人，吃力地在冰冷、齐腰深的雨水中艰难行进。在场的民警立刻从刘正国的身上背过那位病人。这一幕恰好被现场的群众用手机拍摄了下来，随后便在朋友圈内传遍了。湖北卫视也对此事进行了报道。危难之时见真情，人们都夸奖刘正国心系百姓安危，彰显出一位共产党员舍己救人、公而忘私的高尚品德。

刘正国为何世新维修房屋

涉水救人

每逢春节，亲朋好友都会走亲访友，相互拜年。有一些人为感谢刘正国的关心，会送一些礼物上门，以表达感恩之心。还有社区的人都知道刘正国的生日是二月初二龙抬头，也有些人会趁着这个时间上门送礼。为了婉谢大家的好意，他都会在这两个关键时间不是外出"躲避"，就是在家门前贴上告示："亲戚朋友们，我不在家。家里有狗，请注意安全！"为此，有几年春节他家的门前都贴这个告示。

刘正国倾其所能帮助红春的居民，老百姓也打心底里感激他。刘正国到百姓家里走访时，很多居民都拿出家里好吃好喝的出来招待他。还有被他帮扶过的人给他送礼，特别是春节期间，送礼的人就更多了。他除了拒绝之外，就只有躲避或关门谢客。早些年，一些人的生活还不是太宽裕，他总是说："居民们生活不容易，难得攒下来一点好东西留着过节过年，自己都舍不得吃、舍不得用。他们

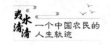

拿来送给我，这不是给他们添麻烦吗！"

2018年6月的一天，红春社区工作人员收到一份刘正国委托退回的一个档案袋，刘正国在档案袋的背面写着："请帮我转交，他们的事就是我的事，请代表我感谢他！！！"当工作人员看到这3个感叹号时，着实感到刘正国情深意切之心。这到底是怎么一回事，那么让人动容呢？工作人员找到当事人邓阿姨，她情绪激动、流着泪说："刘书记这么下气力帮助我们困难群众，为我们家解决了这么大的问题，我真不知怎么感谢！只能用最简单的行动来表达一下。这区区的一条香烟根本不算什么，只不过是我们家人的一点心意，是我们表达感谢最直接的方法。真没想到刘书记会以这种方式处理此事。我现在一方面觉得很难为情，破坏了刘书记党员廉政制度；另一方面，也为我们有这样的好书记而骄傲！"

刘正国从政十几年来，十分珍惜共产党员的荣誉，自觉淬炼党性，始终以高标准来严格要求自己，以雷锋、焦裕禄、王进喜等先进模范人物为楷模，把"一心为公"作为座右铭，始终坚持把廉洁自律当作为人民服务的道德操守来约束自己，率先垂范，用实际行动推动党风廉政建设

人民代表

自2003年12月开始，刘正国连续当选宜都市第五届、第六届、第七届和第八届人民代表大会的代表。2011年开始，又连续两届当选宜昌市第五届、第六届人民代表大会代表。2006年2月，被宜都市人大常委会评为优秀市人大代表。

刘正国是从共和国底层走出来的人民代表，是国家基层组织干出来的人民代表，是社会主义市场经济浪潮中拼搏出来的人民代表，是一个承诺了要带领农民共同富裕的人民代表。他联系的群众面广，知民情、晓民意、助民乐、解民愁，有较好的民意基础。这样的人民代表站在神圣的人民代表大会的发言席上，能够真实、准确地反映民间实情和社会实际。在此，我们仅举一个例子来看看他在人民代表大会上提出的一个影响面较大的问题。

改革开放后，根据湖北省葛洲坝水利工程建设有机衔接与系统布局的需要，在800里清江上，政府先后建设了水布垭、隔河岩和高坝洲3个梯级电站。这不但满足了清江流域自身防洪和发电的需要，而且对下游荆江防洪也十分有利，同时，可以满足葛洲坝水利工程建设用电的需要。1995年竣工的隔河岩水电站是其中的骨干工程，隔河岩水电站下游50公里处，是2001年3月在宜都市境内建

成并验收的高坝洲水电站，这里距清江与长江的交汇处仅 12 公里。这些建成的梯级水电站兼具发电、航运、养殖和旅游的功能。

清江流域的水质与水温非常适合鲟鱼等鱼类的养殖。鲟鱼卵制成的鱼子酱在西方被视为宴会上的珍品，每公斤约 1 万元，一条鲟鱼可产 15 公斤鱼子，其经济价值十分可观。为了解决水电站建设被淹土地农民的生计问题，政府部门在隔河岩库区和高坝洲库区划出来一部分水面用于网箱水产养殖。为了鼓励水库蓄水淹没区农民从农业向渔业转型，政府对这部分农民提供每户 3 万元的无息贷款。同时，根据《渔业法》，向申请水产养殖的农民颁发了水域滩涂养殖证。开始的时候，渔民是按照鲟鱼养殖规律来操作的，当鲟鱼鱼苗长大之后就必须分箱养殖。这样，一个养殖证所规定的养殖网箱数量就会成倍增加，养殖网箱迅速布满整个库区水面。

资本有着灵敏的嗅觉，这么好的产业很快就吸引了大量外地资本的注入。于是，清江隔河岩库区与高坝洲库区便出现了大量无证养殖网箱，这种局面曾一度失控。2015 年，宜都市曾对清江流域网箱养殖做过调查、统计，那时宜昌境内清江流域共有网箱 4.5 万多口，高坝洲库区就有 3 万余口，网箱面积为 41.57 万平方米，其中持证养殖面积仅 11.47 万平方米，占调查面积的 28%。

过度养殖严重污染清江的水质，直接影响到高坝洲库区周围 20 万人的饮用水，对长江的水质也带来严重影响。非但如此，如果因洪水或其他原因使大量鲟鱼逃逸，将会使养殖鲟鱼与长江本土物种中华鲟的食物竞争，对长江本身的自然物种的繁衍和水生态平衡带来不可估量的影响。

政府水产管理部门很快就收紧了持证养殖的口子，停止发放水域滩涂养殖证。在渔政管理部门停止发证之后，新增的非分箱网箱就成为无证的养殖网箱了。然而，一些非分箱养殖的网箱数量假借分箱的名义，仍然在猛增。

为了解决这个问题，政府在停止发证之后，出台了一些优惠政策，鼓励、引导渔民从事陆地养殖。例如，三线厂 238 搬迁到外地之后，有一位养殖户利用工厂原来的水源地——朝礼寺，成功地建成了上千条鲟鱼的养殖基地，并能将养殖水处理后再排放。但一般渔民认为，陆地养殖成本太高，大约是清江网箱养殖的 20 倍。因而，清江水面无证养殖的网箱数量就很难控制。

2016 年 1 月，在重庆召开的推动长江经济带发展座谈会上，习近平总书记提出要"共抓大保护、不搞大开发"，走"生态优先、绿色发展"之路。紧接着，2016 年 3 月《长江经济带发展规划纲要》发布，强调长江经济带发展的战略定

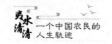

位必须坚持"生态优先、绿色发展、共抓大保护、不搞大开发"。

为了履行《长江经济带发展规划纲要》，贯彻执行习近平总书记的讲话要求，2016 年 3 月 15 日，清江流域高坝洲库区网箱养殖清理取缔工作动员会在宜都市召开。会议明确要求在 2017 年 6 月底之前，全面取缔清江高坝洲库区所有网箱设施，杜绝库区网箱养殖和投肥养殖等违法行为，保护水生态环境。

时任宜昌市委常委、常务副市长表示，无序泛滥的网箱养殖导致高坝洲库区水质不断恶化，严重影响清江水生态环境。根据环保部门和水利部门的水质监测结果，高坝洲库区水质从 2011 年开始呈下降趋势，大部分水质维持在III类，网箱养殖较为集中的鄢家沱断面的水质甚至为劣V类。

在动员会上，这位宜昌市委、市政府的领导表示，4 月初将对网箱养殖水面的实物进行逐片、逐户的调查、登记、核对，对每只网箱刷写油漆编号并拍照、摄像、留证，锁定网箱数量。从 2016 年 4 月 6 日至 2017 年 5 月底，无证、非法网箱设施将由养殖户自行拆除或由工作组专班统一集中拆除。对在规定时间内拆除网箱设施的养殖户，及时按标准兑现补助；对在规定时间内未拆除网箱设施的养殖户，将依法依规强制拆除。

政府相关政策出台后，部分沿线村民或沿线原有网箱养殖户私自陡增大量空网箱，以期得到后期的"补偿"。有几位了解情况的村民向时任宜昌市人大代表刘正国反映了相关情况，希望将现有养殖网箱数量航拍备案留底，作为后期补偿的依据。

2016 年六七月间，清江全流域发生特大洪水。湖北省防汛抗旱指挥部把保证人民群众生命财产安全放在首位，制定出"预泄、腾库、迎洪"以及"汛中错峰拦洪、汛末适时收水"等调度措施，及时下发了 2016 年第 98 号调度令。根据这个调度令，清江的几个阶梯电站开始泄洪放水腾库，人民群众的生命财产安全得到了保证。但是，隔河岩库区和高坝洲库区的水产养殖网箱遭受了巨大的冲击。据不完全统计，7 月 19 日晚至 20 日凌晨，清江流域水灾导致高坝洲库区养殖网箱破损，估计达 6.4 亿元。据报道，截至 7 月 30 日，有关部门共收购处理死鱼 40 多吨，有近万吨养殖鲟鱼被冲入长江。

2016 年底，在宜昌市第五届人民代表大会召开期间，刘正国在会上发言，要求将清江网箱养鱼的证据固定下来。因为有很多人知道了相关的补偿政策，正在抢着建设空网箱，以便骗取补偿费。他提出要将所有的网箱编号，用航拍记录备案。

他在会上发言后的第三天，宜都市委、市政府便做出行动，用无人机将宜都市境内清江流域所涉及的所有养殖网箱全部拍照锁定好了证据。据知情人士透露，政府最终给予应补偿网箱损失费近 3 亿元，后期增加的空网箱均未获得补偿。这就为国家、政府减少了不必要的损失。

行进在文化大道上

2008 年 9 月 26 日，宜都市陆城街道办事处以 168 号文《关于建设红春民俗文化村正国民俗博物馆项目请示》呈宜都市政府，9 月 28 日，宜都市市长签字，同意建设。如今已经过去 14 个年头了。这些年来，红春民俗文化村和正国民俗博物馆这辆文化列车行进得如何呢？

2012 年底，一个富有徽派建筑特色的现代村落初具规模，一个富含鄂西南文化特色的民俗博物馆，一个包含在民俗村之中、位于百姓家门口、独具特色的文化沙龙，挺立于夷水之畔、坐卧于鄂西南大地之上。这是湖北省首家规模最大的民办博物馆。随着民俗村和博物馆二期工程完工，一个集商贸物流、农家休闲、文物博览、文化娱乐、美食购物为一体的休闲文化旅游格局基本形成了。从此，开启了宜都民俗文化和鄂西南特色文化之旅的新征程。

2010 年 8 月 11—12 日，鄂西生态文化旅游圈培育旅游市场主体现场会在湖北宜昌市适时召开。湖北省委、省政府领导及与会代表来宜都参观了红春民俗文化村和正国民俗博物馆，省、市领导及与会代表对红春民俗文化村和正国民俗博物馆给予了高度的评价。

同年 12 月 13 日，湖北省民办博物馆工作现场会在宜都市召开。与会领导和会议代表在会前参观了红春民俗文化村和正国民俗博物馆。会议认为，作为地方民间博物馆，正国民俗博物馆还有很大的提升空间。在国家、省、市博物馆的指导下，不断地提升办馆的水平是非常必要的。为了落实国家文物局等七部委 2010 年 1 月 29 日出台的《关于促进民办博物馆发展的意见》，湖北省启动了国家一级博物馆对口帮扶民办博物馆的工作。2012 年 12 月，湖北省文物局在武汉举行了国家一级博物馆对口帮扶民办博物馆的签约仪式，这是湖北省首次举办这样的帮扶工作仪式。整个湖北省只有两家民办博物馆在仪式上签约：一是湖北省博物馆与正国民俗博物馆签署了一个 2012—2015 年的对口帮扶协议书；二是武汉市博物馆对口帮扶李庄古建筑博物馆的协议书。这个帮扶协议对正国民俗博

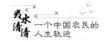

物馆依法、规范办馆，完善基本制度体系，提升科学办馆管理水平，规范藏品管理，加强对藏品的历史研究以及科学保护藏品等，都起到了很大的推动作用。今后，还会分阶段、分专题进行具体的指导和帮助。

早在红春民俗文化村建成之前，2009 年 2 月 20 日，红春社区经陆城街道办、宜都市政府上报湖北省发改委、省建设厅、省旅游局，申请将红春民俗文化村命名为"湖北旅游名村"。经过几年的发展、建设和完善，2012 年 8 月 3 日，湖北省旅游局、宜昌市旅游局组成的验收组莅临红春民俗文化村，进行"湖北旅游名村"的评定与验收工作。验收组对验收资料进行了审核，并到现场进行实地验收。陆城街道党工委书记、办事处主任向验收组汇报了红春民俗文化村创建"湖北旅游名村"所做的工作及成效。验收组肯定了红春民俗文化村作为新农村建设取得的成就，同时也指出了在旅游方面应更加突出本土文化和提高旅客的参与度等问题。2012 年 10 月，宜都市红春民俗文化旅游村评定、验收通过。2014 年 7 月 31 日，红春民俗文化村被湖北省旅游局授予"湖北旅游名村"称号。2015 年 6 月 1 日，湖北省地方志编纂委员会办公室发 11 号文，将红春民俗文化村编入"湖北旅游名村"，年底又收录到《湖北名村》一书。

从 2012 年博物馆建成并对外开放的这 10 年时间里，作为红春社区党委书记的刘正国除了品尝到辛苦、操劳与成就感揉搓在一起的五味杂陈之外，也收获了荣誉与喜悦。

2012 年 6 月 11 日，刘正国到江苏无锡去领取了"薪火相传——中国文化遗产保护年度贡献奖"证书。

"薪火相传——中国文化遗产保护年度贡献奖"

刘正国获奖照片

2015 年 1 月，正国民俗博物馆被宜昌市文物局评为"优秀民间博物馆"。

2015 年 5 月 17 日，在"世界博物馆日"前夕，来自宜昌市、宜都市的民俗、文博、史志、旅游等各领域 33 名专家学者会聚宜都正国民俗博物馆，举行"中国民间文化研究基地"学术部成立大会。学术部将以正国民

领奖人员合影

俗博物馆为载体，研究地域历史、文化、民俗、旅游营销，从学术理论的高度来更好地保护、展示、传承民间传统文化，充分发挥民间、民俗器物的宣传教育功能，更好地服务于社会。基地还聘请了第一批 20 位学术部委员，拟定出"民俗博物馆与民间记忆""江西填湖广与鄂渝湘黔交界区域徽派建筑物""近代三峡区域的石雕简评""清江流域旅游营销模式的实践与前瞻"等 18 个选题，开展自选研究课题进行调研、撰稿、交流。目前，已收到相关选题的研究论文 10 余篇。这些论文充实、提升并扩展了正国民俗博物馆展品的理论内涵和人们对藏品的认知。

2016 年以后，正国民俗博物馆先后被命名为"宜昌市中共党史教育基地""宜昌市青少年校外实践基地""宜都市科普教育基地""宜昌市爱国主义教育基地""湖北省科普教育基地"等。

为了纪念 2021 年中国共产党成立 100 周年，从 2020 年年底开始，刘正国就谋划在正国博物馆内建设一个红色藏品馆。2021 年 3 月 11 日，时任宜都市委常委、宣传部部长主持在红春社区召开会议，这是在正国民俗博物馆内增设红色展品展厅的专题办公会。会上，对筹建红色藏品展厅的意义、组织领导、规划布局、大纲与解说词的撰写、负责部门及人员分工与序时进度等都做了细致、明确的安排和要求。5 月 1 日正式进入装修工程阶段，6 月 15 日基本结束了整个装修工程。6 月 21 日，宜都市正国民俗博物馆红色藏品展览馆正式对外开放。宜都市委副书记，市委常委、市委办公室主任出席了开馆仪式。自 6 月下旬开始，宜都全市各单位、团体组织参观红色藏品馆，接受革命传统教育。截至 2021 年年底，正国民俗博物馆红色藏品展览馆接待参观 200 余场、近万人次。

正国民俗博物馆建成后的社会效益和纷至沓来的荣誉更使刘正国深感要办好

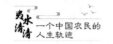

民间博物馆还任重道远。下面两个文件对正国民俗博物馆的发展影响深远。

一是国家文物局等七部委2010年1月29日出台的《关于促进民办博物馆发展的意见》；二是2017年7月17日，国家文物局下发的《关于进一步推动非国有博物馆发展的意见》（文物博发〔2017〕16号），该文件从3个方面，共分16个专题要求加快民办博物馆现代化建设，提高民办博物馆办馆质量以及完善民办博物馆扶持政策。上述政策性文件是刘正国"种文化"的指导性文件，是依法、依规在文化之路上行进的驱动力、方向盘、指南针。

刘正国要在"种文化"的道路上继续向前，除了继续办好实物收藏品及展示之外，他设想，要把红春民俗文化村及正国民俗博物馆与宜昌市、武汉市和湖北省的各大旅行社挂钩、联网，加入省、市旅游的圈子里，成为省、市大旅游圈的一个环节。此外，除了物质收藏品之外，有人建议，"非物质文化遗产"也是人类文明、文化的宝贵财富，也是"种文化"中的一个"物种"。鄂西南地区有大量的非物质文化遗产，土家族文明、文化带有十分鲜明的民族、地域特色，在全国占有一席之地，有的还是其他地区所没有的；其中，有的几近消失，亟待抢救保护。刘正国想在这些方面做一些有益的尝试，以飨国人。刘正国踌躇满志、信心满满，对未来的文化之路充满信心和期待。

人生足迹

一个人的人生足迹是从婴儿学步开始的，直到他走完人生之路，在人间留下一条弯弯曲曲的人生轨迹。人生足迹带有偶然性和社会必然性，就如同一个人在波涛翻滚的大海上的巨轮上行走一样，这个人自身的足迹与历史巨轮上下颠簸、左右转向的轨迹叠加成一条复杂的空间复合曲线，这便是人生的社会轨迹。

一个人的人生足迹会因生存的本能与获得更好的幸福期盼而刻下奋斗的轨迹，同样会因更加崇高的社会理想而升华朴实的人生轨迹。不得不承认，人的一生中常常会留下深一脚浅一脚艰难行进的人生足迹，抑或是东一脚西一脚歪歪扭扭的人生足迹。人们赞佩艰难奋斗的人生轨迹，赞颂有着高尚追求与奉献自我的人生轨迹，也宽容并理解那些歪歪扭扭的人生足迹。因为，人们不仅看到暂时扭曲的足迹，也更注重这些足迹连接而成的全部人生轨迹，理解局部偏离，关注全部时空轨迹。也许，这便是人生足迹的素描吧。

刘正国的人生足迹大致可分为 1999 年 6 月 14 日前、后两个阶段，那一天他成为一名中国共产党党员。由于人的思想认识从量变到质变是一个渐进的过程，很难说出发生突变那一时刻清晰的时空边界。我们大致可以说，人生是由混沌走向清晰、从感性走向理性、从必然走向自由的过程。在人生的第一个阶段，为了生存，为了获得更好的物质、满足精神收获的预期，刘正国不能有丝毫的懈怠，努力劳动、拼命工作，他甚至不顾生命危险去干别人不敢干的事情，他所冒的风险和吃过的苦头是常人未曾经历的。经过大风大浪的人方能沉稳地面对复杂多变的局面。他因经历过大苦大难而与众不同。但这仍然是处在一个思想认识量变的过程之中，这是一个混沌的、感性的、必然的阶段。

他逐渐地感到财富的多少与生命的价值之间不能完全画等号，他宁可选择有高尚价值的人生。这并不意味着他不重视金钱与财富，他选择的是共同富裕，在带领大家共同致富的同时，收获属于自己的那一份。这便是 1999 年 6 月 14 日之后刘正国。他建立起了清晰的、理性的、自由的人生价值观。这是一个质变的过程，使他达到了一个境界更高的精神世界。从一个不懂事的孩童成长为一个精神境界高尚的人，不是仅有课堂教育就可以做到的，课堂教育是必需的，但还不够，伟大时代里的社会教育与社会实践是造就一个政治上成熟的领导者所必需的、绝不可缺少的重要环节。

这正是：

人生足迹

人不知春草自青，

物从其律天地行。

世间万物皆有序，

留下足迹任人评。

刘正国的人生是亿万中国农民在改革开放大环境下的一个缩影，他的人生足迹与中国改革开放的征程紧密地联系在一起。从某种意义上来说，国家的命运决定着他个人的命运。我们在这个普通农民的身上看到新中国成立后中国农民的变化，看到中国人的变化，看到新中国农村的变化，看到中国的变化。我们有理由相信，在未来不太长的时间里，中国将会不断超越自己，继续发生日新月异的变化。

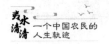

中国人民团结一心、众志成城，必将屹立于动荡纷繁的世界之巅。

2022 年 5 月 23 日初稿于湖北宜都

2022 年 10 月 21 日修改于江苏扬州

2023 年 6 月 3 日完稿于宜都、扬州